张衡诗文选译

修订版

译注 张在义 张玉春 韩格平
审阅 刘仁清

古代文史名著选译丛书

主编 章培恒 安平秋 马樟根

凤凰出版传媒集团 凤凰出版社

图书在版编目（CIP）数据

张衡诗文选译 / 张在义，张玉春，韩格平译注. -- 南京：凤凰出版社，2011.5
（古代文史名著选译丛书）
ISBN 978-7-5506-0431-5

Ⅰ. ①张… Ⅱ. ①张… ②张… ③韩… Ⅲ. ①古典散文－散文集－中国－东汉时代②汉赋－选集③汉诗－选集 Ⅳ. ①I213.422

中国版本图书馆CIP数据核字（2011）第046100号

书　　名	张衡诗文选译
译注者	张在义　张玉春　韩格平
责任编辑	林日波
出版发行	凤凰出版传媒集团
	凤凰出版社（原江苏古籍出版社）
	南京市中央路165号　邮编　210009
	发行部电话 025-83223462
集团网址	凤凰出版传媒网　http://www.ppm.cn
照　　排	江苏凤凰制版有限公司
印　　刷	江苏凤凰通达印刷有限公司
	南京市六合区冶山镇　邮编 211523
开　　本	960×1304毫米　1/32
印　　张	7.75
字　　数	126千字
版　　次	2011年5月第1版　2011年5月第1次印刷
标准书号	ISBN 978-7-5506-0431-5
定　　价	16.00元

（本书凡印装错误可向承印厂调换，电话：025-57572508）

《古代文史名著选译丛书》编委会

顾问

周林　　邓广铭　　白寿彝

主编

章培恒　　安平秋　　马樟根

编委

（均按姓氏笔划多少排列）

马樟根　平慧善　安平秋　刘烈茂　许嘉璐

李国祥　金开诚　周勋初　宗福邦　段文桂

董治安　倪其心　黄永年　章培恒　曾枣庄

（以上为常务编委）

王达津　吕绍纲　刘仁清　刘乾先　李运益

杨金鼎　曹亦冰　常绍温　裴汝诚

（以上为编委）

《古代文史名著选译丛书》修订版
出版说明

呈献在读者面前的这套《古代文史名著选译丛书》是2011年的修订版。全书共134册,包括了中国从先秦至清末两三千年间的著名典籍。每部典籍都选其精粹(《论语》《老子》则全文收录),收录原文,加以简明的注释,力求准确地译为现代汉语,并于每一篇之前写有对该文的提示性说明。这是近一个世纪以来,规模最大、收录种类相对齐全、译注质量较高的一套普及传统文化的今译丛书。

这套丛书,原在1992年—1994年由巴蜀书社分三批出齐,印行过万套;不久,又由台湾的出版机构买去海外版权在台湾及海外发行,可见这套丛书当年在两岸受欢迎的程度。时隔17年,丛书编委会决定重新修订，改由江苏凤凰出版集团所属的凤凰出版社出版。

这套丛书是由教育部属下的全国高等院校古籍整理研究工作委员会（简称古委会）于1985年策划的。古委会组织了全国18所大学的古籍整理研究所的所长任编委会编委，由我们三人任主编，在全国范围内选请学有专长的学者承担各书的译注。从1986年—1992年，历时7年完成。当时，编委会制订了严明、可行的体例和细则，译注者按要求完成书稿。每部书稿完成后，都在全国范围内请编委会之外的专门研究这一学术领域的两位专家初审，合格后再请两位编委参照初审意见审改，然后退还原译注者改正。待原译注者改正后，再由编委会集中常务编委和部分编委、相关专家在一地将每部书稿从头至尾审改。这样的集中审稿会一般都在8—15天，7年中开了12次审改会。审改后，三位主编再集中在一起逐一审定，交付出版社。这一工作程序，使得这套丛书的译注质量有了一定的提高。所以，这套丛书，在一定程度上是个人与多人合作的结果。关于这套丛书的编纂始末，我们曾在1992年4月全书交稿后写有一篇文章，这次附在修订版书末，便于读者了解。

这次修订，是交由原译注者自己修改。少数译注者已去世，则书稿一仍其旧。个别译注者已联系不上，也保持原貌。

1992年—1994年出版时，书前有当时古委会主任周林先生写的序。周林先生是这一丛书的发起者。他已于1997年6月去世，至今已14年了。为了尊重历史，也为了纪念他，修订版仍用他的序。

我们三人在1985年—1992年主持这套丛书工作时，年龄大的是从51岁到58岁之间，年龄小的是从44岁到51岁之间，那时尚有精力组织、参与这一工作，今天我们都已年逾古稀。全书修订版出版之际，心情似乎比当年更惴惴不安地期待着读者的评头品足，期待着不要对读者贻误太多。

回想这套丛书，真应该感谢我们的祖先为我们留下了这样深厚、丰富的思想、文化遗产，使我们今天仍然受用无穷。应该感谢这套丛书的全体译注者、审阅者、编委和当年的出版者巴蜀书社、今天的出版者凤凰出版社，是他们的学识、辛勤与真诚使得这套丛书得以面世。

章培恒　马樟根　安平秋
2011年3月15日

序

《古代文史名著选译丛书》与广大读者见面了。这是丛书编委会的同志与众多专家学者通力协作、辛勤耕耘的结果。

中华民族在五千年漫长的岁月里,创造了光辉灿烂的文化,给人类留下了丰富的精神财富。"观今宜鉴古,无古不成今"。今天,以马克思主义的科学理论为指导,整理研究我国古代文化典籍,做到汲取精华,剔除糟粕,古为今用,推陈出新,使人们在正确认识民族历史的同时,得到爱国主义的教育,陶冶道德情操,提高全民族的文化素质,促进社会主义文化的繁荣,使文明古国的历史遗产得以发扬光大,这是我们每个炎黄子孙的责任。而要做到这样，对古籍进行整理与研究是重要的基础工程。但是，整理与研究古籍仅作标点、校勘、注释、辑佚还不够，还要有今译，使老年人、中年人、青年人都愿意去读，都能读懂，以便从中得到教益。

基于以上认识，全国高等院校古籍整理研究工作委员会于1986年5月组成了以章培恒、安平秋、马樟根三位同志为主编的《古代文史名著选译丛书》编委会，确定了以全国十八所大学的古籍整理研究所为主力承担这一看似轻易、实则艰巨的今译任务。在第一次编委会议上，拟定了《凡例》、《编写与审稿要求》、《文稿书写格式》和一百余种书目。以每一种书为十万至十五万字计算，这套丛书大约有一千余万字，应该说是一项大工程。经过一年的努力，完成了第一批三十六部书稿的译注任务。在各研究所的专家与所长把关的基础上，于1987年5月和7月，先后在复旦大学、北京大学召开了部分编委参加的审稿会，通过了二十五部书稿，作为《古代文史名著选译丛书》与广大读者见面的第一批作品。与此同时，在1987年7月6日，邀请了在京的十几位专家教授与编委会十几位编委一起座谈这套丛书与古籍今译的问题。专家们肯定了今译工作的必要性与深远意义,并以他们数十年的教学科研和创作的经验,说明今译是一项难度很大的工作,是培养人才,使之打下坚实基本功的一种有效方法;专家们还对《古代文史名著选译丛书》提出了宝贵的建议,这对当时的审稿工作和保证《丛书》的质量起了很好的作用。

　　实践证明,古籍的今注不易,今译更难。没有对作品的深入、透彻的研究,没有准确、通俗、生动的语言表达能力,要想做好今译是不可能的。两年多来,全国高等院校古籍整理研究工作委员会在探索古籍的今注、今译的道路上,做了一些工作。这部丛书的出版,是系统今译的开始,说明古籍整理研究工作有了新的进展。更可喜的是,一批中青年学者参加了今注今译工作,为古籍整理增添了新生力量,相信他们会在实践中,在学习中,成长成熟。我希望,这套丛书的编委会和高校各古籍整理研究所要敞开大门,加强同国内外专家学者的联系,征求他们和广大读者的意见,并向有真才实学而又适宜做今译工作的专家学者约稿,以提高古籍译注的水平,使《古代文史名著选译丛书》的第二批、第三批作品的质量更上一层楼。

这是一套以文史为主的大型的古籍名著今译丛书。考虑到普及的需要，考虑到读者对象，就每一种名著而言，除个别是全译外，绝大多数是选译，即对从该名著中精选出来的部分予以译注，译文力求准确、通畅，为广大读者打通文字关，以求能读懂报纸的人都能读懂它。我希望这套丛书能成为中小学教师的语文、历史教学的参考书，成为大专院校学生的课外读物，成为广大文史爱好者的良师益友。由于系统的古籍今译工作还刚刚起步，这套丛书定会有不少缺点、错误，也诚恳地希望读者批评指正。

　　巴蜀书社要我为这套丛书写序，我欣然接受了。我相信这套丛书不仅会使八十年代的人们受益，还将使子孙后代受益，它将对祖国的繁荣昌盛起到点滴的作用。最后借此机会向曾给予我们支持、帮助的专家学者和巴蜀书社的同志表示衷心的感谢！并殷切地希望台湾同胞、港澳同胞、海外侨胞和我们一同做好祖先留给我们的文化遗产的整理工作，为中华民族灿烂的文化再放异彩而努力！

周　林

1987年10月于北京

目 录

前言 ……………………………………………… 001
二京赋 …………………………………………… 001
　西京赋 ………………………………………… 001
　东京赋 ………………………………………… 055
思玄赋 …………………………………………… 100
归田赋 …………………………………………… 140
骷髅赋 …………………………………………… 144
四愁诗并序 ……………………………………… 150
应间并序 ………………………………………… 156
七辩 ……………………………………………… 181
请禁绝图谶疏 …………………………………… 192

编纂始末 ……………………………………… 001
丛书总目 ……………………………………… 001

前　言

一

　　张衡(78—139),字平子,东汉南阳郡西鄂县(今河南省南阳市北五十里)人。家为著姓,祖父张堪,以才德受光武帝刘秀的赏识,在任渔阳郡太守期间,御寇开边,民安世清,以廉洁奉公知名当世。张衡自幼喜好文章写作,十六七岁时外出游学,曾西赴三辅观览古都遗风,东入洛阳求教太学师友。经过数年的社会考察和苦心读书,张衡的学识大有长进。汉和帝永元年间,郡国推选张衡为孝廉,公府几次征召他出来做官。张衡不慕名利仕途,没有应允。在张衡23岁那年,鲍德出任南阳郡太守,邀张衡做主簿。鲍德是张衡所敬仰的人物,任所又在自己的家乡,加之家境贫寒,难以长期在外求学,所以张衡乐于应命。在任九年,主管文书,协理郡政,帮助鲍德利用当地良好的自然条件和发达的手工业基础,兴修水利,发展农业,广修学校,振兴经济。汉安帝永初二年(108年),鲍德升任大司农,张衡辞官归隐,潜心读书,诸艺并通。他着重精读了扬雄的《太玄经》这一研究宇宙现象的哲学著作,从中接受了一些唯物主义和无神论的思想,逐渐萌生了探求宇宙发展规律的愿望。当时大将军邓骘在朝中辅政,多次征召张衡为官,张衡不应。

永初五年(111年),汉安帝特派公车征召张衡入官,拜为尚书台郎中。三年后升为尚书侍郎。次年又改任太史令,主持全国的天文、地理、风雨、气候的观测等事宜。安帝建光元年(121年),张衡调任公车司马令,总领天下征召之事。四年后,再转为太史令。

在张衡38岁首任太史令到56岁迁职的18年中,是张衡在科学研究和发明创造方面大放光彩的黄金时代。在天文学方面,他主持研制了空前的铜铸浑天仪,撰写了《灵宪》、《浑天仪图注》等天文学史上的名著,进一步发展了"浑天说",从朴素唯物主义的自然观出发,指出:宇宙是无限的,天体的运行是有规律的;月光是日光的反射,月蚀起因于地球遮住了日光,月绕地球运行且有升降;一周天为 365 又 $\frac{1}{4}$ 度,这与近世所测地球绕日一周历时 365 天 5 小时 48 分 46 秒的数值相差无几。他已经认识到太阳运行(实际是地球公转)的某些规律,正确地解释了冬季夜长、夏季夜短和春分、秋分昼夜等时的原因。由于研究天文、律历和制作仪器,张衡对数学的研究相应地加强了。在制成浑天仪后,他写成了《算罔论》,并用"渐进分数"的方法,算出圆周率为 10 的平方根,为 3.16 强。这比《周髀算经》所记载的 π=3 的数值大大进了一步。此外,张衡发明的指南车、记里鼓车、能飞数里的木雕、观测日影的土圭、观测风向的候风仪,都有着极高的工艺技巧。他创造的世界上的第一台地震仪——地动仪,更是世界科学史上不朽的发明。

汉顺帝阳嘉二年(133 年),张衡被提升为侍中,做了皇帝的高级顾问,掌侍左右,顾问应对。这是一个很重要的职务。然而当时宦官得宠专权，张衡难以直言，因而心中忧愤不平。他曾上书请求辞去侍中之职，赴史馆续撰《汉纪》，亦未获准。永和元年（136年），张衡离开京师洛阳赴河间（治所乐城，在今河北省献县东南），任河间王的相，其职权相当于一郡之长的太守。其时河间王刘政骄奢而不遵法度，当地豪强恶霸也很多。张衡到任之后，尽捕奸邪恶徒，上下肃然，百姓安乐。但这时汉帝国已经十分腐败，张衡无力回天，忧国伤时。永和三年（138年），张衡上书"乞骸骨"，请求告老还乡，顺帝不准，反而把张衡调回京师，升迁为尚书，协助处理政务。可惜到职不满一年，这位杰出的科学家、文学家忧劳成疾，壮志未酬，于顺帝永和四年（139年）逝世，终年六十二岁。张衡的好友崔瑗在张衡碑文中写道："（张衡）道德漫流，文章云浮，数术穷天地，制作侔造化。"对这一评价，张衡是当之无愧的。

二

张衡是东汉中后期的著名文学家，就其全部创作看，张衡尤以赋的写作见长。今天能够见到的较为完整的赋有《温泉赋》、《二京赋》、《南都赋》、《思玄赋》、《骷髅赋》、《归田赋》、《冢赋》以及《羽猎赋》等，还有类似赋体的《应间》和《七辩》两篇。在这些作品中，较负盛名的《二京赋》是两汉长篇大赋的极致；《思玄赋》思绪迭宕而绚丽多彩，实为屈原《离骚》的续篇；《归田赋》开辟了后代抒情小赋的先河。

赋，起源于战国。伴随着汉王朝统治的多民族国家的不断壮大，这一文学样式也在逐渐成熟。经过贾谊、枚乘、司马相如、扬雄、班固等人的创作实践，到了张衡的时代，赋反映生活的深度和广度都有所发展，赋的富有浪漫主义色彩、更适合于叙事状物、多采用虚构与夸张的手法等等特点，也逐渐趋于成熟。同时，由于赋的创作一开始便得力于皇室成员的鼓励与扶持，成为帝王生活娱乐的重要写照，打上了深深的宫廷烙印。到了张衡的时代，这种"宫廷味"更加浓重，许多赋的作者被视为俳优，连扬雄这样曾经作有多篇名赋的作家也深感继续写下去实在有辱人格，而发誓"辍不复为"这一"童子雕虫篆刻"之事了。在这一背景下，张衡独树一帜，继承并发展了赋的文学样式，并且完成了由宫廷的附庸向文人的自觉的过渡。也就是说，张衡的赋明显地存在着借鉴以往作品的痕迹,却又在构思与技法上有所突破,有所创新;明显地受其主观情感的支配,而其主观情感又紧紧地同祖国大地美好的自然风光,同忧国忧民、进取向上的情怀与志向,同其高洁的个人情趣联系在一起。

总观张衡的赋作,我们感到,同以往的作品相比,张衡在抒发作者的丰富情思方面显得更直接、更真切、更广阔。班固的《两都赋》,铺采摛文"以报众人之所眩曜",颂语直陈"析以今之法度",实为当时的巨作。张衡却认为班固言而未尽,所以用了十年功夫,仿照《两都赋》而创作了《二京赋》,他对昏王贵官富豪们崇尚奢华的批判,对贤君良臣能士们遵礼勤政的颂赞,都较班固更为深刻透彻;从字里行间流露出作者对现实的荒淫腐败的愤恨,和对理想中的封建大帝国的宏伟蓝图的企望也显得更富有激情。又如张衡的《思玄赋》,借鉴于屈原《离骚》的愤世嫉俗和神游逸乐,但更着意于天地四方的奔波探求,更着意于人生哲理的感悟。张衡的《归田赋》,篇幅虽短而情感浓郁,悲愤之余又饱含着对大自然清新生活的向往与追求。《骷髅赋》中,享受着精神自由的负霜蒙尘的骷髅同思想极其苦闷的乘坐高车驷马的作者,形成了鲜明的对照。二者的对话,揭示了当时社会的黑暗,也反映出作者的向往与追求。像上述诸赋的着重以叙事与铺陈服务于作者主观情感抒发的写法,揭示了赋的创作的正确方向,对文学脱离经学的束缚也有着重要的意义。

其次,张衡的赋对社会腐朽黑暗的揭露与批判也显得更为深刻。在张衡生活的时代,政治上日趋腐败,宦官外戚交替掌政,朝中为夺取权力而频频残杀:和帝与宦官郑众诛杀外戚窦宪一党,安帝与宦官杀逐邓太后一门,外戚阎显兄弟尽杀安帝宠信的宦官,宦官孙程等人杀阎显兄弟而拥立顺帝等等。社会上自上而下崇尚奢侈,张衡的好友、政治家王符在《潜夫论·浮侈》中说:"今京师贵戚,衣服、饮食、车舆、文饰、庐舍,皆过王制,僭上甚矣!"称当时的婚嫁,"车軿各十,骑奴侍僮,夹毂节引。富者竞欲相过,贫者耻不逮及。是故一飨之所费,破终身之本业"。称当时的丧葬,"今京师贵戚,郡县豪家,生不极养,死乃崇丧。或至刻金镂玉,檽梓梗楠;良田造茔,黄壤致藏,多埋珍宝偶人车马。造起大冢,广种松柏,庐舍祠堂,崇侈上僭"。对这样的社会现实,张衡是深恶痛绝的,并在他的赋中给予了无情的鞭笞。在《二京赋》

中,作者通过凭虚公子对西京后宫丰富的奇珍异宝、众多的美妃宫女、瑰异的宫室殿宇的吹嘘以及对天子游猎中欲把飞禽走兽杀尽灭绝的夸耀,揭露了昏庸帝王的穷奢极欲、荒废国政的丑行。文中描绘了两个把持国柄、贵倾天下的佞臣华宅:"北阙甲第,当道直启。程巧致功,期不陁陊。木衣绨锦,土被朱紫。武库禁兵,设在兰锜。匪石匪董,畴能宅此?"作者选取石显、董贤这两个在历史上极受宠幸的佞臣为例,其目的是直斥那些谀谄乱政而又宠幸贵重的宦官近臣。文中借安处先生的口来批判凭虚公子说:"今公子苟好剿民以偷乐,忘民怨之为仇也;好殚物以穷宠,忽下叛而生忧也。夫水所以载舟,亦所以覆舟。"意在指出,如果统治者只知为满足自己无穷的欲壑,而肆无忌惮地剥削人民,逼得人民走投无路,那么,人民就会揭竿而起,推翻统治者。在《思玄赋》中,张衡对黑暗的现实发出了不平的控诉:"俗迁渝而事化兮,泯规矩之圆方。珍萧艾于重笥兮,谓蕙芷之不香。斥西施而弗御兮,羁要袅以服箱。行陂僻而获志兮,循法度而离殃。"对这样一个是非颠倒的社会,张衡的言行充分表现出了一个正直的知识分子的愤恨与忧虑。其言词的激切,其抨击的严厉,都是十分突出的。当我们把张衡愤世的激情同他对大自然的赞美相比较，就更能感受到作者心胸的博大和情思的深沉。《南都赋》中南都的美好风光，《温泉赋》中温泉的清洁淳美，唤起了作者无限的爱。这种爱越是强烈，他对社会丑恶的愤恨与批判也就愈加深刻。当然，张衡的批判是基于维护封建正统的，其最终目的仅仅是为了讽谕而不是变革。但是他的批判，客观上有利于广大人民，有利于社会的进步，应该得到充分的肯定。

另外，张衡赋在写作技巧上亦颇有创新。他很善于用虚构、夸张的浪漫主义手法来写景状物。例如《二京赋》中对通天台和井幹楼的描述，或是平地耸立，鹏雀难及；或是凌空高峙，飞架云端，在与其它不同事物的对比中充分显示了楼台的高峻。另外，张衡赋注重行文的气势，讲究语言的华美。我们读张衡的赋，常常被其波澜壮阔、气势磅礴的文势所吸引。如《二京赋》一开始，凭虚公子就滔滔不绝地夸示西都长安，具有居高临下藐视一切的架式，颇有大国风度，使人为之一振。安处先生对凭虚公子挑战的回答呢，却别有一番政治家的风度。其纵横广博的谈吐，使人感到有一股高屋建瓴的气势，具有震慑人心的威力。文中着意描写了东都洛阳的宫苑池沼，其间荷花争艳，秋兰吐香，群鱼戏跃，众鸟欢鸣，翠竹广覆，清泉潺潺，把原本十分幽深沉寂的皇宫帝苑写得充满生机。还有一点需要强调的是，张衡赋善于巧妙地通过人物的对话展开情节，表达情意。《二京赋》丰富的寓意，完全是通过凭虚公子与安处先生的几番对话展现出来的，或褒或贬，或扬或抑，都存在于二人的言谈与表情之中。《思玄赋》中二位仙女对作者的赋诗，既是二女内心苦闷的独白，也是对作者内心苦闷的再一次揭示，有利于阐述文章的主题。《髑髅赋》中髑髅的一番话，更是全篇的关键，既从正面诉说了作者所向往、追求的内容，又为人们把握文章大旨提供了线索。正是由于上述原因，张衡的赋深受欢迎，历代流传，张衡本人也被誉为汉赋四大作家之一。

此外，张衡已经开始了诗歌创作的探讨。他写的《同声歌》，是一篇构思与语言技巧都很成熟的五言诗；他写的《四愁诗》，是我国七言诗的滥觞，对后来七言诗的兴盛有着特殊的意义。

三

张衡的政治思想比较复杂，儒、道两种思想兼而有之,并且随其个人境遇的变化而交替居于主导地位。然而,统观张衡的一生,他的基本思想属于儒家,他对封建纲常秩序及其最高统治者——帝王,始终持有拥戴和钦敬的态度。他的所有作品也大体是站在正统的儒家学说的立场上,以儒家的经典为武器,来批判一切与之相违背的人与事的,其人生观中占主导地位的是积极的入仕。只是当他饱受人生的忧患,感到才志难以施展,深悟世道黑暗险恶的时候,才寻求老庄倡导的超世绝尘的思想。事实上,这种积极入仕与消极避世的矛盾的统一,恰为中国封建社会中大多数正直之士的处世态度。

张衡的政治主张,是按照儒家经典的模式"以礼治国"。其基本设想,是在《二京赋》中借安处先生之口描述的一整套礼法制度,"主要精神是:君尊臣能,除奸用贤,遵节俭,尚素朴,仁洽道丰,施惠于民,为无为,事无事,永有民以孔安"(张震泽《张衡诗文集校注·前言》)。张衡在诸篇疏、策中对时事所做的评判与建议,也都是服从于上述那一整套礼法制度的。这些疏、策,或劝顺帝"勿令刑德八柄,不由天子。若恩从上下,事依礼制,礼制修则奢僭息，事合宜则无凶咎。然后神望允塞，灾消不至矣"（《上陈事疏》）；或列陈谶讳的虚妄，劝顺帝"宜收藏图谶，一禁绝之，则朱紫无所眩，典籍无瑕玷矣"（《请禁绝图谶疏》）；或指责顺帝要征发民徒开掘恭陵神道的害民计划（见《上顺帝封事》）；或剖析选举取士的种种弊端（见《论贡举疏》和《阳嘉二年京师地震对策》）。这些意见，直言不讳，理正辞切，反映了张衡忧国忧民的无私赤诚和"以礼治国"的政治主张。

遗憾的是，张衡的这些政治主张，并没有引起最高统治者的足够重视。从张衡生活后期任河间相的三年政绩看，他努力实践着自己的治国之道，并且很有成效。然而，在东汉王朝上上下下一片腐败的形势下，张衡根本不具有回天之力，难以挽回东汉王朝的没落。这样，对张衡后期主张的归隐避世也就很好理解了。

四

《后汉书·张衡传》称他"所著诗、赋、铭、七言、《灵宪》、《应间》、《七辩》、《巡诰》、《悬图》凡三十二篇",《隋书·经籍志》著录有"后汉河间相《张衡集》十一卷",唐以后张衡的诗文有所散佚。今人张震泽先生在明清诸辑本的基础上,著有《张衡诗文集校注》(上海古籍出版社1986年6月第1版)一书。该书在收集佚文、校勘谬误、注释词义等方面颇有可取之处,所以,我们以此作为选译的底本。其中少数文字,据其它版本有所校改。限于我们的学识,本书在选篇、校注、译文诸方面存在的问题定会不少,我们将虚心地听取广大读者的批评。

张在义（东北师范大学古籍整理研究所）
张玉春（暨南大学中国文化史籍研究所）
韩格平（北京师范大学古籍与传统文化学院）

二 京 赋

西 京 赋

西京，指西汉都城长安。这篇赋是《二京赋》的上篇，大约开始写于汉和帝永元十二年（100年）。《后汉书·张衡传》说："时天下承平日久，自王侯以下，莫不逾侈。衡乃拟班固《两都》，作《二京赋》，因以讽谏。精思傅会，十年乃成。"

此赋假托凭虚公子之口，描述了西京地势的优越，宫台的宏伟，馆室的豪华，城郭宅第的宽阔整齐，市场的兴隆，奸商的欺诈牟利，游侠辩士的凶残诡谲，京郊的殷实富足，昆明池的壮观，田猎场面的宏大，水上嬉戏的悠闲，杂技百戏的神奇精湛，皇帝微行的神秘，淫乐无度等等。张衡认为班固《两都赋》浅陋而重作《二京赋》，这样就不能不"逐句琢磨，逐节锻炼"。他的铺陈、夸张的手法运用得更多，描写更加细腻入微，涉及内容更加全面，如杂技百戏、微行淫乐等是班固赋中所没有的。

赋中对西汉皇帝骄奢淫逸生活的暴露，对商贾、百戏、游侠等行为的生动描写，都有宝贵的认识价值。但本篇也有汉代大赋的铺张扬厉、堆砌雕琢的通病。

有凭虚公子者①，心奓体忲②，雅好博古，学乎旧史氏③，是以多识前代之载④。言于安处先生曰⑤：夫人在阳时则舒，在阴时则惨，此牵乎天者也⑥。处沃土则逸，处瘠土则劳，此系乎地者也。惨则鲜于欢，劳则褊于

---

① 凭虚公子：作者虚构的人物，意思是无此公子。凭：依托。 ② 奓：同"侈"，奢侈。忲：同"泰"，骄纵。 ③ 旧史氏：指太史。西周、春秋时所设官职，掌管起草文书，记载史事，兼管国家典籍、天文历法、祭祀等。 ④ 前代之载：古代的史事。载：记载，这里指记载下来的事。 ⑤ 安处先生：也是作者虚构的人物，意思是何处有此先生。安：何。 ⑥ 牵：关系。

惠①,能违之者寡矣。小必有之,大亦宜然。故帝者因天地以致化,兆人承上教以成俗,化俗之本,有与推移。何以核诸②?秦据雍而强③,周即豫而弱,高祖都西而泰④,光武处东而约⑤,政之兴衰,恒由此作。先生独不见西京之事欤?请为吾子陈之⑥:

---

① 褊:狭小。 ② 核:考察,验证。诸:合音词,相当于"之乎"。 ③ 雍:雍州,古九州之一,地域约在今陕西、甘肃至青海一带。秦建都咸阳(今陕西咸阳市东北二十里),正是在雍州之内。下文"豫"指豫州,也是古九州之一,地域约在今河南省。周平王时都城由镐(故址在今陕西西安市长安区附近)迁至洛邑(故址在今河南洛阳市),正属豫州。《尚书·禹贡》中说,雍州地区黄色土壤,土地的质量在九州中属于第一等,即是上文所说的沃土。豫州地区是石灰性的冲积土,土地的质量在九州中属于第四等,即是上文所说的瘠土。 ④ 西:汉高祖刘邦建都长安(今陕西西安),至初始元年(8年)共历时十二帝,历史上称为西汉,长安也称西京。 ⑤ 东:汉光武帝刘秀迁都洛阳,至延康元年(220年)共历时十二帝,历史上称为东汉,都城洛阳因在长安东,因此称为东京。 ⑥ 吾子:古代对人的尊称,比"子"更亲近。

汉氏初都,在渭之涘①,秦里其朔②,寔为咸阳③。左有崤函重险④、桃林之塞⑤,缀以二华⑥,巨灵赑屃⑦,高掌远蹠,以流河曲,厥迹犹存⑧。右有陇坻之隘⑨,隔阂

①渭:渭水,今称渭河,源出甘肃,东流横贯陕西,在潼关入黄河。汉高祖刘邦入关后建都栎阳(今陕西西安市临潼区北渭水北岸),后改名咸阳为长安,并在咸阳之南营造新城,高祖七年迁都长安新城。咸阳位于渭水北岸,长安新城位于渭水南岸。涘:水边。 ②秦里:秦的故都咸阳。里:居处。朔:北。 ③寔(shí时):这。 ④崤:指崤山,位于河南省西部,东北—西南走向。汉都城长安在其西部。函:函谷关,在今河南灵宝市东北。因关在深谷之中,深险如函。 ⑤桃林之塞:即桃林塞,古地区名,其地约在今河南灵宝市以西、陕西潼关以东地区。 ⑥二华:指太华、少华二山。太华即华山,在今陕西华阴市南;少华山在华山之西。传说此二山原本为一山,黄河流至此绕山曲行,河神用手劈、用足踏,使山一分为二,黄河直流而过。 ⑦巨灵:河神名。赑屃(bì xì敝细):用力的样子。 ⑧厥(jué决):其。 ⑨陇坻:山名,指陇山,古称陇坂,位于今陕西陇县西北,延伸于陕、甘边境,南北走向,山势陡峻,是关中西面的险塞。

华戎①,岐梁汧雍②,陈宝鸣鸡在焉③。于前则终南、太一④,隆崛崔崒⑤,隐辚郁律⑥,连冈乎嶓冢⑦,抱杜含鄠⑧,欱沣吐镐⑨,爰有蓝田珍玉⑩,是之自出。于后则高陵平原,据渭踞泾⑪,澶漫靡迤⑫,作镇于近。其远则九

---

① 华戎:华夏与西戎。 ② 岐:岐山,位于今陕西岐山县东北部。梁:梁山,位于今陕西乾县西北部。汧:汧山,位于今陕西陇县西南。雍:雍山,位于今陕西凤翔县西北。以上四山皆在汉都城长安之西。 ③ 陈宝鸣鸡:据郦道元《水经注·渭水》记载,陈仓县(今陕西宝鸡市西)有陈仓山,山上有陈宝鸡鸣祠。传说秦文公游猎于陈仓,在陈仓山北坡,得到一块"若石",其色如肝,把它当作宝物立祠陈祭,故称陈宝。此物常自东南方来,光辉闪耀,其声如雷,野鸡皆随之而鸣,故称鸡鸣神。 ④ 终南:终南山,位于今陕西西安市南,秦岭主峰之一。太一:太一山,位于今陕西眉县、周至、太白等县间,秦岭主峰之一,今名太白山。 ⑤ 崔崒(zú族):形容山的高大危峻。 ⑥ 隐辚郁律:形容山势高低不平。 ⑦ 嶓冢:山名,位于今甘肃天水市与礼县之间。 ⑧ 杜:古县名,即杜陵,位于今陕西西安市南。鄠(hù户):古县名,即今陕西户县。以上二县皆在终南山、太一山北。 ⑨ 欱(hē呵):吮进。沣:沣水,源出陕西西安市长安区西南秦岭山中,北流至西安市西北入渭河。镐:古水名,镐水,一作滈水,位于今陕西西安市西,上承镐池,北流入渭河。 ⑩ 蓝田:山名,在今陕西蓝田县东南秦岭北麓,山中出产玉石。 ⑪ 泾:泾水,今称泾河,渭河支流。 ⑫ 澶(chán馋)漫靡迤(yǐ以):宽广而平远的样子。

峻、甘泉①,涸阴沍寒②,日北至而含冻③,此焉清暑。尔乃广衍沃野,厥田上上,寔为地之奥区神皋④。昔者,大帝说秦穆公而觐之⑤,飨以钧天广乐⑥。帝有醉焉,乃为金策⑦,锡用此土⑧,而剪诸鹑首⑨。是时也,并为强国者有六⑩,然而四海同宅西秦⑪,岂不诡哉!

自我高祖之始入也,五纬相汁,以旅于东井⑫。娄敬

---

① 九嵕(zōng 宗):山名,位于今陕西礼泉县东北部。甘泉:山名,在今陕西淳化县西北。山上有秦时所建林光宫,汉武帝时又扩建,改名甘泉宫。武帝常在此避暑,接见诸侯王及外国宾客。 ② 涸:同"固",凝固。沍(hù 户):凝固。 ③ 日北至:指夏至。 ④ 奥区:腹地,中心地区。神皋:神灵所居之地。 ⑤ 说(yuè 悦):通"悦",喜欢。觐(jìn 晋):朝见帝王,这里用作使动词,使……朝见。 ⑥ 钧天广乐:神话传说中天上的音乐。 ⑦ 金策:帝王对臣下记功、封土、赐爵的文书。 ⑧ 锡:赐予,赏赐。 ⑨ 鹑首:古人为了说明日月星辰的运行位置和节气变化,把周天分为十二个等分,叫做十二星次,每次各有名称。鹑首是十二星次之一。古人根据地上的区域来划分天上的星宿,使天上的星宿与地上的区域(州、国)相对应。鹑首与秦相对应,属雍州。 ⑩ 强国者有六:指齐、楚、燕、韩、赵、魏六国。 ⑪ 宅:居住,这里有归顺的意思。 ⑫ 五纬:指金、木、水、火、土五大行星。汁:通"协",和谐。东井:二十八宿之一,即井宿。

委辂①，干非其议②。天启其心，人惎之谋③。及帝图时，意亦有虑乎神祇④，宜其可定以为天邑⑤。岂伊不虔思于天衢⑥？岂伊不怀归于枌榆⑦？天命不滔⑧，畴敢以渝⑨！

于是量径轮⑩，考广袤⑪，经城洫，营郭郛，取殊裁于八都⑫，岂启度于往旧⑬。乃览秦制，跨周法，狭百堵之

---

① 娄敬：汉初齐人。汉高祖五年，以士卒身份求见刘邦，建议刘邦建都长安而有功，被封为奉春君，赐姓刘氏，后又改封关心侯。刘邦在白登被匈奴打败后，他提出和亲政策，并前往匈奴结约。为削弱关东旧贵族豪门势力，又曾建议刘邦迁徙六国贵族后裔及豪强大族共十万余人充实关中。辂：绑在车辕上以备人牵挽的横木。② 干：办理事务，引申为纠正某人的过失。③ 惎（jì计）：教导。④ 神祇（qí奇）：天地神灵。⑤ 天邑：帝王都邑，这里指京都洛阳。⑥ 天衢：指京都。⑦ 枌榆：刘邦家乡地名，他起兵时祈祷于枌榆神社。⑧ 天命：指金、木、水、火、土五星聚于东井宿的吉祥征兆。滔：通"慆"，可疑。⑨ 畴：谁。⑩ 径轮：指土地面积。径，直径。轮，圆周。⑪ 广袤（mào冒）：指土地面积。东西为广，南北为袤。⑫ 八都：八方都邑。⑬ 启度：沿袭法度。启，引导，引申为遵循、沿袭。

侧陋①,增九筵之迫胁②。正紫宫于未央③,表峣阙于闾阖④。疏龙首以抗殿⑤,状巍峨以岌峣⑥。亘雄虹之长梁⑦,结棼橑以相接⑧。蒂倒茄于藻井⑨,披红葩之狎猎⑩。饰华榱与璧珰⑪,流景曜之韡晔⑫。雕楹玉磶⑬,

---

① 百堵:形容周人建筑宫室之多、规模之大。堵,墙。② 九筵:周代宫室用九尺之筵作为度量的单位。明堂东西为九筵,南北为七筵,堂崇为一筵。筵,本是供席地而坐的竹席。 ③ 紫宫:紫微宫,天帝的居室。未央:未央宫,汉高祖七年萧何主持建造,立东阙、北阙,有前殿、武库、太仓,周围二十八里。 ④ 峣(yáo尧):高。阙(què却):立在宫门前左右两边的高台,台上起楼观。闾阖(chāng hé昌合):皇宫的正门。 ⑤ 龙首:古山名,一名龙首原,在今陕西西安市旧城北,首起于渭水南岸汉代长安故城,尾达樊川,长六十余里,首高二十余丈,尾高五、六丈,汉筑长安城在其北坡,未央宫等都依山而建。抗:举起。 ⑥ 岌峣(jí yè及业):高高耸立的样子。 ⑦ 雄虹:上古人认为虹是天上的一种蛇类动物,色彩鲜明的是雄虹,色彩昏暗的是雌虹。这里用以比喻殿梁长而色彩鲜艳。 ⑧ 棼橑(fén liáo坟辽):阁楼的梁与椽。
⑨ 蒂:花与枝相连接的部分,这里用作动词,意思是安上。茄:荷花的茎。藻井:宫殿顶棚上的一种装饰,用木方交搭成方形或多边形的凹面,其形如井,上有各种花纹、雕刻、彩画。 ⑩ 狎猎:花叶参差的样子。 ⑪ 榱(cuī崔):椽子。珰:椽头上的装饰。 ⑫ 景曜(yào耀):日光。韡晔(wěi yè伟业):形容日光明亮而绚丽多彩。 ⑬ 楹(yíng盈):房柱。磶(xì细):柱下石墩,即柱脚石。

绣栭云楣①。三阶重轩②,镂槛文㮰③。右平左墄④,青琐丹墀⑤。刊层平堂⑥,设切厓㦒⑦。坻崿鳞眴⑧,栈齴巉崄⑨。襄岸夷涂,修路陵险。重门袭固⑩,奸宄是防。仰福帝居⑪,阳曜阴藏。洪钟万钧⑫,猛虡趪趪⑬。负笋业而余怒⑭,乃奋翅而腾骧。

朝堂承东⑮,温调延北⑯,西有玉台⑰,联以昆德⑱。

---

① 栭(ér 而):柱顶上支持屋梁的方木,即斗拱。楣:房屋的横梁。 ② 三阶:殿前有一级台阶,左右各有一级台阶。轩:槛板。 ③ 槛:栏杆。㮰(pí 皮):檐前橑端之板。 ④ 墄(cè 册):台阶。 ⑤ 青琐:古代宫门的一种装饰,周边涂有黑色,中间刻有连环纹。丹墀(chí 迟):宫殿前台阶上的地面,红色。 ⑥ 层:重叠。堂:高。这里"层"与"堂"都指地面高出的部分。 ⑦ 切:同"砌",台阶。厓:同"崖"。㦒(yǎn 眼):层叠的山崖。 ⑧ 坻崿(è 愕):宫殿的地基或台阶。鳞眴(xuàn 炫):同"嶙峋",形容山崖高耸,这里形容殿堂的地基或台阶高峻。 ⑨ 栈齴(yǎn 眼):高峻的样子。巉崄(chán xiǎn 蝉险):形容山势高峻,这里形容殿阶高峭险峻。 ⑩ 袭固:指守备坚固。袭,重叠。 ⑪ 福:通"副",这里有"同"义。帝居:神话中五方天帝所居住的太微宫。 ⑫ 钧:古代计算重量单位,三十斤为一钧。 ⑬ 猛虡(jù 巨):指悬挂钟磬架两侧的柱,其上刻有猛兽之形。趪(huáng 黄):勇猛的姿态。 ⑭ 笋业:悬钟磬木架的横木及横木上的大板,大板刻如锯齿形,用以悬挂钟磬。 ⑮ 朝堂:未央宫中殿名,此殿是皇帝理政及朝见臣下的地方。 ⑯ 温调:殿名,在未央殿北。 ⑰ 玉台:台名。 ⑱ 昆德:殿名。

嵯峨嵲嶫①，罔识所则。若夫长年、神仙②，宣室、玉堂，麒麟、朱鸟、龙兴、含章，譬众星之环极，叛赫戏以辉煌③。正殿路寝④，用朝群辟⑤。大夏耽耽⑥，九户开辟。嘉木树庭，芳草如积。高门有阬⑦，列坐金狄⑧。内有常侍谒者⑨，奉命当御。兰台、金马⑩，递宿迭居。次有天禄、石渠，校文之处⑪。重以虎威、章沟，严更之署⑫。徼道外

① 嵯峨嵲嶫（cuó é jié yè 矬俄捷业）：形容山势高峻，此处形容宫殿雄伟壮观。 ② 长年、神仙：殿名。下文宣室、玉堂、麒麟、朱鸟、龙兴、含章都是殿名。 ③ 叛：通"焕"，光亮。赫戏：光明盛大的样子。 ④ 正殿：汉代称皇帝处理政务召见臣下的地方为正殿，周代称为路寝。 ⑤ 群辟：群臣，指王、侯、公、卿、大夫、元士。 ⑥ 夏：通"厦"，大屋。耽（dān 丹）耽：通"眈眈"，屋宇深邃的样子。 ⑦ 阬（kāng 康）：门高大的样子。 ⑧ 金狄：即金人，铜铸的人像。据《史记·秦始皇本纪》记载，秦始皇二十六年收缴天下兵器，集中到咸阳，熔铸为钟、镰及十二个铜人，各重十二万斤，放置在宫廷中。据《史记》索隐引《三辅旧事》载，这十二个铜人在汉时放置在长乐宫门前。 ⑨ 常侍：即中常侍，在宫中侍从皇帝的官。谒者：宫中主管通报传达的官。 ⑩ 兰台：台名，汉代藏书之处。金马：宫门名，即金马门。 ⑪ 天禄、石渠：二阁名，位于未央宫北，萧何主持建造，珍藏图书典籍之处。 ⑫ 虎威、章沟：二署名。署：官署。

周①,千庐内附②,卫尉八屯③,警夜巡昼。植铩悬瞂④,用戒不虞。

后宫则昭阳、飞翔⑤,增成、合欢、兰林、披香、凤皇、鸳鸯。群窈窕之华丽⑥,嗟内顾之所观。故其馆室次舍⑦,采饰纤缛⑧。裛以藻绣⑨,文以朱绿。翡翠火齐⑩,络以美玉。流悬黎之夜光⑪,缀随珠以为烛⑫。金釭玉阶⑬,彤庭辉辉。珊瑚琳碧⑭,瓀珉璘彬⑮。珍物罗生,焕

---

① 徼(jiào叫)道:宫外巡更的道路。 ② 庐:卫士值宿住的房舍。 ③ 卫尉八屯:汉代掌管宫门警卫的官,率领守卫未央宫及长乐、建章、甘泉等宫的屯卫兵。八屯,即八营,指长水、中垒、屯骑、虎贲、越骑、步兵、射声、胡骑。八营都由卫尉掌管,负责昼夜巡行警备。 ④ 铩(shā杀):长刃矛。瞂(fá伐):盾。 ⑤ 昭阳、飞翔:宫殿名。下文增成、合欢、兰林、披香、凤凰、鸳鸯都是宫殿名。 ⑥ 窈窕(yǎo tiǎo咬挑上声):美好的样子,此指美女。 ⑦ 馆:客舍。室:后堂之屋。次:驻扎。 ⑧ 纤缛(rù褥):细致繁密的彩色装饰。 ⑨ 裛(yì邑):围绕。 ⑩ 翡翠:硬玉。火齐(jì记):玫瑰珠。 ⑪ 悬黎:美玉名。 ⑫ 随珠:即隋侯珠。相传隋国的君主见一大蛇受伤,以药敷蛇伤。后隋侯船行江中,大蛇衔珠赠给隋侯以报救命之恩。其珠大而光彩异常(见《淮南子·览冥训》高诱注)。 ⑬ 釭(shì士):台阶两旁所砌的斜石。 ⑭ 琳碧:青绿色的玉石。 ⑮ 瓀(ruǎn软):似玉的美石。珉:次于玉的美石。璘彬:形容玉石光色缤纷。

若昆仑①。虽厥裁之不广②,侈靡逾乎至尊③。于是钩陈之外④,阁道穹隆⑤。属长乐与明光⑥,径北通乎桂宫⑦。命般尔之巧匠⑧,尽变态乎其中。后宫不移,乐不徙悬⑨,门卫供帐⑩,官以物辨⑪。恣意所幸⑫,下辇成燕⑬。穷年忘归,犹弗能遍。瑰异日新,殚所未见。

惟帝王之神丽⑭,惧尊卑之不殊。虽斯宇之既坦,心犹凭而未摅⑮。思比象于紫微,恨阿房之不可庐⑯。觅往昔之遗馆⑰,获林光于秦余⑱。处甘泉之爽垲⑲,乃隆

---

① 昆仑:山名。神话传说昆仑山中有增城九重,高一万一千余里。其西有珠树、玉树、琁树、不死树,其东有沙棠、琅玕,其南有绛树,其北有碧树、瑶树。 ② 裁:体制,这里指规模。 ③ 至尊:至高无上的地位,这里指皇帝。 ④ 钩陈:星名,在紫宫内,有六星。这里指未央后宫。 ⑤ 阁道:也叫复道,楼阁之间架在空中的木质通道。穹隆:形容阁道长而曲。 ⑥ 长乐、明光:宫殿名。 ⑦ 桂宫:宫殿名。 ⑧ 般尔:指公输般与王尔,二人都是古代的巧匠。 ⑨ 乐:乐器。指钟、磬之类悬挂着演奏的乐器。 ⑩ 门卫:指卫尉所管辖的卫士。 ⑪ 辨:通"办"。 ⑫ 幸:天子车驾所到或天子所爱都叫幸。 ⑬ 辇:宫廷中所用的人挽的轻软车。燕:通"宴",宴饮,安乐。 ⑭ 惟:思,想。 ⑮ 摅(shū 舒):抒发,发表出来。 ⑯ 阿房:即秦阿房宫,故址在今陕西长安县西北。据《三辅黄图》载,阿房宫也叫阿城,秦惠文王时始建而未完成,秦始皇时又扩建,规模宏大,方圆三百余里。 ⑰ 觅(mì 密):通"觅",寻觅。 ⑱ 林光:秦时的离宫名。 ⑲ 甘泉:甘泉山。爽垲(kǎi 凯):明亮而干燥。

崇而弘敷①。既新作于迎风②,增露寒与储胥③。托乔基于山冈④,直墆霓以高居⑤。通天訬以竦峙⑥,径百常而茎擢⑦。上辩华以交纷⑧,下刻峭其若削。翔鹍仰而不逮⑨,况青鸟与黄雀。伏棂槛而俯听⑩,闻雷霆之相激。

柏梁既灾⑪,越巫陈方⑫。建章是经⑬,用厌火祥⑭。营宇之制,事兼未央。圜阙竦以造天,若双碣之相望⑮。凤骞翥于甍标⑯,咸溯风而欲翔⑰。阊阖之内,别风嶕

---

① 隆崇:高,这里是加高的意思。弘敷:扩展。 ② 迎风:宫殿名。 ③ 露寒:宫殿名。储胥:宫殿名。 ④ 乔:高。 ⑤ 墆霓(dì ní 帝倪):高耸的样子。 ⑥ 通天:台名。在甘泉山上。訬(miǎo 秒):高。 ⑦ 常:古代长度单位,八尺为寻,一丈六尺为常。百常,极言其高,并非实数。茎擢:草木之茎拔地而起,这里比喻建筑物的高耸挺拔。 ⑧ 辩(bān 斑)华:颜色驳杂的花。辩,即古"斑"字。 ⑨ 鹍(kūn 昆):昆鸡,一种善飞的大鸟。 ⑩ 棂槛:台上的栏杆。 ⑪ 柏梁:台名。汉武帝元鼎二年(前115年)建,太初元年(前104年)遭火灾。 ⑫ 越巫:越地的巫师。 ⑬ 建章:宫名,在未央宫西,建于汉武帝太初元年。据《汉书·武帝纪》颜师古注引汉末人文颖说,越巫名勇对武帝说,越国有火灾,应该建造一座大宫室来压灾。武帝因此也建造了建章宫以压火灾。 ⑭ 厌:镇压。祥:吉凶的预兆。 ⑮ 碣(jié 竭):指碣石山。 ⑯ 骞翥(qiān zhù 谦注):形容鸟展翅欲飞的样子。甍(méng 萌)标:屋脊的末端,这里泛指末梢。 ⑰ 溯(sù 诉)风:迎风。

峣①。何工巧之瑰玮,交绮豁以疏寮②。干云雾而上达,状亭亭以苕苕③。神明崛其特起④,井幹叠而百增⑤。跱游极于浮柱⑥,结重栾以相承⑦。累层构而遂隮⑧,望北辰而高兴。消氛埃于中宸⑨,集重阳之清澄⑩。瞰宛虹之长鬐⑪,察云师之所凭。上飞闼而仰眺⑫,正睹瑶光与玉绳⑬。将乍往而未半,怵悼栗而怂兢⑭。非都庐之轻趫⑮,孰能超而究升?驵娑、駘荡⑯,焘奡桔桀⑰。枍诣、

---

① 别风:建章宫之阙。嶕峣:高耸的样子。 ② 交绮:交错如丝织品的花纹,指窗户。豁:空,这里指镂空。疏寮:通明的小窗。 ③ 亭亭:耸立。苕苕:高远。 ④ 神明:台名。 ⑤ 井幹(hán寒):楼名,纯用木料构筑,高五十丈。 ⑥ 游极:房屋正梁上的梁。浮柱:梁上的短柱。 ⑦ 栾:柱上的曲木,两端承托斗拱。 ⑧ 隮(jī机):升。 ⑨ 氛埃:指地上的尘埃。中宸:指天地交界之处。 ⑩ 重阳:指天。 ⑪ 鬐(qí骑):鱼脊,这里是像鱼脊之形的意思。 ⑫ 飞闼(tà榻):高闼。闼,门楼上的小屋。 ⑬ 瑶光与玉绳:二星名。北斗七星的第七星是瑶光,第五星是玉衡,玉衡北的两个小星是玉绳。 ⑭ 怵(chù触):恐惧。悼:哀伤。栗(lì力):战栗。怂(sǒng耸):惊恐。兢:小心谨慎。 ⑮ 都庐:古国名。据《汉书·地理志》及颜师古注说,在合浦、徐闻(今广东合浦县、徐闻县)南有都庐国,都庐国人强健有力,善于攀缘。趫(qiáo乔):行动轻捷,善于缘木升高。 ⑯ 驵娑(sà suō萨缩)、駘(dài代)荡:殿名。 ⑰ 焘奡(dào ào道傲)桔桀:形容台殿高峻深邃。

承光①,睽罛庨豁②。增桴重棼③,锷锷列列。反宇业业④,飞檐辄辄⑤。流景内照,引曜日月。天梁之宫⑥,实开高闱。旗不脱扃⑦,结驷方蕲⑧。轹辐轻鹜,容于一扉。长廊广庑,途阁云蔓。闲庭诡异⑨,门千户万。重闺幽闼,转相逾延。望窱窲以径廷⑩,眇不知其所返。既乃珍台蹇产以极壮⑪,墱道逦倚以正东⑫。似阆风之遐坂⑬,横西洫而绝金墉⑭。城尉不弛柝,而内外潜通。

---

① 枍诣(yì yì 意意)、承光:殿名。以上四殿都在建章宫中。 ② 睽罛(kuí gū 葵孤)庨(xiāo 孝)豁:形容台殿高峻深邃。 ③ 增:通"层",重叠。桴:屋上的次梁,这里指屋前后檐之梁。棼:阁楼之梁,这里指重檐之梁。 ④ 宇:檐,宫室亭台檐角上翘称作反宇。业业:高大的样子。 ⑤ 飞檐:屋檐突出如翼。辄辄(niè 聂):高而长的样子。 ⑥ 天梁:宫名。 ⑦ 旗不脱扃:皇帝乘车出入大宫,车上树立旗帜,有环扣固定旗杆,门低旗高,车通过门时,须打开环扣放倒旗帜。此处"不脱扃"是说宫门高大,不必偃旗。 ⑧ 蕲(qí 齐):马衔。 ⑨ 轹(lì 力):通"栎",击器作声。鹜(wù 务):急驰。闲(hàn 汗):墙垣。 ⑩ 窱窲(yǎo tiǎo 咬条上声):通"窈窕",形容宫内门户幽深曲折。 ⑪ 蹇产:形容台殿高大。 ⑫ 墱道:阁道。逦倚:曲折连延的样子。正东:指从建章宫过西城向东入于正宫之中。 ⑬ 阆风:神话中山名,在昆仑山上,上有神仙居住。 ⑭ 洫(xù 恤):护城河。金墉:西方之城。古人将五行与五方相配,西方属金。

二京赋

前开唐中①,弥望广潒②。顾临太液③,沧池漭沆④。渐台立于中央⑤,赫昈昈以弘敞⑥。清渊洋洋⑦,神山峨峨⑧。列瀛洲与方丈⑨,夹蓬莱而骈罗。上林岑以垒嶵⑩,下崭岩以嵒嵓⑪。长风激于别隝⑫,起洪涛而扬波。浸石菌于重涯⑬,濯灵芝以朱柯⑭。海若游于玄渚⑮,鲸

---

① 唐中:池名。其位置说法有二:《文选》李善注引《汉书》说,建章宫西有唐中数十里;又《后汉书·班固传》集解引沈钦韩说,唐中池方圆二十里,在建章宫、太液池之南。 ② 广潒:形容水宽阔浩荡。 ③ 太液:据《汉书·郊祀志》载,建章宫西有商中(即唐中),数十里虎圈。其北有太液池。 ④ 沧:通"苍",青绿色。漭沆(mǎng hàng 莽杭去声):形容池水广大。 ⑤ 渐台:台名。在太液池中,高二十余丈。 ⑥ 昈(hù 户)昈:形容色彩错杂华丽。 ⑦ 清渊:池名。据《文选》李善注引《三辅三代旧事》载,建章宫北有清渊海。 ⑧ 神山:指太液池中的蓬莱、方丈、瀛洲三山。 ⑨ 瀛州与方丈:二者与下文的"蓬莱"都是神话传说的仙山,上有仙人居住。 ⑩ 上林岑以垒嶵(zuǐ 罪):形容山上险峻不齐。 ⑪ 下崭岩以嵒嵓(yán yǔ 言语):形容山下险峻不平。 ⑫ 隝(dǎo 岛):同"岛",水中陆地。 ⑬ 石菌:海中神山所生的仙草,是仙人的食品。 ⑭ 朱柯:灵芝草红色的茎。 ⑮ 海若:海神名。《庄子·秋水篇》称为北海若。太液池在建章宫北,用以象征北海。玄渚:北海中可居之地。

鱼失流而蹉跎①。于是采少君之端信②,庶栾大之贞固③。立修茎之仙掌④,承云表之清露。屑琼蕊以朝飧⑤,

---

①鲸鱼:指用石刻成的鲸鱼,长三丈。蹉跎:失足。跎,同"跛"。 ②少君:李少君。据《史记·孝武本纪》载,汉武帝时有一个旧时的深泽侯家中主持方药的舍人李少君,隐瞒了他的真实年龄及其籍贯居址,时常自称七十岁,有役使鬼物和使人不老之术。少君曾拿祠灶、谷道、却老之术进见武帝,武帝很敬重他。他对武帝说:"祭祀灶神可以招引鬼怪,招引来鬼怪能使丹沙化为黄金,用此黄金做成饮食器具可以增寿,这样就可以见到蓬莱山上的仙人,再去举行祭天地大典,就可以长生不老。黄帝就是这样。"武帝听信了少君的话,便亲自祭灶神,并派方士入海寻找蓬莱仙人,以求化丹沙为黄金。 ③栾大:据《史记·封禅书》载,汉武帝时有胶东王主持方药的舍人栾大,进见武帝说,他经常往来于海中,见到过安期、羡门之类的仙人。并说他的师傅告诉他,黄金可以化成,黄河决口可以堵塞,长生不死之药可以得到,仙人也可以招引来。此时武帝正愁黄河决口、黄金化不成,便拜栾大为五利将军。 ④仙掌:指承接甘露的仙人之掌。据《汉书·郊祀志》颜师古注引《三辅故事》说,建章宫有承露盘。盘高二十丈,大七围(两臂合抱的长度为一围),用铜铸成,上有仙人掌承接甘露,和以玉石粉末做成饮料。 ⑤琼蕊:玉花。飧(sūn孙):食。

二京赋

必性命之可度。美往昔之松乔①,要羡门乎天路②。想升龙于鼎湖③,岂时俗之足慕。若历世而长存④,何遽营乎陵墓⑤!

徒观其城郭之制,则旁开三门,参涂夷庭⑥,方轨十二,街衢相经。廛里端直⑦,甍宇齐平。北阙甲第⑧,当道直启。程巧致功⑨,期不陊陊⑩。木衣绨锦⑪,土被朱

---

① 松乔:指赤松子和王子乔。赤松子,神话中仙人,相传为神农时雨师;一说是帝喾之师。王子乔,神话中人物,相传是周灵王太子,喜欢吹笙作凤鸣声,被浮丘公引往嵩山修炼。三十余年后在缑氏山顶上向世人挥手告别,升天而去。 ② 要(yāo妖):邀请。羡门:即羡门子高,传说中的仙人。 ③ 想升句:据《史记·孝武本纪》载,武帝时齐人公孙卿向武帝转述齐人申功的话:黄帝搜采首山的铜,在荆山下铸鼎。铸成后,有龙垂下长须迎接黄帝。黄帝顺须而上,骑到龙身。群臣宫人跟从他骑上龙背的有七十余人,龙飞腾而去,余下小臣不能骑上龙背,就都拉着龙须。龙须被拉下来,掉下了黄帝的弓箭。百姓仰望黄帝已经上天,便抱着弓箭和龙须哭号。后代人把此处叫鼎湖,其弓叫乌号。武帝听后很感慨地说:"唉!我如果真能像黄帝那样,就把离开妻子儿女当成脱掉鞋子一样了。" ④ 历世:历代经世。 ⑤ 遽(jù具):急。 ⑥ 参涂:三条道路。参,通"三"。涂,通"途"。 ⑦ 廛(chán缠)里:城中住宅。 ⑧ 北阙:指未央宫门,位于京城北部。 ⑨ 程:考核,这里有选择的意思。 ⑩ 陊陊(zhì duò至剁):毁坏。 ⑪ 绨锦:彩绸。

紫。武库禁兵,设在兰锜①。匪石匪董②,畴能宅此?

尔乃廓开九市③,通阛带阓④。旗亭五重⑤,俯察百隧。周制大胥⑥,今也惟尉。瑰货方至,鸟集鳞萃。鬻者兼赢⑦,求者不匮。尔乃商贾百族,裨贩夫妇⑧,鬻良杂

---

① 兰锜(yǐ椅):兵器架,陈列在甲第之门。兰,通"阑",放其他兵器的架。锜,放弩的架。　② 石:指石显。董:指董贤。据《汉书·佞幸传》载,石显,字君房,济南人,少年时因犯法而受宫刑,为中黄门,侍从于皇帝左右,后选为中尚书,元帝时为中书令。元帝患病,把朝政委托给石显,大事小事都由他决定,地位显贵,又受宠幸,文武百官无不恭敬侍奉他。董贤,字圣卿,云阳人,哀帝时为郎,因仪表相貌出众,得到哀帝宠爱,拜为黄门郎,侍从皇帝,因此显贵。董贤之妹又被召为昭仪,地位仅次于皇后,其弟为执金吾(督巡"三辅"治安的长官),妻父为将作大匠(主管宫室、宗庙等建筑长官)。皇帝又为董贤建筑了大宅院于未央宫北门之下,下至其家童仆皆受皇帝赏赐。天下珍宝聚于其家。　③ 廓开九市:开辟九个市场。李遇春《汉长安城考古综述》说,出未央宫北面宫门有一条主干道,城内的"九市"就在其东西两侧(《考古与文物》1981年第1期)。　④ 阛(huán环):环绕市区的墙。阓(huì会):市区的门。阛阓,指市区,也指街道。　⑤ 旗亭:古代市楼,用以指挥集市。　⑥ 大胥:这里当指胥师,掌市肆政令,均平各肆的货物,并在市中公布刑罚与禁令,处罚以劣冒良的欺骗者,解决争讼纠纷等。周代的胥师之职,汉代归三辅都尉掌管。　⑦ 鬻(yù育):卖。赢(yíng营):获取余利。　⑧ 裨(pí皮):古代次等礼服,引申为小。

苦①,蚩眩边鄙②。何必昏于作劳③,邪赢优而足恃④。彼肆人之男女,丽美奢乎许史⑤。若夫翁伯、浊、质⑥,张里之家,击钟鼎食⑦,连骑相过。东京公侯,壮何能加?

---

① 苦(gǔ古):粗劣,这里指劣货。 ② 蚩:通"媸",丑陋,引申为欺骗。边鄙:靠近边界的地方,即偏远的地方,这里指乡下人。 ③ 昏(mǐn敏):通"暋",勉力。 ④ 优:富裕。 ⑤ 许史:指孝宣许皇后和卫太子史良娣(良娣,汉代太子妃妾的称号)两家。据《汉书·外戚传》载,许皇后是宣帝之后,元帝之母。宣帝封许皇后之父为平恩侯,赐予特进之位,仅在三公之下。封其弟舜为博望侯,弟延寿为乐成侯,拜为大司马车骑将军。元帝即位,又封延寿中子嘉为平恩侯,也拜为大司马车骑将军。史良娣生子名进,号史皇孙,皇孙有一男,号皇曾孙。汉武帝末年因巫蛊之祸,卫太子及史良娣、史皇孙皆遭害。皇曾孙由史良娣兄史恭收养。后即位,即是汉宣帝。宣帝追尊祖母史良娣为戾后,封史恭长子高为乐陵侯,次子曾为将陵侯,三子玄为平台侯,长子高之子丹为武阳侯,并拜史高为大司马车骑将军,史丹为左将军。 ⑥ 翁伯句:据《汉书·货殖传》载,翁伯靠贩卖油脂致富而使县内之人倾慕,质氏靠洗刷刀剑鞘而过上豪华奢侈生活,浊氏靠做羊胃脯而使家中拥有相当多的骑队,张里靠当马医而成豪富。 ⑦ 击钟鼎食:击钟列鼎而食,形容富贵人家的豪华排场。

都邑游侠①,张、赵之伦②,齐志无忌③,拟迹田文。轻死重气,结党连群,实蕃有徒④,其从如云。茂陵之原⑤,阳陵之朱⑥。赳悍虓豁⑦,如虎如貙⑧。睚眦蚤

① 游侠:古代轻生重义、见义勇为的人,这里指公卿豪强豢养的行凶逞勇的刺客。 ② 张赵:指张回和赵君都。据《汉书·游侠传》载,张、赵二家是长安有名的豪强,家中都养有刺客。 ③ 无忌:战国时魏国公子信陵君,名无忌。与下文的田文(齐国公子孟尝君,姓田名文)及赵国的平原君赵胜、楚国的春申君黄歇,并称战国四公子。他们的家中都养有上千名食客。 ④ 实:确实。蕃:众多。 ⑤ 茂陵:地名,在今陕西兴平市东北,离长安八十里,汉武帝葬在此地。原:指原涉,字巨先。武帝时其祖父自阳翟迁居茂陵。原涉二十余岁时,郡国之内游侠便慕名而归附于他。《汉书·游侠传》说:"闾里之侠,原涉为魁。" ⑥ 阳陵:地名,在今陕西咸阳东,离长安四十五里。汉景帝葬在此地。朱:指朱安世,也是京都大侠。 ⑦ 虓(xiāo 消)豁:勇猛。 ⑧ 貙(chū 出):兽名,一名獌,像狸,但比狸大。

芥①,尸僵路隅。丞相欲以赎子罪②,阳石污而公孙诛。若其五县游丽辩论之士③,街谈巷议,弹射臧否,剖析毫厘,擘肌分理。所好生毛羽,所恶成创痏④。

郊甸之内⑤,乡邑殷赈。五都货殖⑥,既迁既引。商

---

① 睚眦(yá zì 牙字):瞪眼睛,引申为小的怨忿。虿(chài 柴去声)芥:蒂芥,指积在心中的小小不快。 ② 丞相句:丞相,指公孙贺。据《汉书·公孙贺传》载,公孙贺接替石庆为丞相,封葛绎侯。公孙贺之子敬声接替其父的太仆之职。父子并居公卿之位。敬声仗恃是皇后姐姐的儿子,骄横奢侈,不守法度,因擅用军款而下狱。此时皇帝正下令捕捉朱安世,公孙贺请求亲自追捕,为子赎罪,后果然捉到。朱安世听说公孙贺用他为子赎罪,便在狱中上书,告敬声与武帝女阳石公主私通,以及使巫人祭祠诅咒皇上,在甘泉宫驰道埋偶人,咒辞中言语恶毒。武帝下达有司查明案情,穷究所犯罪行,公孙父子俱死在狱中,祸灭九族。 ③ 五县:指汉帝的五陵。高帝葬长陵,在今陕西咸阳东;惠帝葬安陵,在咸阳东北;景帝葬阳陵,武帝葬茂陵,昭帝葬平陵,在今咸阳西北。五陵所在地,从外地移民,设立县治,所以五陵又叫五县。丽:附着,归附。 ④ 创痏(wěi 委):殴打成伤而有瘢痕。 ⑤ 郊甸:周代制度,离都城五十里为近郊,百里为远郊。远郊之外,二百里之内为甸。这里泛指都城以外。 ⑥ 五都:指汉代洛阳、邯郸、临淄、宛、成都五大商市。王莽改制,在长安及五都设立五均官,长安东西市令及五都市长都是五均司市,称师。市中设置交易丞五人,钱府丞一人。

旅联楅①,隐隐展展②。冠带交错,方辕接轸③。封畿千里④,统以京尹。郡国宫馆,百四十五。右极盩厔⑤,并卷酆、鄠⑥。左暨河华⑦,遂至虢土⑧。

上林禁苑⑨,跨谷弥阜。东至鼎湖,邪界细柳⑩。掩长杨而联五柞⑪,绕黄山而款牛首⑫。缭垣绵联,四百余里。植物斯生,动物斯止。众鸟翾翻,群兽骇駼⑬。散似

---

① 楅(gé 隔):车轭,即车辕前端驾在牲口脖子上的横木。 ② 隐隐展展:车行时发出的声音。 ③ 轸:车箱底部的边框。 ④ 封畿:京城周围天子直接管辖的领土。这里指京都地区所设的三辅,即京兆尹、左冯翊、右扶风,治所都在长安城内。 ⑤ 盩厔(zhōu zhì 周至):县名,故城在今陕西周至县。 ⑥ 酆(fēng 丰):即指丰京,汉时是地区名,位于今陕西户县东。鄠(hù 户):汉时县名,在陕西户县北。 ⑦ 河华:指黄河与华山。 ⑧ 虢(guó 国):古国名。这里当指北虢,故城在今河南陕县东南,汉时属弘农郡,位于京兆尹之东。 ⑨ 上林:宫苑名,即上林苑。位于长安城西,秦时开始营建,汉武帝时扩建。南傍终南山,北临渭河,周围三百里,苑内放养禽兽,供皇帝射猎,并建有离宫别馆几十处。所谓禁苑,是指专供皇帝游乐的场所。 ⑩ 细柳:地名,在长安西南。 ⑪ 长杨:指长杨宫,在盩厔。五柞:指五柞宫,也在盩厔。 ⑫ 黄山:指黄山宫,在今陕西兴平县西南。牛首:池名,在上林苑西头。 ⑬ 骇駼(pī sì 丕俟):野兽快步走的样子。

惊波,聚以京峙。伯益不能名①,隶首不能纪②。林麓之饶,于何不有?木则枞栝棕楠③,梓棫楩枫④。嘉卉灌丛,蔚若邓林⑤。郁蓊薆荟⑥,棽丽檒槮⑦。吐葩扬荣,布叶垂阴。草则葴莎菅蒯⑧,薇蕨荔芫⑨,王蒭茵台⑩,戎葵怀羊⑪。苯䔿蓬茸⑫,弥皋被冈。筡荡敷衍⑬,编町

① 伯益:古代嬴姓各族的祖先,相传他善于畜牧与狩猎,被舜任用为掌管山林的官,大禹时帮助禹治水有功。 ② 隶首:相传为黄帝之臣,善算数。 ③ 枞(cōng匆):冷杉。栝(kuò扩):即桧。楠:常绿乔木。 ④ 梓(zǐ子):落叶乔木,夏季开花。棫(yù域):即柞。楩(pián骈):即黄楩,生于南方的大树。 ⑤ 邓林:神话传说中的树林。据《山海经·海外北经》载,夸父与太阳赛跑,追逐日影,口渴饮于黄河与渭水。黄河与渭水不够喝,要到北方大泽去喝,没等走到便在路上渴死了。他丢下的木杖化为邓林。一说邓林即桃林。 ⑥ 薆荟(ài duì爱对):草木茂盛的样子。 ⑦ 棽丽檒槮:都形容草木茂盛。 ⑧ 葴(zhēn针):即酸浆草。一说是马兰。莎(suō蓑):莎草,即香附子。菅(jiān肩):多年生的草,秆高达三米,夏、秋开花。蒯(kuǎi快上声):草名,多生在水边。 ⑨ 薇:草名,即白薇,夏季开紫褐色花。蕨:草名,蕨菜,幼叶可食。荔:草名,即荔挺,形似蒲而小。芫(háng杭):草名,《本草纲目》中的蠡实,即马蔺子,三月开紫碧色花。 ⑩ 王蒭(chú刍):即荩草。茵(méng萌):即贝母。台:即莎草。 ⑪ 戎葵:即蜀葵。怀羊:当也是草名,但不知是何种草。 ⑫ 苯䔿:草丛生的样子。蓬茸:草茂盛的样子。 ⑬ 筡:小竹。荡:大竹。

成篁①。山谷原隰②,泱漭无疆③。

乃有昆明灵沼④,黑水玄阯⑤。周以金堤,树以柳杞。豫章珍馆⑥,揭焉中峙。牵牛立其左⑦,织女处其右。日月于是乎出入,象扶桑与蒙汜⑧。其中则有鼋鼍巨鳖⑨,鳣鲤鱮鲖⑩,鲔鲵鲿鲨⑪,修额短项,大口折鼻,

---

① 编:连。町(tīng厅):田亩。篁:竹丛。 ② 隰(xí席):低洼之地。 ③ 泱漭:无边无际的样子。 ④ 昆明灵沼:指昆明池,在今陕西西安市西南。汉武帝元狩三年开凿,周围四十里。相传昆明池中有灵沼,名神池,尧时治水,曾在此停船。 ⑤ 黑水玄阯:《搜神记》卷十三说,武帝时开凿昆明池,挖掘到深处,发现下面全是黑灰。据此,黑水,当指昆明池水的颜色是黑的。玄阯,当指昆明池下基础是黑色土。阯,同"址"。 ⑥ 豫章:即樟木。章,通"樟"。 ⑦ 牵牛:星名,俗称牛郎星,隔银河与织女星相对。古代神话传说,牵牛与织女是一对夫妇,每年七月七日相会一次。此处是指立在昆明池东西两边的石人,象征天上的牵牛与织女二星,昆明池象征天河。 ⑧ 扶桑:神话中的树名。《淮南子·天文训》中说,太阳从旸谷升起,到咸池沐浴,在扶桑树下擦拭。蒙汜:蒙水之侧,神话中的地名。《楚辞·天问》中说,日出东方汤谷(旸谷),落于西方蒙汜。本文是以日月出入于其中,极言昆明池水的广阔。 ⑨ 鼋(yuán元):大鳖。鼍(tuó驼):扬子鳄。 ⑩ 鳣(zhān沾):鲤。鱮(xù绪):鲢鱼。鲖(tóng同):黑鱼。 ⑪ 鲔(wěi尾):鲟、鳇。鲵(ní倪):娃娃鱼。鲿(cháng尝):黄鲿,一名黄颊鱼。

诡类殊种。鸟则鹔鹴鸹鸨①,驾鹅鸿鹔②。上春候来,季秋就温。南翔衡阳③,北栖雁门④。奋隼归凫⑤,沸卉軿訇⑥。众形殊声,不可胜论。

于是孟冬作阴,寒风肃杀⑦。雨雪飘飘,冰霜惨烈。百卉具零,刚虫搏挚。尔乃振天维⑧,衍地络⑨,荡川渎,簸林薄⑩。鸟毕骇,兽咸作,草伏木栖,寓居穴托。起彼集此,霍绎纷泊⑪,在彼灵囿之中,前后无有垠锷⑫。虞人掌焉⑬,为之营域。焚莱平场,柞木剪棘。结罝百

---

① 鹔鹴(sù shuāng 肃双):水鸟,长颈,绿色,形似雁。鸹(guā 瓜):鸹鸹,黑色,形似雁。鸨(bǎo 保):体形似雁而略大,足强健,善奔走。 ② 驾鹅:野鹅。鸿:大雁。鹔:像天鹅的大鸟。 ③ 衡阳:衡山之南。衡山在今湖南省衡山县南,有回雁峰,相传大雁南飞至此而止。 ④ 雁门:山名,在今山西代县西北。古人认为大雁是从这里飞出。 ⑤ 隼(sǔn 损):鹰类猛禽。凫(fú 扶):野鸭,这里泛指水鸟。 ⑥ 沸卉:鸟起飞时振翅的声音。軿訇(pēng hōng 砰薨):鸟落水时与水相击发出的响声。 ⑦ 肃杀:严酷萧瑟,形容秋冬时节草木凋零的景象。 ⑧ 天维:天大的网纲。 ⑨ 地络:地大的网。 ⑩ 林薄:树林草丛,这里指草木丛生的地方。 ⑪ 霍绎纷泊:众鸟兽突飞疾走的情形。 ⑫ 垠锷:边界。锷,通"垮"。 ⑬ 虞人:古代掌管山林禽兽的官。

里①,远杜蹊塞②。麀鹿麌麌③,驸田逼仄④。

天子乃驾雕轸,六骏驳。戴翠帽⑤,倚金较⑥。璿弁玉缨,遗光倏爚⑦。建玄弋⑧,树招摇。栖鸣鸢⑨,曳云梢⑩。弧旌枉矢⑪,虹旃霓旄⑫。华盖承辰⑬,天毕前驱⑭。千乘雷动,万骑龙趋。属车之簉⑮,载猃歇骄⑯。

①罝(jū居):捕捉野兽的网。 ②远(háng杭):道路,这里指兽道。蹊:小路,这里指鸟兽经过的小路。 ③麀(yōu优):母鹿,这里泛指鹿。麌(yǔ雨)麌:鹿群聚的样子。驸田:聚集。 ④逼仄:逼迫集于狭窄的地方。 ⑤翠帽:用翠羽做的车盖。 ⑥较:安装在车的左右两边厢上的横把手,状如曲钩,顶部折而平直,人立在车上时便于攀依。有的用铜包上,称为金较。 ⑦倏爚(shū yuè叔月):光彩耀眼。 ⑧玄弋(yì义):与下文"招摇"为两星名。据《史记·天官书》载,北斗勺端两星为招摇和天锋,天锋即玄弋,天子出行时,用画此二星的旗帜为前驱。 ⑨鸢(yuān冤):鸱鹰。 ⑩梢(shāo):通"旓",旌旗下面悬垂的饰物,即旒。 ⑪弧旌:带有张幅之弓的旗帜。枉矢:矢名,类似流星,利于束上火药发射。弧旌的正面绘有此矢,以象征天上的弧矢星。 ⑫旃(zhān沾):红色的曲柄旗。旄:旗杆顶上装饰有牦牛尾的旗帜。 ⑬华盖:天子的车盖。又天上有华盖星,在五帝座的上方,遮盖着天帝的座位。辰:十二生肖与十二地支相配,辰为龙。古代以龙象征天子。 ⑭天毕:星名,有星八颗,形似田猎用的长柄网。这里指绘有天毕星的旗帜。 ⑮簉(zào造):副车。 ⑯猃(xiǎn险):长嘴猎犬。歇骄(xiē xiāo邪消):短嘴猎犬。

匪唯玩好,乃有秘书①。小说九百②。本自虞初③。从容之求,寔俟寔储。于是蚩尤秉钺④,奋鬣被般⑤。禁御不若⑥,以知神奸⑦。魑魅魍魉⑧,莫能逢旃⑨。陈虎旅于飞廉⑩,正垒壁乎上兰⑪。结部曲⑫,整行伍⑬。燎京薪⑭,骇雷鼓⑮。纵猎徒,赴长莽。迾卒清候⑯,武士赫怒。缇衣韎韐⑰,睢盱拔扈⑱。光炎烛天庭,嚣声震海

① 秘书:宫禁里的藏书。 ② 小说:指医方、巫术和厌胜、祝诅等杂说之辞。 ③ 虞初:西汉河南(今河南洛阳)人,方士。武帝时任侍郎,号黄车使者,曾根据《周书》写成通俗周史,称为《周说》,共九百四十三篇(今已失传),《汉书·艺文志》将其列入小说家。 ④ 蚩尤:神话中东方九黎族的首领,兽身、铜头、铁额,能呼风唤雨。相传蚩尤以金属作兵器,后世把他视为兵器之神。这里是指蚩尤的画像。钺:大斧。 ⑤ 鬣(liè猎):颈后长毛。般:通"斑",指虎皮。 ⑥ 不若:不顺,这里指不利的东西。 ⑦ 神奸:神物和恶物。 ⑧ 魑魅魍魉(chī mèi wǎng liǎng 吃昧网两):古人幻想中的山林川泽之怪。 ⑨ 旃:合音词,相当于"之焉"。 ⑩ 飞廉:馆名,在上林苑中。汉武帝用铜铸成能兴风的神禽名飞廉,放置在屋宇之上。 ⑪ 上兰:观名,在上林苑中。 ⑫ 部曲:军队编制。汉时大将军统领五部,部有校尉一人,部下有曲,曲有军侯一人。 ⑬ 行伍:军队编制。五人为伍,二十五人为行。 ⑭ 京:人工筑起的高丘,这里指积得高。 ⑮ 骇:通"𩥇",鼓声响而急。 ⑯ 迾卒:帝王外出时担任警戒阻止行人的士卒。清候:清道候望。 ⑰ 韎韐(mèi gé 妹格):用染成红黄色的皮革制成的蔽膝。 ⑱ 睢盱(suī xū 虽虚):张目仰视的样子。

浦。河渭为之波荡，吴岳为之陁堵①。百禽㥄遽②，骙瞿奔触③。丧精亡魂，失归忘趋。投轮关辐，不邀自遇。飞罕潚箭④，流镝䃺猼⑤。矢不虚舍，铤不苟跃⑥。当足见䠎⑦，值轮被轹⑧。僵禽毙兽，烂若碛砾。但观置罗之所罥结⑨，竿殳之所揘毕⑩，叉蔟之所挽捔⑪，徒搏之所撞拯⑫，白日未及移其晷⑬，已狝其十七八⑭。

若夫游鵁高翚⑮，绝阬逾斥⑯。毚兔联猭⑰，陵峦超

① 吴岳：指吴山与岳山。吴山，在宝鸡西、陇县南，一说指山西平陆县北之吴山；岳山，在太一山西，两山均属右扶风（见《中国历史地图集》第二册《西汉司隶部》）。　② 㥄遽（líng jù 灵据）：惊惶失措的样子。　③ 骙瞿（kuí qú 葵渠）：仓皇四顾。　④ 罕：捕鸟用的长柄小网。潚箭（sù shuò 肃朔）：鸟接触时的样子。　⑤ 镝：箭头。䃺猼（pò bó 破博）：箭射中物时发出的声响。　⑥ 铤（yán 延）：铁柄小矛，可以投掷。　⑦ 䠎（zhǎn 展）：踩，踹。　⑧ 轹（lì 力）：车轮辗过。　⑨ 罥（juàn 绢）：用绳索网罗系捕野兽。　⑩ 殳（shū 书）：撞击用的兵器，竹制，长一丈二尺，八棱，顶端尖而无刃。揘（huáng 黄）毕：撞击。　⑪ 叉蔟（cuò 错）：叉取，刺破。蔟，通"簎（cè 侧）"，用叉刺取鱼鳖。挽捔：刺穿。　⑫ 撞拯（bì 必）：撞倒。　⑬ 晷（guǐ 鬼）：日影。　⑭ 狝（xiǎn 显）：杀伤。　⑮ 鵁（jiāo 骄）：野鸡的一种。翚（huī 挥）：鼓翼疾飞。　⑯ 阬（gāng 冈）：大山。斥：盐碱地。　⑰ 毚（chán 谗）兔：狡兔。联猭（chuán 椽）：兽奔走的样子。

二京赋

壑。比诸东郭①，莫之能获。乃有迅羽轻足，寻景追括②，鸟不暇举，兽不得发。青骹挚于韝下③，韩卢噬于绁末④。及其猛毅髬髵⑤，隅目高匡⑥，威慑兕虎⑦，莫之敢伉。乃使中黄之士⑧，育、获之俦⑨，朱鬕髽髻⑩，植发如竿。袒裼戟手⑪，奎踽盘桓⑫。鼻赤象，圈巨㺄⑬，摣狒猬⑭，抶獝狻⑮。揩枳落⑯，突棘藩⑰。梗林为之靡拉⑱，朴丛为之摧残⑲。轻锐僄狡趫捷之徒，赴洞穴，探封狐，

---

① 东郭：兔名，即东郭逡，狡猾善跑。② 景：通"影"，指鸟兽的身影。括：箭后末端。③ 青骹（qiāo敲）：指鹰。骹，腿。鹰腿青色。韝（gōu沟）：臂衣。套在肩臂上，用来擎猎鹰。④ 韩卢：战国时韩国的名犬。噬（shì士）：咬。绁（xiè泄）：同"绁"，系犬的绳索。⑤ 髬髵（pī ér披而）：猛兽鬃毛竖起的样子。⑥ 隅目：有棱角的眼睛，形容猛兽眼神凶恶。⑦ 兕（sì寺）：古代野牛一类的猛兽。⑧ 中黄：古代勇士名。⑨ 育获：古代二勇士，即夏育、乌获。夏育，卫国人，力举千钧。乌获，秦武王时人，力举周鼎。⑩ 朱鬕（mà骂）：绛色抹头（束在额上的巾）。髽（jì计）：露髻。髻（zhuā抓）：髽髻，是用麻缠束起来的髻。⑪ 戟手：徒手屈肘如戟形，作与野兽搏斗的准备。⑫ 奎踽（jǔ举）：张开两脚。⑬ 㺄（yán延）：大兽名，形状似狸而长。⑭ 摣（zā匝）：抓。⑮ 抶（zǐ紫）：揪。獝（yǔ语）：即獝狨（yà亚）獝，古代传说中的怪兽名，形状像牛而赤身，人面马足，声如婴儿，食人。狻（suān酸）：狻猊，即狮子。⑯ 枳落：枳树丛所形成的篱笆。枳树，灌木或小乔木，枝上有粗刺。⑰ 棘藩：酸枣树丛所形成的篱笆。⑱ 梗林：多刺的林木。⑲ 朴丛：小树丛。

陵重巘,猎昆骎,杪木末①。攫犹猢,超殊榛,捋飞鼯②。是时,后宫嬖人昭仪之伦③,常亚于乘舆④。慕贾氏之如皋⑤,乐《北风》之同车⑥。盘于游畋,其乐只且⑦。

于是鸟兽殚,目观穷。迁延邪睨⑧,集乎长杨之宫。息行夫,展车马。收禽举胔⑨,数课众寡⑩。置互摆牲⑪,颁赐获卤⑫。割鲜野飨,犒勤赏功。五军六师⑬,千列百重。酒车酌醴,方驾授饔。升觞举燧⑭,既醮鸣钟⑮。膳

---

① 杪(miǎo秒):树梢,这里用作动词,有登上的意思。 ② 捋(dì地):掠取。飞鼯(wǔ吾):鼯鼠,也叫大飞鼠,形似松鼠,前后肢之间有宽而多毛的飞膜,借此在树间滑翔。 ③ 嬖(bì壁)人:帝王宠幸的人。昭仪:后宫妃嫔的称号,汉元帝时设置,为妃嫔中的第一级。 ④ 乘舆:天子所乘的车。 ⑤ 贾氏:《左传·昭公二十八年》载有一段叔向讲的故事,从前贾大夫长得丑,娶了个美丽的妻子。其妻三年不说不笑。贾大夫为她驾车到郊外沼泽地,射野鸡,射中了,她才笑着说话。本文贾氏即指贾大夫之妻。皋:沼泽。 ⑥ 《北风》:指《诗经·邶风》中的《北风》,其中有"惠而好我,携手同车"的诗句。本文借此描写天子、嬖人同车游猎的乐趣。 ⑦ 只且:语气词连用,相当于"也哉",表示感叹。 ⑧ 邪睨:斜视。 ⑨ 胔(zì自):带腐肉的禽兽尸骨。 ⑩ 数课:计算考核。 ⑪ 互:挂肉的架子。 ⑫ 获卤(lǔ鲁):指猎取的禽兽。卤,通"掳"。 ⑬ 五军:即五营。六师:即六军。 ⑭ 燧:古代取火器,这里指火。 ⑮ 醮(jiào叫):喝干杯中酒。

夫驰骑①,察贰廉空②。

炙魚夥③,清酤攱④。皇恩溥,洪德施。徒御悦,士忘罢⑤。巾车命驾⑥,回斾右移。相羊乎五柞之馆⑦,旋憩乎昆明之池。登豫章,简矰红⑧。蒲且发⑨,弋高鸿⑩。挂白鹄⑪,联飞龙⑫。磻不特絓⑬,往必加双。于是命舟牧⑭,为水嬉。浮鹢首⑮,翳云芝⑯。垂翟葆⑰,建羽旗⑱。齐栧女,纵櫂歌。发引和,校鸣笳⑲。奏《淮南》⑳,度《阳

---

① 膳夫：掌管皇帝饮食的官。 ② 贰：重复，这里指占有双份。廉：与"察"义同，察视。 ③ 炙魚（zhì páo 志袍）：烹煮，这里指烹煮熟的食物。夥（huǒ 火）：多。 ④ 攱（zhī 支）：多。 ⑤ 罢（pí 皮）：疲劳，这个意义后写作"疲"。 ⑥ 巾车：掌管车的官。 ⑦ 相羊：徘徊。 ⑧ 简：检查。矰（zēng 增）：射鸟用的一种箭，末端系有丝绳，用弩发出后随手可以收回。红：通"功"，效能。 ⑨ 蒲且：古代传说中楚国的善射者。 ⑩ 弋（yì 义）：用带丝绳的箭射。 ⑪ 挂：牵挂。这里指箭上的丝绳挂到鸟的身上，即射中。 ⑫ 联：并，这里是指一箭双中。飞龙：鸟名。 ⑬ 磻（bō 波）：缴矢所用的石块。絓（guà 挂）：绊住。 ⑭ 舟牧：主管船只的官。 ⑮ 鹢首：画有鹢鸟的船头。 ⑯ 翳（yì 益）：遮蔽。云芝：船体画上芝草与云气的图形作为装饰。 ⑰ 翟：野鸡的羽毛。葆：葆盖，皇帝所用的障扇，即宫扇，是宫廷仪仗的一种。 ⑱ 羽旗：装饰有猛禽羽毛的旌旗。 ⑲ 校：通"绞"，急速。笳（jiā 加）：通"笳"，古乐器，即胡笳。 ⑳ 《淮南》：乐府舞曲名，指《淮南王曲》。据晋代崔豹《古今注》说，《淮南王曲》是淮南王刘安的一部分门客淮南小山所作。

阿》①。感河冯②,怀湘娥③。惊蝄蜽④,惮蛟蛇⑤。然后钓鲂、鳢⑥,缅鳏、鲉⑦。摭紫贝,搏耆龟。搤水豹,絷潜牛⑧。泽虞是滥⑨,何有春秋?摘澪灂⑩,搜川渎。布九罭⑪,设罜䍡⑫。㨭昆鲕⑬,殄水族。蘧藕拔⑭,蜃蛤剥。逞欲畋鲛⑮,效获麑麇⑯,摎蓼浰浪⑰,干池涤薮。上无逸飞,下无遗走。攫胎拾卵,蚳蝝尽取⑱。取乐今日,遑恤我后!

既定且宁,焉知倾陁。大驾幸乎平乐⑲,张甲乙而袭

---

①《阳阿》:乐府舞曲名。 ②河冯:即冯夷,河神。
③湘娥:指尧的二女娥皇和女英。相传娥皇、女英是舜二妃。舜巡视南方,二妃没有同行,追至洞庭湖,听说舜死在苍梧,便自投湘水而死,成为湘水神。 ④蝄蜽:水中神物。 ⑤蛟蛇:水中神物。 ⑥鲂、鳢:鱼名。 ⑦缅(shāi 筛):鱼网,其形后部狭窄,前部宽大,这里是用缅网捕获。鳏、鲉:鱼名。
⑧絷(zhí 执):拴住马足。 ⑨泽虞:掌管水泽的官。滥:无节制。这里指不按时节设网捕鱼。 ⑩摘(zhì 志):探查。
⑪九罭(yù 域):有很多个网囊的细眼鱼网。九,虚数,指数量多。 ⑫罜䍡(zhǔ lù 主鹿):小鱼网。 ⑬㨭(jiǎo 矫):同"剿",灭绝。昆:同"鲲",鱼子。鲕(ér 而):鱼卵。 ⑭蘧(qú 渠):芙蕖,即荷花。 ⑮鲛(yú 鱼):捕鱼。 ⑯麑(ní 尼):幼鹿。麇(yǎo 咬):幼麇。 ⑰摎蓼(jiū liǎo 鸠了):搜索。浰(láo 劳)浪:惊扰。 ⑱蚳(chí 迟):蚁卵。蝝(yuán 缘):没有生出翅膀的幼蝗。古代用蚳与蝝作食用酱。 ⑲平乐:宫馆名,宫廷奏乐作乐之处。

翠被①。攒珍宝之玩好,纷瑰丽以参靡。临迥望之广场,程角抵之妙戏②。乌获扛鼎,都卢寻橦③。冲狭燕濯④,胸突铦锋⑤。跳丸剑之挥霍⑥,走索上而相逢。华岳峨峨⑦,冈峦参差⑧。神木灵草,朱实离离。总会仙倡,戏豹舞罴⑨。白虎鼓瑟,苍龙吹篪⑩。女娥坐而长歌⑪,声清畅而蜲蛇⑫。洪涯立而指麾⑬,被毛羽之襳襹⑭。度曲

① 甲乙:指天子帐幕。据《汉书·西域传赞》与《汉武故事》记载,汉武帝时兴造甲乙帐,用隋侯之珠、和氏之璧等天下珍宝为装饰。甲帐供奉神灵,乙帐供自己居住。袭:覆盖。 ② 角抵:表演者角力角技的一种杂技表演,汉代称各种乐舞杂技为角抵戏。 ③ 寻橦:杂技项目,即爬竿。 ④ 冲狭:杂技项目,卷席成筒,把长矛插入其中,表演者跃身投入,穿过席筒。燕濯:杂技项目,即飞燕点水。表演的方法是将装有水的盘子放在前面,人坐在后面,然后跃身张臂跳至盘前,双足从盘中水上越过,再坐于盘前。 ⑤ 胸突铦(xiān 先)锋:杂技项目,用胸脯顶撞利刃。 ⑥ 跳丸剑:杂技项目,表演者双手连续不断地抛接五个圆球或五支短剑。挥霍:轻捷,迅速。 ⑦ 华岳:即华山。这里是指在戏车上作成华山之形,上插草木,果实下垂。 ⑧ 参差(cēn cī 岑阴平词阴平):长短不齐的样子。 ⑨ 豹:与下文"罴(pí 皮)"、"白虎"、"苍龙"都是制成假头套于艺人头上而扮作上述动物。 ⑩ 篪(chí 迟):古代管乐器,单管横吹。 ⑪ 女娥:艺人扮的娥皇、女英。 ⑫ 蜲蛇(wēi yí 威夷):长而曲折。 ⑬ 洪涯:传说是三皇时的乐工,这里是指艺人假扮为洪涯。指麾:指挥。麾,通"挥"。 ⑭ 襳襹(shēn shī 深尸):形容羽毛盛多。

未终，云起雪飞。初若飘飘，后遂霏霏。复陆重阁①，转石成雷。礔砺激而增响，磅磕象乎天威。巨兽百寻②，是为曼延③。神山崔巍，欻从背见④。熊虎升而拿攫⑤，猿狖超而高援⑥。怪兽陆梁⑦，大雀踆踆⑧。白象行孕⑨，垂鼻辚囷。海鳞变而成龙，状蜿蜿以蝹蝹⑩。舍利䫲䫲⑪，化为仙车。骊驾四鹿⑫，芝盖九葩。蟾蜍与龟，水人弄蛇。奇幻倏忽，易貌分形。吞刀吐火，云雾杳冥⑬。画地成川，流渭通泾。东海黄公⑭，赤刀粤祝⑮。冀厌白虎⑯，卒不能救。挟邪作蛊⑰，于是不售。尔乃建戏车，

---

① 复陆：楼阁之间用木架起来的通道。重阁：指复道之上的楼阁。　② 寻：古代长度单位，八尺为寻。　③ 曼延：大兽名。也写作蟃蜒、獌狿。　④ 欻（xū 虚）：忽然。见（xiàn 现）：出现。　⑤ 拿攫（jué 决）：搏斗。　⑥ 猿狖（yòu 又）：泛指猿猴。　⑦ 陆梁：跳跃着行走的样子。　⑧ 踆（qūn 逡）踆：行走迟缓、步履沉重的样子。　⑨ 行孕：边行走边哺乳。　⑩ 蜿（wǎn 婉）蜿：曲折爬行的样子。蝹（yùn 运）蝹：屈曲爬行的样子。　⑪ 舍利：传说中的神兽名，能吐金。䫲（xiā 虾）䫲：张开口的样子。　⑫ 骊（lí 离）驾：并驾。　⑬ 杳冥：昏暗。　⑭ 东海黄公：据《西京杂记》卷三载，东海人黄公，年少时会幻术，能制伏蛇、虎，常佩带赤金刀。衰老后饮酒过度，有白虎出现在东海，黄公用赤金刀去制伏，幻术行不通，结果被虎吃掉。　⑮ 粤祝：越巫用咒法降神驱怪的迷信活动。粤，同"越"。　⑯ 厌（yā 鸭）：制伏。　⑰ 蛊（gǔ 古）：惑乱。

树修旃。侲僮程材①,上下翩翻。突倒投而跟絓②,譬陨绝而复联。百马同辔,骋足并驰。橦末之伎③,态不可弥。弯弓射乎西羌④,又顾发乎鲜卑⑤。

于是众变尽,心醒醉。盘乐极,怅怀萃⑥。阴戒期门⑦,微行要屈⑧。降尊就卑,怀玺藏绂⑨。便旋闾阎⑩,周观郊遂。若神龙之变化,章后皇之为贵。

然后历掖庭⑪,适欢馆,捐衰色,从嬿婉⑫。促中堂之狭坐,羽觞行而无算⑬。秘舞更奏,妙材骋伎。妖蛊艳

① 侲(zhèn 振)僮:童男童女。程材:显示技能。 ② 倒投:翻转身躯下坠的样子。跟:脚跟。 ③ 橦(chuáng 床):竿。 ④ 西羌:居住在汉朝西部的少数民族,这里是指假扮的羌人。 ⑤ 鲜卑:古代少数民族名,东胡的一支。秦汉时游牧于今西喇木伦河与洮儿河之间,附于匈奴。 ⑥ 萃(cuì 翠):草丛生,这里是生出的意思。 ⑦ 期门:官名。汉武帝时设置,皇帝微行,执兵器护卫。 ⑧ 微行:旧时皇帝或高官隐藏自己的身份改装出行。要(yāo 妖)屈:指出行时降低身份。 ⑨ 绂(fú 弗):系印章或佩玉的彩带。官位品级不同,其颜色也不同。 ⑩ 便旋:徘徊,这里指自由自在地转游。闾阎:里门,指平民居住的地方。 ⑪ 掖庭:宫中妃嫔居住的房舍。 ⑫ 嬿婉:美好,此指容貌俊俏的人。 ⑬ 羽觞(shāng 伤):雀形的饮酒器具。算(suàn 算):计数。

夫夏姬①,美声畅于虞氏②。始徐进而羸形③,似不任乎罗绮。嚼清商而却转④,增婵娟以此豸⑤。纷纵体而迅赴,若惊鹤之群罢⑥。振朱屣于盘樽⑦,奋长袖之飒纚。要绍修态⑧,丽服扬菁。眳藐流眄⑨,一顾倾城。展季桑门⑩,谁能不营?列爵十四,竞媚取荣。盛衰无常,唯爱所丁⑪。卫后兴于鬒发⑫,飞燕宠于体轻⑬。尔乃逞志究

---

① 夏姬:春秋时郑穆公的女儿,有美色。初为陈国大夫御叔的妻子。御叔死后,她与陈灵公、大夫孔宁、仪行父私通。后被楚庄王俘获,嫁给连尹襄老。襄老战死,又被申公巫臣娶为妻。 ② 虞氏:指汉代善歌者鲁人虞公。 ③ 羸(léi雷)形:瘦弱的形体,这里指舞女身材纤细柔弱。 ④ 嚼(jué决):将食物咬烂,引申为品味、玩味。清商:清商三调的简称。古代汉民族民间音乐,包括平调、清调、瑟调的歌曲。
⑤ 婵娟:形容女子姿态美好。此豸(zhì至):形容姿态妖媚。
⑥ 罢:返回。 ⑦ 朱屣(xǐ徙):红色的舞鞋。 ⑧ 要(yāo腰)绍:形容姿态娇艳。修态:美好的姿容。 ⑨ 眳(míng名)藐:目光美好的样子。流眄(miǎn免):转动眼睛左右观看。
⑩ 展季:春秋时鲁国大夫,名获,字禽,季是他的排行。因居于柳下,死后谥号为柳下惠,因他品行端正,不贪女色而为人称颂。桑门:即沙门,指出家的僧人。 ⑪ 丁:当,符合。
⑫ 卫后:字子夫,起初是平阳公主歌女,因生一头美发,武帝娶了她,生太子据,立为皇后。鬒(zhěn枕):头发黑而浓密。
⑬ 飞燕:指赵飞燕,孝成帝皇后。善舞,体轻,因此得宠,封为婕妤。据传能在人手掌上表演舞蹈。

欲,穷身极娱。鉴戒《唐》诗①:他人是偷。自君作故②,何礼之拘?增昭仪于婕妤③,贤既公而又侯④。许赵氏以无上⑤,思致董于有虞⑥。王闳争于坐侧,汉载安而不渝。

高祖创业,继体承基。暂劳永逸,无为而治。耽乐是从,何虑何思?多历年所,二百余期⑦。徒以地沃野

---

① 《唐》诗:指《诗经·唐风》中《山有枢》一诗。诗中劝告贵族及时行乐,不吝惜财物,否则死后会被人占有。 ② 作故:义同"作古",创始。 ③ 婕妤:后宫妃嫔的称号,地位次于昭仪。据《汉书·外戚传》载,汉成帝封赵皇后(飞燕)的姊妹为婕妤,后又迁升为昭仪。又汉元帝宠幸傅婕妤,加封为昭仪。 ④ 贤:指董贤。 ⑤ 赵氏:指赵昭仪,即赵飞燕姊妹。据《汉书·外戚传》载,汉成帝先宠幸许美人,后来赵氏姊妹擅宠,妒恨许美人,要挟成帝不得立许美人为皇后。成帝与赵氏相约道:"与赵氏立下盟誓,不立许氏为皇后。使天下的美人不许超过赵氏的地位,请你不要担忧。" ⑥ 致:送达,这里指让位。董:指董贤。有虞:即舜。这里是成帝把董贤比作舜。据《汉书·佞幸传》载,成帝在麒麟殿与董贤父子及亲属宴饮,王闳兄弟侍中、中常侍皆在侧。成帝看着董贤而笑道:"我想效法尧让位于舜怎么样?"这时在侧的王闳进言道:"天下乃是高祖打下的天下,并非陛下所有。陛下继承祖业,应当把它世代传下去。世代相继的大业是最重要的,天子不应当有戏言。"成帝听了王闳的话,很不高兴。 ⑦ 期:一周年。

丰,百物殷阜;岩险周固,衿带易守①。得之者强,据之者久。流长则难竭,柢深则难朽②。故奢泰肆情,馨烈弥茂。鄙生生乎三百之外③,传闻于未闻之者,曾仿佛其若梦,未一隅之能睹。此何与于殷人屡迁④,前八而后五。居相圮耿⑤,不常厥土。盘庚作诰⑥,帅人以苦。方今圣上,同天号于帝皇⑦,掩四海而为家。富有之业,莫我大也。徒恨不能以靡丽为国华,独俭啬以龌龊⑧,忘《蟋蟀》之谓何⑨。岂欲之而不能,将能之而不欲欤?蒙窃惑焉,

① 衿带:衣襟和衣带,这里比喻险要的山川像衣襟和衣带护体那样护卫国家。 ② 柢(dǐ底):树根。 ③ 鄙生:鄙人,凭虚公子自谦之词。三百:自汉朝建立到张衡作赋,已有三百余年。 ④ 此:指由西京长安迁至东京洛阳之事。与:如,像。殷人屡迁:殷商王朝曾多次迁都,自商始祖契至汤迁都八次,自汤至盘庚迁都五次。 ⑤ 相:古地名,在今河南内黄东南。商王河亶甲迁都至此地。圮(pǐ四):毁坏。耿:古地名,在今河南温县东。商王祖乙迁都至此地。 ⑥ 盘庚:商代国王,汤的第九代孙。盘庚继位时,正是商王朝衰落时期,为摆脱贫困境地,逃避自然灾害,便从奄(今山东曲阜)迁都到殷(今河南安阳西北)。臣民留恋故土,不愿迁居,所以盘庚作书诰三篇,劝导臣民(见《尚书·盘庚》)。 ⑦ 同天号:与天同名。天称皇天,也称上帝,汉天子称皇帝,所以说与天同名。 ⑧ 龌龊(wò chuò握绰):气量狭小。 ⑨《蟋蟀》:《诗经·唐风》中的篇名。诗的内容是宣扬人生及时行乐,但又自警不要过度,以免自取灭亡。

愿闻所以辩之之说也。

【翻译】

　　有一个凭虚公子,心志奢侈,行为骄纵,向来喜欢博知古事,就学于太史氏,因此对前代历史知道得很多。他对安处先生说:人在春夏时节心情舒畅愉快,在秋冬时节就忧愁悲伤,这是与天时变化紧密相联的。人们居住在肥沃的土地上就安乐,居住在瘠薄的土地上就劳苦,这是与土地的肥瘠密切相关的。人们悲愁就少有欢乐,劳苦就难施恩惠,能违背这种情况的人很少。小事如此,大事亦然。因此帝王顺应天时地利的推移,达到教化的目的,百姓接受帝王的教化形成风俗。教化民俗的根本,在于随着自然条件的变化而推移。拿什么来验证它呢?秦国占据雍州从而强盛起来,周代迁都豫州从而衰弱,高祖建都西京长安从而骄奢,光武居于东京洛阳从而节俭,国家政治的兴衰,常由此起。先生难道没见过西京的盛况吗?请允许我向您述说:

　　汉代开始建都,是在渭水岸边,秦的故都在它的北面,这就是咸阳。东有崤山、函谷关等险山要隘和桃林要塞,连接着太华、少华二山,河神巨灵运足力气,手劈足踏,使华山从中间分成两半,曲行的河水直流而过,那手足的痕迹至今还保存着。西有陇山的险隘,隔开了华夏与西戎，又有岐、梁、汧、雍等天然屏障，陈宝鸡鸣祠就在陈仓山上。南有终南、太一两山，峭拔险峻，高高低低，向西绵延，与嶓冢山脊相连，环抱着杜、鄠二县，吞吐着沣、镐二水，还有蓝田美玉，都由此出产。北面丘陵与平原，依傍着渭水和泾水，地势宽广而平远，镇守着京都之边。再往北有九嵕、甘泉，山上寒气凝聚，时已夏至，冰冻不解，此处正可避暑消炎。那里是一片辽阔的土地，属于上等的田亩，真是天下的腹地，神灵的居处。从前，天帝喜欢秦穆公而令他去朝见，奏钧天广乐款待他。天帝酒酣，便书写金策，把这块土地赐给穆公，鹑首分野之地全属于他。这个时候，与秦并列的强国有六个，然而四海之内一齐归顺秦国，这难道不奇怪吗！

　　从高祖刚刚进入关中，五星就和谐地排列在井宿。士卒娄敬放下挽车的横木，上前纠正高祖建都洛阳的主张，上天启发了高祖的心意，庶人教给他计谋，等到高祖谋划建都时，心中也考虑到天地神明的意旨，认为关中适宜定为京都。哪里是他不诚敬地想定都洛阳？哪里不想着回到故乡枌榆？但是天命不可怀疑，谁敢改变！

　　于是开始丈量土地，修筑内外城墙，挖掘护城河道，采用八方都会各自不同的建制，岂只是沿袭往昔的旧章。于是吸收秦制，超越周法，嫌周人的百堵宫墙简陋，九筵明堂狭小，而今增加了宫室，扩大了明堂。建置紫宫于未央宫中，高耸的双阙竖立在闾阖门前。在那龙首山，依山兴筑殿宇，宏伟而又壮观。殿堂上横贯五彩鲜艳的长梁，连接着根根栋与橡。荷花倒置于藻井，层层红色的花瓣向下反披，纷繁重重。装饰彩橡与壁珰，闪耀着明亮绚丽的光辉。雕花的殿柱，玉石的柱基，五彩的斗拱，云纹的横梁。台阶旁槛板重重，雕刻的栏杆，彩绘的檐板。右边是铺砖的平道，左侧是石砌的台阶，中间有连环雕纹的青色宫门，涂红的台阶。铲平地面，砌成台阶，平直壁立，高耸陡峭如层叠的山崖。殿阶之上，路途平坦而深长，使得行者心生畏惧之感。宫中重门严防，以防盗贼行窃，奸邪作乱。比照天帝所居太微宫，晴时则显现了它的雄姿，阴时便隐没了它的形影。大钟重有万钧，悬挂在钟架之上，架座雕成猛兽，背负横置的钟架，仍有奋起之势，像要凌空飞腾。

朝堂殿承接于东，温调殿延续于北，西有玉台，连接昆德。一台三殿雄伟壮观，不知仿照什么建造。至于那长年、神仙、宣室、玉堂、麒麟、朱鸟、龙兴、含章等殿，就像众星环绕北极，光芒闪耀，灿烂辉煌。宫中正殿，群臣在此接受朝见。深邃的大屋，九门洞开。庭院中种植嘉木、芳草，堆叠积聚。宫门高大，十二铜人列坐殿前。内有常侍、谒者，候令通报传达。兰台、金马，转班值宿。次有天禄、石渠二阁，是校勘书籍的地方，还有虎威、章沟,是巡视打更值班的官署。巡更之道,环绕四周,上千座卫士庐舍,附设其中。卫尉统领四面八营,昼夜警备巡行。长矛林立,盾牌悬挂,以备意外事故发生。

后宫诸殿则是昭阳、飞翔、增成、合欢、兰林、披香、凤凰、鸳鸯。淑女成群,艳丽多彩,宫内所见,令人赞叹。馆室和宿卫的地方,彩饰花纹细致繁密。椽柱雕绣都涂饰着朱红翠绿。翡翠和火齐,环绕着宝石美玉。悬挂的明珠在夜间闪烁光辉,装饰上隋侯珠,作为照明的蜡烛。金色的阶旁斜石、玉石的台阶,丹朱涂漆的庭院,红光耀眼。珊瑚、琳碧、瓀、珉等美石文彩缤纷。珍奇之物,罗列生辉,就像神话中的昆仑山光彩四射。虽然它的规模不算大,但奢侈豪华却超过了帝宫。在此后宫之外,阁道迂回曲折。连接长乐与明光宫,径直往北通到桂宫。再令公输般、王尔那样的巧匠,使其姿态奇巧,变化无穷。宫中随处宴乐,不用移动钟磬,专有卫士张设帏幕,官员供应需要物品,只要任意到达某处,下车便可宴饮。即便是终生忘记了回归,也还是不能走遍。奇异的珍物日日更新,尽是前所未见。

想那帝王的宫殿如此神妙华丽,还恐君臣之间享乐相同。虽然未央宫已够宽广,但君王的心中还觉烦闷而不舒展。想要效仿紫微天宫,又为阿房宫不能居住而遗憾。寻觅往昔遗存的馆舍,找到秦代残存的林光宫。它座落在明朗干燥的甘泉山上，又经加高和扩展。既新造了迎风馆，又增建了露寒宫与储胥宫。高高的殿基依托于山冈，在高处巍峨耸峙。通天台高高地耸立，径高百丈，拔地而起。其上文彩交错，其下陡峭得犹如刀劈斧削。向上飞翔的鹍鸡都不能达到它的顶端，何况那青鸟与黄雀！凭倚栏杆向下谛听，听到雷霆之声隆隆。

柏梁台遭受火灾，越巫前来陈述方略。营造建章宫殿，用来镇压火殃。营造此宫的规模，工程倍于未央。圆形的宫阙高耸入天，犹如两座碣石山相望。凤鸟张着两翼立于屋脊之端，都迎风展翅好像要飞翔。阊阖门内，别风阙矗立。匠人的技艺多么奇异，通明的小窗交织着各种雕镂的花纹。楼台冲云破雾，直插九霄，巍然屹立，一派雄姿。神明台孑然突起，井幹楼高达百层。梁上立柱支撑着梁上之梁，连结着一层层两端承托斗拱的柱上曲木。楼层节节增高，向着北斗高高筑起。消散天地间的尘秽，聚集九天的清澄之气。俯视曲虹的鱼脊，饱览云神凭依的流云。登上高门而远眺，恰好望见瑶光与玉绳星。欲暂前往而行未至半，已觉心惊而胆寒。不是都庐人那样轻捷善走，谁能超过半程而登到台顶？

驱娑、骀荡二殿，峻拔而深广。枍诣、承光二殿，高耸而幽远。檐梁层层，凌空架起。檐角高昂上翘，像大鸟展翅飞翔。引进日月之光,闪耀辉映于殿内。天梁宫殿,敞开高大的门扇。不必开扃偃旗,四马驾车并辔可行。急驰的轻车,只开一门就可通过。长长的游廊,宽敞的廊屋,四通八达的阁道,蔓延如云。垣庭形制奇特多变,设置着千门万户。宫中之门重重幽深,彼此辗转相连。走过那深曲的门户,幽远得找不到返回的途径。之后便是宝台高大宏伟,阁道曲折连延伸向正东。好像阆风仙山上遥远的坡路,跨越西方城池。城门警卫敲击木梆,宫内宫外秘密巡行。

  建章宫前开辟了唐中池,远望宽广的池水,微波荡漾。回望太液池,碧波浩荡。渐台立于池中央,巍然耸立,放射着华美的红光。青渊茫茫,神山峭立。瀛洲、方丈依次排列在太液池上,蓬莱于中并排而立。山上险峻参差,山下怪石嶙峋。长风冲击到另外的岛屿,水面上涛涌波掀。到水边冲洗石菌,洗涤红色的灵芝茎。海神到岛上游览,石鲸失水卧于岸边。此时帝王正笃信少君荒诞之言,更愿栾大的话成为现实。竖立高高的铜柱,擎托着仙盘,承接天上纯洁的甘露。说是甘露调和玉石粉末作为早餐,必能超离尘世而成仙,赞美往昔的赤松子和王子乔,邀请羡门相会在天路。想到鼎湖乘龙飞升,尘世哪里值得羡慕。如果能历代经世而长生不死,何必急于营造陵墓!

仅看都城的规模，每面开辟三个大门，对着三条平整笔直的大道。十二辆马车可以并行，往来之路交错相通。百姓居宅井然有序，屋脊房檐高低齐平。城北大臣的宅第，径直当道敞开门户。选择能工巧匠，使建筑的技艺达到了精良，以求其坚牢永固。楼板栏干罩着彩绸，墙壁绘有朱紫彩画。天子武库中的兵器，陈列在甲第门前兵器架上。不是石显、董贤，有谁能住在此处！

城中大开九个市场，墙垣环绕，街道通畅。五层市楼，居高俯察市井。周制的胥师，今日换成都尉。奇特的货物从四方汇聚到这里，有如飞鸟、游鱼群集。卖者加倍赢利，买者并不见少。至于各类的商贾，作小贩的夫妇，好货中搀进劣货，欺骗边远的乡下人。何必勉力去做劳苦之事，用欺诈的手段牟取暴利，不也可以丰衣足食。那些男男女女的商人，华丽的服饰超过了许、史两大家族。至于翁伯、浊氏和质氏，以及张里之家，都是鸣钟列鼎而食，骑队接连，过访不断。东都洛阳的公卿王侯，怎能超过商贾豪华奢靡的排场？

京都的游侠，像张回、赵君都之类，要与信陵君无忌、孟尝君田文比志向，要模仿他们的行迹。轻视生死，重视气节，结连同党，他们的党徒实在多，随从如云。茂陵的原涉，阳陵的朱安世，个个都如狼似虎，强悍勇猛。只要稍结小怨，便杀害别人，弃尸路旁。丞相公孙贺捉拿朱安世想为儿子赎罪，结果阳石公主遭受玷污，公孙父子反受杀戮。那些五县善辩的游士归附于豪门，大街小巷议论谈说，评论人的好坏善恶，分析事理极其细密，就如剖开肌肤，辨别纹理。赞美所喜欢的人，甚至令他生出美丽的羽毛。诋毁所厌恶的人，甚至使他丑得像疮疤。

京城郊区，乡镇富饶。洛阳等五都商贾，互通有无。客商的货车接连不断，隐隐展展的车声不绝于耳。商官乘舆，交叉错杂，并驾而行。京都三辅千里之广，都归京兆尹统辖。诸郡国驻京的离宫别馆，总共一百四十五座。西至鳌屋，包括鄠、鄂两地。东到黄河、华山，直至故虢的疆域。

专供帝王游猎的上林禁苑，跨越溪谷，遍布山峦。东边到达鼎湖，细柳原是西边的斜界。苑中掩藏着长杨宫，延伸至五柞宫址，绕过黄山宫，直到牛首池。围墙连绵，全长四百余里。植物在这里生长，动物在这里栖息。众鸟在天空自由飞翔，群兽在地上四处奔走，分散时似怒涛腾涌，聚集时像高丘隆起。就是伯益也叫不全它们的名称，隶首也数不清它们的数量。富饶的山林，真是无所不有。树木则有杉、桧、棕、楠，还有梓、柞、梗、枫。鲜美的花草，丛生的树木，像神话中的邓林一样繁茂。密密丛丛，欣欣向荣。遍野的百花竞相开放，满山的树木展叶成荫。花草则酸浆、莎草、菅草、蒯草，还有白薇、蕨菜、荔挺、蠡实，以及芫草、贝母、蜀葵、怀羊，茂密葱茏，覆盖沼泽和山冈。大竹小竹蔓延生长，连接田地，丛生茁壮。大山峡谷，高原洼地，广阔无边。

而且还有神灵的昆明池，池水墨黑。池周环绕坚固的石堤，种植着垂柳、枸杞。珍奇的豫章台馆，高高地屹立其中。牛郎石像立于左侧，织女石像立在右边。太阳月亮在这里升起与降落，象征神话中的扶桑与蒙汜。池中有鼋鼍大鳖，有鳣鲤鲂鲖，鲔鲵鳡鲨，长额短颈，大嘴曲鼻，奇形怪状。鸟类有鹨鹨鸹鸰，有鸳鹅鸿鸨。它们在孟春时节飞来，深秋时候飞往温暖的地方。南飞到衡山之南，北翔则栖息在雁门山中。鹞鹰展翅，水鸟回池，一片沸卉轩訇的声响。形状众多，声音各别，实在无法说尽。

初冬时节阴气萌生，寒风酷烈萧瑟。大雪飘飘，冰霜凛冽。苑中草木通通凋零，凶猛的鸟兽出来捕食。此时开始整理天一般大的网纲，地一般大的网罗，搅动大川小流，树木草丛。使群鸟惊骇而起飞，野兽惶恐而乱窜，有的伏于草中，有的栖于树上，权且寄居窠巢而托身。从那边起来，又聚集到这边，突飞疾走，东窜西逃。在那上林苑中，前无边，后无际。有虞人掌管，为它划定疆界，焚烧杂草，平整猎场，砍伐树木，剪除荆棘。百里之内布设罗网,堵塞鸟兽通行的大小道路。迫使它们成群结队,汇聚于狭窄境地。

天子乘坐雕饰华美的车辆,驾着六匹身着黑色虎纹的骏马。头上是翠羽车盖,攀倚着饰金的把手。马头上戴着饰璿之冠,颈上系着饰玉的革带,光彩闪耀。车上竖立玄弋、招摇星图旗、鸣鹰旗,旒飘如云。弧星旗,枉矢在弦,赤色曲柄,旄尾为饰,色彩缤纷,如虹如霓。华盖遮蔽着天子,天毕星旗作前驱。千辆兵车如雷轰鸣,万人骑队如龙飞腾。后车的副车,载着长嘴、短嘴的猎犬。车上不只是装载玩赏之物,还有宫中秘藏的图书。杂说之书九百卷,本来出自虞初,以备皇帝闲暇发问时应答。这里还有蚩尤的偶像,手执斧钺,抖动颈后长毛,身披虎皮,防止发生不利之事。让人们认识神物和恶物,魑魅魍魉等鬼怪,谁也不会遇上。陈设卫兵于飞廉馆外,整饬壁垒于上兰观前。聚结兵卒,整顿行列。烧起积得高高的薪柴,猛击八面大鼓。放纵狩猎的徒众,奔赴深深的草丛。士卒列队,阻断行人,清道候望,武士们气势汹汹。他们穿着桔红色的衣服,围着红黄色的蔽膝。昂首张目,骄横暴戾。猎火的光焰照耀天宫,人马喧嚣声震海滨。黄河、渭水因此而动荡,吴山、岳山因此而崩颓。鸟兽个个惊慌失措,仓惶四顾,乱跑乱撞。丧魂失魄,不知当归何处。竟自纷纷投于轮辐之间,不用拦截,却自己碰上。飞鸟扑棱扑棱撞上舞动的小网,流矢扑扑射中兽身。真是矢不虚发,矛不瞎掷。碰到脚下就被踩住,投于轮下则被辗死。僵禽死兽,就像碎石,遍地都是。仅看各种网罗所捕,竹杖所击,鱼叉所刺,徒手所捉,未等日影西斜,就已经杀伤十分之七八。

至于那流窜的野鸡,鼓翼疾飞,横绝大山,越过盐碱地。狡兔逃命,爬过了山峦,跨越溪谷,可同东郭狡兔相比,谁也难于抓获。然而有迅鹰疾犬,搜寻禽兽的身影,顺着箭的方向追去。飞鸟还来不及起飞,走兽还来不及逃跑,就被猎鹰抓到臂衣之下,被猎犬咬于牵绳的末端。至于那些凶残的野兽,鬃毛竖起,怒目可畏,其势能使野牛、猛虎屈服,没有谁敢于同它对抗。便派遣像中黄、夏育、乌获一类的勇士,他们以绦带束额,麻束鬐髻,直立如竿。脱衣露体,徒手屈肘,张开两脚,左旋右转。手牵大象的长鼻,圈巨狿于圈中,抓狒狒与刺猬,获猰㺄和狮子。撞乱了枳树丛的篱笆,触破了酸枣树丛的藩篱。多刺的林木被毁坏,矮小的树丛被摧残。轻装精锐、敏捷善跑的猛士,找到洞穴,掏取大狐。爬上山峦,猎获昆骏。登上树梢,捉拿猕猴。攀上榛树,捕捉鼯鼠。此时,后宫妃嫔,经常驾着低于天子乘坐的车。羡慕贾氏到郊外游猎,欣赏《北风》诗中"携手同车"的快乐。沉溺于游猎之中,真是畅快啊!

于是鸟兽绝迹,观赏周遍。此时边退回边搜寻,各路人马集中到长杨宫前。令士卒休息,车马停歇。集中活禽死兽,查点数目,考核功绩。设置肉架,摆放禽兽。所获猎物,按等分赏。割取鲜肉以备野餐,犒赏辛劳有功的人。五营六军的将士,千行百列。酒车往来运送美酒,车驾并列分发佳肴。举火齐饮,鸣钟干杯。膳夫策马巡行,察看菜肴是否重复或是缺少。

佳肴丰盛,美酒盈车。皇帝的恩德,遍施天下。众车夫无比喜悦,士卒们忘记了疲劳。管车之官命令起驾,回转旌旗向右移行。逗留于五柞宫前,回归休息于昆明池边。登上豫章馆台,检查红丝短箭的功能。使用蒲且的射术,仰射高空的飞鸿。射下天鹅,挂住飞龙。丝上石块从不单中,箭到必然射中一双。于是又命令船官,备办水上嬉戏。绘有鹢首的船只在水上漂浮,芝草与云气的图形装饰四周。障扇上垂着野鸡的翎毛,树起饰有猛禽羽毛的旌旗。令划船的女子动作齐整,鼓动船桨纵情高歌,一人领唱,众人应和。又令胡笳紧奏,奏起《淮南王曲》,唱起《阳阿》之歌。感动了河神冯夷,触动了湘水女神的思夫之情。使蝄蜽惊骇,蛟蛇恐惧。然后又钓鲂鱼和鳢鱼,用缅网捕获鳠鱼和鲉鱼。拾取紫贝,抓获老龟。捕捉水豹,捆绑潜牛。水泽之官,滥设网罟,哪分冬夏春秋!探查浅水,搜遍川流。布置多囊的细眼网,小网设在水沟。抄尽鱼的卵子,灭绝水中动物。拔荷枝取藕,剥蚌壳取肉。尽情渔猎以满足贪欲,甚至捕获幼麋小鹿。搜索搅扰,竭尽池沼,扫荡薮泽。上无逃脱的飞鸟,下无漏掉的走兽。剖腹取胎,寻窝拾卵,蚁子幼蝗尽取无遗。只图取得今日的快乐,哪里顾及未来时日!

　　天下既已安宁,怎知日后国家崩溃?大驾幸临平乐宫馆,张设甲乙天子帐幕,覆盖着翠被。聚集天下珍玩,纷繁奇异而奢侈靡丽。面对着开阔的广场,欣赏神妙的角牴戏。有乌获举鼎,都卢爬竿。有钻刀筒,飞燕点水,胸触利刃,抛接弹丸短剑,在绳索上两人相逢而过。车上造起巍峨的华山,峰峦起伏。上植神树与灵芝,红色的果实累累下垂。神人纷纷聚会,戏耍猛豹,玩弄熊罴。白虎弹奏琴瑟,苍龙吹起篪笛。女英、娥皇坐而歌唱,歌声清畅而委婉。洪涯站立指挥,身披密密层层的羽衣。歌声未止,骤然云涌雪飞。开始像是疏疏飘落,后来便纷纷扬扬。复道重楼之上,滚动石头,模拟雷鸣。霹雳轰响,隆隆不断,雷霆之音象征天帝威严。做成百丈巨兽,名为曼延。高大雄伟的神山,忽从兽背出现。熊虎登上而撕斗,猿猴腾越而攀高。怪兽蹦蹦跳跳,大雀脚步蹒跚。白象边行边哺乳,下垂的长鼻正向上卷。大鱼忽然变化而成巨龙,爬行起来屈曲蜿蜒。舍利神兽张口吐金，忽而化作仙车。并驾四匹大鹿，灵芝车盖缀着很多绚丽的鲜花。蟾蜍戏弄老龟，水乡之人玩耍长蛇。奇异的变幻迅速无比，换貌分形都在转眼之间。还有吞钢刀，吐火焰，兴云作雾，天色昏暗。划地成河，流入渭河通到泾川。又有东海黄公，仗恃金刀念咒法，企望制伏白虎，终于不能自救。倚仗邪道制造惑乱，此时便行不通。又搭起戏车，车上树立高高的赤旗。童男童女各显身手，在旗竿上上下敏捷地翻转。突然倒头下坠而脚跟勾挂，好像坠落至地而身体还与竿相连。忽作百马同辔，纵足齐驰。竿顶的精彩表演，真是情态变化无穷。忽而弯弓射向西羌，又转身回射鲜卑。

此时各种表演完毕，天子的心神既陶醉而又疲惫。游乐已经结束，失望的情怀油然而生。于是，卫士暗中警戒，天子改装出游。降低尊贵的身份屈就卑贱，怀中藏着玉玺。自由出入于民间闾里，遍观京都的郊区。或尊或卑如神龙变化，足以显示天子的尊贵。

然后经过妃嫔之舍，到达欢乐之馆。抛弃色衰者，亲近艳丽的美女。众人拥挤坐于堂中，雀形酒杯频举，也数不清数量。罕见的舞蹈更番递进，袅娜的舞女极尽其技。舞姿比夏姬还妖冶妩媚，歌声比虞氏更美妙绝伦。开始纤细柔弱的身材缓缓行进，好像不胜轻薄的罗绮之衣。玩味清商妙曲又回转身躯，更显体态婀娜而妩媚动人。忽而纷纷纵身，快速跳起互相穿越，有如群鹤惊起又归集。翘起朱红丝鞋在盘上翩翩起舞，抖动长长的衣袖上下翻飞。姿容娇艳妖娆，美好的服饰更显华丽。美目左右流转，回头一看倾国倾城。即使是展季与僧人，谁能不被她们迷惑？后宫妃嫔分别官爵十四等，竞相比美以争取宠幸。盛与衰本无定则，天子只是宠幸中意之人。卫皇后因生一头美发而得幸，赵飞燕由于体态轻盈而受宠。她们希图极度满足个人欲望，尽情欢娱。以《唐风》中的诗句为鉴："忽然一天你死去，徒让别人来享乐。"汉室制度本是君王创始，何必拘于旧的礼仪？加封赵氏姊妹为婕妤，又升迁为昭仪。董贤既已封公，接着又封侯。应允赵氏说：天下人没有比得上她的。想要效法尧舜，却把天下让给董贤。幸有王闳在坐侧诤谏，才使汉室江山安然而未改变。

　　高祖开创帝业，后嗣世代继承。一时劳苦换来永久的安逸，无所作为便可治理天下。只管纵情玩乐，还有什么需要思虑？汉朝大业历时长久，世代延续二百余年。不过是由于土地肥沃富饶，物产繁盛丰足；四周山川险要，如襟带护体，坚固易守。得到它的就会强盛，据有它的就会长久。就像长长的川流难以枯竭，根深的树木难以腐朽。因此尽管任意挥霍享乐，美好的事业却更加昌盛。鄙人生在高祖登基三百年后，对于闻所未闻的传闻,曾使我仿佛进入梦境,连西京的一个角落也未能目睹亲临。由长安迁都洛阳与殷人屡迁多么相似,殷人迁都前八次而后五次,他们曾经居于相地,河水又冲毁耿都,终不能永久住在那块土地上。盘庚作诰,劝导民众,率领国人克服迁徙之苦。当今圣上,与天同名,称为皇帝,拥有四海,天下一家。富有的基业,没有哪一代能比我朝更大。只恨不能以奢靡为国家的光荣,却偏偏节俭吝啬,气量狭小,忘记了《蟋蟀》的诗意。难道只向往西京豪华奢侈的生活而不能达到,还是能过上那样的生活而又不想前去呢?我不明白其中的道理,希望听到您对此的辩白说明。

东 京 赋

东京,指东汉都城洛阳。此赋是《二京赋》的下篇,大约完成于汉安帝永初中。

此赋借安处先生之口,首先追溯历史,揭示周亡于秦,秦亡于汉是那两朝统治者荒淫无度,穷奢极欲的结果。继而盛赞本朝高祖、文帝、武帝、宣帝、明帝的功德。又从城郊、池、观、三宫写到朝会之盛,从郊祀舆服写到亲耕帝藉、大射、养老之礼、驱鬼仪式。最后通过宣扬汉帝的仁政美德,陈述了作者的政治理想。他主张帝王的生活应当"奢而不侈,俭而不陋","思仲尼之克己,履老氏之常足";体恤百姓,解民忧苦,对民力"用之以时",对物力"取之以道";奖励贤德,选拔人才;广开言路,礼贤下士;孝养三老,友善四邻。并用"民怨"、"下叛"可畏可惧,"水所以载舟,亦所以覆舟"告诫君王。由此可以看出,《东京赋》所反映的思想更加成熟、深刻。

此赋与《西京赋》一样,虽也有辞藻堆砌、语言雕琢呆板之处,但对汉代礼仪、风俗的铺叙仍有宝贵的认识价值;对自然景物的描述生动形象,富有诗意;对朝会、祭祀、藉田等活动的描写,文辞典雅,有《诗经》的雅颂之风。

安处先生于是似不能言,怃然有间①,乃莞尔而笑曰②:若客所谓末学肤受③,贵耳而贱目者也。苟有胸而无心,不能节之以礼,宜其陋今而荣古矣。由余以西戎

---

① 怃然:怅然失意的样子。 ② 莞(wǎn皖)尔:微笑的样子。 ③ 末学:无根柢之学。肤受:学识肤浅。

孤臣①，而悝缪公于宫室②，如之何其以温故知新，研核是非，近于此惑？

周姬之末③，不能厥政，政用多僻，始于宫邻④，卒于金虎⑤。嬴氏搏翼⑥，择肉西邑⑦。是时也，七雄并争⑧，竞相高以奢丽。楚筑章华于前⑨，赵建丛台于后⑩。秦政利觜长距⑪，终得擅场⑫，思专其侈，以莫己若。乃构阿房⑬，起甘泉，结云阁⑭，冠南山⑮。征税尽，人力殚。然后收以太半之赋，威以参夷之刑⑯。其遇民也，若薙氏之芟草⑰，既蕴崇之，又行火焉。惵惵黔首⑱，岂徒跼高

---

① 由余：西戎之臣，其先本是晋国人，后流亡入西戎，作西戎王的相。戎王派遣他到秦国观察情况，秦穆公请他观看宫室、台阁。他认为这些东西只能劳民伤财，不利于治国。 ② 悝(kuī亏)：嘲笑。 ③ 姬：周人姓姬。末：指周代末世之王，即幽王、厉王。 ④ 宫邻：近于宫室。指周幽王近于宫室，被褒姒迷惑。邻，近。 ⑤ 金虎：指秦国。秦国在西方，西方属金，又西方七星组成虎象，所以称秦为金虎。 ⑥ 嬴(yíng营)氏：指秦国。 ⑦ 择肉：侵吞的意思。 ⑧ 七雄：指战国时期齐、楚、燕、韩、赵、魏、秦七国。 ⑨ 章华：台名。 ⑩ 丛台：台名。 ⑪ 觜：同"嘴"。距：鸡爪。 ⑫ 擅场：在斗鸡场上，强者战胜弱者而独占一场，这里用以比喻没有敌手。 ⑬ 阿房：宫名，始建于秦始皇三十五年(前212年)。 ⑭ 云阁：阁名。 ⑮ 南山：终南山。 ⑯ 参夷：灭三族。参，同"三"。 ⑰ 薙(tì剃)氏：掌管除草的官。 ⑱ 惵(dié蝶)惵：同"惵惵"，恐惧的样子。黔首：百姓。

天、踏厚地而已哉①！乃救死于其颈。驱以就役，唯力是视。百姓弗能忍，是用息肩于大汉②，而欣戴高祖。

高祖膺箓受图③，顺天行诛，杖朱旗而建大号。所推必亡，所存必固。扫项军于垓下④，绁子婴于轵涂⑤。因秦宫室，据其府库。作洛之制，我则未暇。是以西匠营宫，目玩阿房，规摹逾溢，不度不臧。损之又损，然尚过于周堂，观者狭而谓之陋，帝已讥其泰而弗康。

且高既受命建家，造我区夏矣⑥；文又躬自菲薄，治致升平之德。武有大启土宇，纪禅肃然之功⑦。宣重威以抚和戎狄，呼韩来享⑧。咸用纪宗存主⑨，飨祀不辍。铭勋彝器⑩，历世弥光。

---

① 踀(jú局)：弯腰。踏(jí急)：小步行走。 ② 息肩：歇息肩背。这里的意思是避免苛刻繁重的劳役，以求得休养生息。 ③ 膺箓受图：意思是接受天命。膺，接受。箓，指符命之书。 ④ 垓下：地名，在今安徽省灵璧县东南。 ⑤ 子婴：秦始皇长子扶苏之子。赵高杀秦二世，立子婴为王六十四日，刘邦兵至霸上，子婴投降。轵：亭名，在今陕西西安市东北。涂：道路。 ⑥ 区夏：中国。 ⑦ 纪禅：记录帝王祭天地之礼。肃然：恭敬的样子。 ⑧ 呼韩：即呼韩邪，匈奴单于，名稽侯珊。汉宣帝神爵四年（前58年）立为单于。宣帝甘露二年（前52年）归附西汉。 ⑨ 纪宗存主：记录功德于宗庙，保存其主。宗，指宗庙。主，神主。帝王死后刻像于木作为神主，保存在宗庙中祭祀。此处指汉高祖、汉文帝、汉武帝、汉宣帝的宗庙。 ⑩ 彝器：宗庙祭器。

今舍纯懿而论爽德①,以《春秋》所讳而为美谈②,宜无嫌于往初,故蔽善而扬恶,祇吾子之不知言也③。必以肆奢为贤,则是黄帝合宫④,有虞总期⑤,固不如夏癸之瑶台⑥,殷辛之琼室也⑦,汤武谁革而用师哉? 盍亦览东京之事以自寤乎? 且天子有道,守在海外。守位以仁,不恃隘害⑧。苟民志之不谅,何云岩险与襟带? 秦负阻于二关⑨,卒开项而受沛⑩。彼偏据而规小,岂如宅中而图大?

昔先王之经邑也,掩观九隩⑪,靡地不营。土圭测景⑫,不缩不盈。总风雨之所交,然后以建王城。审曲面

---

① 懿(yì忆):美好,这里指美德。爽德:失德,过失。
② 《春秋》:史书名,相传孔子根据鲁国史官所编《春秋》加以整理修订而成。 ③ 祇:恰好。 ④ 合宫:黄帝的宫室,用茅草盖成。 ⑤ 总期:即总章,虞舜的宫室,也是用茅草盖成。 ⑥ 夏癸:即夏桀,名癸。瑶台:夏桀的宫室。 ⑦ 殷辛:即殷纣王,庙号帝辛。琼室:殷纣王的宫室。 ⑧ 隘害:险隘要害。 ⑨ 二关:指武关和函谷关,此二关是秦国通向中原的咽喉。 ⑩ 沛:沛公,即刘邦。当年刘邦率领的起义大军是从武关进入咸阳,项羽率领的起义大军是从函谷关进入咸阳。 ⑪ 九隩(ào奥):九州之地。隩,通"墺",四方可居住的土地。 ⑫ 土圭:古代测日影的仪器。景:日影。圭长一尺五寸,夏至这一天的中午,树八尺标竿,投在地上的日影与圭影相等,说明此地正是天的当中。若是竿影长于圭影,说明地太偏北;若是短于圭影,标明地近南方。

势,溯洛背河,左伊右瀍①,西阻九阿②,东门于旋③。盟津达其后④,太谷通其前⑤。回行道乎伊阙⑥,邪径捷乎辍辕⑦。太室作镇⑧,揭以熊耳⑨。厎柱辍流⑩,镡以大伾⑪。温液汤泉⑫,黑丹石缁⑬。王鲔岫居⑭,能鳖三趾⑮。宓妃攸馆⑯,神用挺纪。龙图授羲⑰,龟书畀姒⑱。

---

① 伊:伊水,洛水支流,在河南省西部。瀍(chán 蝉):瀍水,源出河南洛阳市西北,南流经洛阳城东入洛水。 ② 阿(ē 俄阴平):指洛阳西十里九曲的坡道。 ③ 旋:指旋门坡,在成皋(今河南荥阳汜水镇)西。 ④ 盟津:即孟津,古黄河渡口名,在今河南孟津县东北。 ⑤ 太谷:山谷名,在洛阳南,今名水泉口。 ⑥ 伊阙:山名,在洛阳南,两山相对,伊水流经其间。 ⑦ 辍辕(huán yuán 环园):山名,在河南偃师市东南,山路险隘,共十二曲,迂曲回还。 ⑧ 太室:即嵩山,在河南登封市北。 ⑨ 熊耳:山名,在洛阳西。 ⑩ 厎柱:山名,又写作"砥柱",在三门峡黄河中流,今已平。 ⑪ 镡(xín 心阳平):剑鼻,剑身与剑柄之间两旁突出部分,此处用以比喻地势险要如剑鼻。大伾(pī 丕):山名,在今河南浚县西南。 ⑫ 温液汤泉:即温泉。 ⑬ 黑丹石缁(zī 资):即缁石,一种黑色的石头。 ⑭ 王鲔(wěi 伟):鱼名,即大鲟鱼。岫(xiù 袖):山洞。 ⑮ 能鳖:《尔雅·释鱼》说,鳖有三只脚称为能。 ⑯ 宓(fú 伏)妃:伊水和洛水女神。攸馆:所居。 ⑰ 龙图:即河图。古代传说伏羲氏之时,有龙马从黄河中出现,背负河图;有神龟从洛水出现,背负洛书,伏羲根据这种河图、洛书画成八卦,就是后来《周易》的来源。 ⑱ 龟书:即洛书。畀(bì 必):给予,付与。姒:指夏禹,姒是禹的姓。

召伯相宅①,卜惟洛食。周公初基,其绳则直②。苌弘、魏舒③,是廓是极。经途九轨,城隅九雉④。度堂以筵⑤,度室以几⑥。京邑翼翼⑦,四方所视。汉初弗之宅,故宗绪中圮。巨猾间衅⑧,窃弄神器⑨。历载三六,偷安天位。于时蒸民,罔敢或贰,其取威也重矣。

　　我世祖忿之⑩,乃龙飞白水⑪,凤翔参墟⑫。授钺四

---

①召伯:召公奭,曾辅佐周武王灭商,被封于燕。周成王时任太保,与周公旦分别治理陕地。　②绳:指施工前拉绳作为取直的标准。　③苌弘:周的大夫。魏舒:晋国大夫。据《国语·周语》说,周敬王十年,魏舒与苌弘共同主持修建周的王城。　④雉:古代度量单位,长三丈、高一丈为一雉。　⑤筵:竹席,这里是以九尺之筵作为度量的单位。　⑥几:古人在室中坐时所依凭的矮桌。　⑦京邑:指洛阳。　⑧巨猾:指王莽。间衅(xìn信):等待空隙。　⑨神器:指天子玺印,引申为王位。　⑩世祖:指汉光武帝刘秀。　⑪白水:水名,在今湖北枣阳市境内。这里是指刘秀故居。　⑫参(shēn申)墟:指河北。参,星名,二十八宿之一,是黄河以北地区的分野。光武帝在这里打败王郎,之后称帝。

七,共工是除①。欃枪旬始②,群凶靡余。区宇乂宁③,思和求中。睿哲玄览,都兹洛宫。曰止曰时④,昭明有融⑤。既光厥武,仁洽道丰。登岱勒封⑥,与黄比崇。

逮至显宗⑦,六合殷昌⑧。乃新崇德⑨,遂作德阳。启南端之特闱⑩,立应门之将将⑪。昭仁惠于崇贤⑫,抗义声于金商⑬。飞云龙于春路⑭,屯神虎于秋方⑮。建象

---

① 共工:古史传说中人物。据《尚书·舜典》及《史记·五帝本纪》记载,共工是尧的大臣,后与驩兜、三苗、鲧并为四凶,被舜流放到幽州。 ② 欃枪(chán chēng 蝉称):彗星,古人认为此星出现,是天下出现祸殃的征兆。旬始:星名,据《史记·天官书》说,此星出现在北斗旁,状如雄鸡,其尾青黑色,像趴着的老鳖。此星出现,是天下发生兵乱的征兆。以上二星皆比喻王莽等扰乱汉室天下的群凶。 ③ 乂(yì义)宁:安宁。 ④ 曰止曰时:《诗经·大雅·绵》中的诗句,意思是占卜的卜辞说这个地方可以居住。"时"与"止"同义,居住。 ⑤ 融:长久。 ⑥ 登岱勒封:登泰山举行祭祀天地的典礼,刻石记功。岱,泰山。勒:雕刻。 ⑦ 显宗:汉明帝的庙号。 ⑧ 六合:指普天下,东、南、西、北四方加上天、地共六方面。 ⑨ 崇德:与下文"德阳"都是宫殿名。 ⑩ 闱(wéi 围):宫门。 ⑪ 应门:正门。将(qiāng 枪)将:庄严堂皇的样子。 ⑫ 崇贤:洛阳宫中东门名。 ⑬ 金商:洛阳宫中西门名。 ⑭ 云龙:德阳殿东门名。 ⑮ 神虎:德阳殿西门名。秋方:西方。

魏之两观①,旌《六典》之旧章②。其内则含德、章台③,天禄、宣明、温饬、迎春、寿安、永宁。飞阁神行,莫我能形。濯龙、芳林④,九谷八溪⑤。芙蓉覆水,秋兰被涯。渚戏跃鱼,渊游龟䲷⑥。永安离宫,修竹冬青。阴池幽流,玄泉洌清。鹎鶋秋栖⑦,鹘鸼春鸣⑧。䳺鸠丽黄⑨,关关嘤嘤⑩。于南则前殿、灵台⑪,和欢、安福。诶门曲榭⑫,邪阻城洫⑬。奇树珍果,钩盾所职⑭。西登少华⑮,亭候修饬⑯。九龙之内⑰,实曰嘉德。西南其户,匪雕匪刻。我

---

① 象魏之两观:宫门外的两阙,上悬法律条文以示民众。② 《六典》:据《周礼·天官·冢宰》载,太宰掌管修立治政六典,以辅佐王者统治天下各国,第一是治典,第二是教典,第三是礼典,第四是政典,第五是刑典,第六是事典。 ③ 含德:与其下之章台、天禄、宣明、温饬、迎春、寿安、永宁都是应门之内的殿名。 ④ 濯龙:池名。芳林:苑名。 ⑤ 九谷八溪:都是养鱼池。 ⑥ 䲷(xī西):大龟。 ⑦ 鹎鶋(bēi jū卑居):鸟名,像乌鸦而比乌鸦小。 ⑧ 鹘鸼(gǔ zhōu古舟):鸟名,似山鹊而又比山鹊小,短尾,青黑色,多声。 ⑨ 䳺鸠:水鸟,食鱼。丽黄:即黄鹂。 ⑩ 关关嘤嘤:鸟叫声。 ⑪ 灵台:与下文"和欢"、"安福"都是殿名。 ⑫ 诶(yí移)门:即宣阳门,门内有冰室。 ⑬ 城洫:护城河。 ⑭ 钩盾:即钩盾令,掌管苑囿。 ⑮ 少华:西园内仿少华山造的假山。 ⑯ 候:候楼,瞭望敌情的哨所。 ⑰ 九龙:周时殿名。门上有三根铜柱,每柱上有三龙相盘绕,故称九龙殿。

后好约①,乃宴斯息。于东则洪池清蘌②,渌水澹澹③。内阜川禽④,外丰葭菼⑤。献鳖蜃与龟鱼,供蜗蠯与菱芡⑥。其西则有平乐都场,示远之观⑦,龙雀蟠蜿⑧,天马半汉⑨。瑰异谲诡,灿烂炳焕。奢未及侈,俭而不陋。规遵王度,动中得趣。于是观礼,礼举仪具。经始勿亟⑩,成之不日。犹谓为之者劳,居之者逸。慕唐、虞之茅茨⑪,思夏后之卑室⑫。

乃营三宫⑬,布教颁常。复庙重屋⑭,八达九房⑮。规天矩地⑯,授时顺乡⑰。造舟清池⑱,惟水泱泱。左制

---

① 我后:指汉明帝。后,君王。 ② 洪池:池名,在洛阳东。蘌(yǔ语):禁苑。 ③ 渌:水清。澹(dàn淡)澹:水动荡的样子。 ④ 阜:多。 ⑤ 葭菼(jiā tǎn家坦):芦苇类的植物。 ⑥ 蠯(pí皮):一种体形狭长的蚌。菱:菱角。芡:水生植物,俗称鸡头,种子称芡实。 ⑦ 平乐:观名。都场:大聚会场所。 ⑧ 龙雀:传说中的神鸟,即飞廉,这里是指铜铸成的龙雀。蟠蜿:形容鸟盘旋飞翔的样子。 ⑨ 天马:传说中的神马,这里指放在西门平乐观上的铜马。半汉:纵身奔驰的样子。 ⑩ 经始:开始营造。 ⑪ 唐、虞:即尧、舜。 ⑫ 夏后:禹。 ⑬ 三宫:指明堂、辟雍、灵台。 ⑭ 复庙:前后有庙堂。复,重复。重屋:屋顶有两重栋梁。 ⑮ 八达:指每室有八个窗户。 ⑯ 规天矩地:指明堂上圆像天,下方像地。 ⑰ 授时顺乡:随四时变化,天子居住在不同方向的屋室中。乡,通"向"。 ⑱ 造舟:指造船搭浮桥。

辟雍①，右立灵台②。因进距衰，表贤简能。冯相观祲③，祈禠禳灾④。

于是孟春元日，群后旁戾⑤。百僚师师⑥，于斯胥洎⑦。藩国奉聘⑧，要荒来质⑨。具惟帝臣，献琛执贽⑩。当觐乎殿下者，盖数万以二。尔乃九宾重⑪，胪人列⑫，崇牙张⑬，镛鼓设⑭。郎将司阶⑮，虎戟交鎩⑯。龙辂充庭，云旗拂霓。夏正三朝⑰，庭燎皙皙。撞洪钟，伐灵鼓，旁震八鄙，軯磕隐訇⑱，若疾霆转雷而激迅风也。是时称

---

① 辟雍：学宫。 ② 灵台：观察天文气象的高台。冯(píng 凭)相：周代官名，掌管天文。 ③ 祲(jìn 尽)：古人认为阴阳之气互相侵犯，可以据此预料吉凶。 ④ 禠(sī 斯)：福。禳(ráng 瓤)：祈祷消除灾殃。 ⑤ 群后：指诸侯。戾：到来。 ⑥ 师师：相互效法。 ⑦ 胥洎(jì 记)：相接连。洎，及，这里有接连的意思。 ⑧ 奉聘：遣使节前来朝见。 ⑨ 要(yāo 腰)荒：王都以外极远的地方。要，要服。荒，荒服。质：人质，这里指送来人质表示臣服。 ⑩ 琛(chēn 嗔)：珍宝。贽(zhì 至)：见面礼。 ⑪ 九宾：指公、侯、伯、子、男、孤、卿、大夫、士九等宾客。 ⑫ 胪人：即大鸿胪，原主管少数民族事务，后变为主管宾客的官。 ⑬ 崇牙：钟磬架的大板上装饰有向上卷曲的锯齿，可用以悬挂钟鼓。 ⑭ 镛：大钟。 ⑮ 郎将：宫中侍卫官。 ⑯ 鎩(shā 杀)：古代兵器，即长矛。 ⑰ 夏正三朝：夏历正月初一。 ⑱ 軯磕(pēng kē 烹科)隐訇(hōng 烘)：钟鼓声。

警跸已①,下雕辇于东厢。冠通天,佩玉玺,纡皇组,要干将②,负斧扆③,次席纷纯,左右玉几,而南面以听矣。然后百辟乃入④,司仪辨等⑤。尊卑以班,璧羔皮帛之贽既奠。天子乃以三揖之礼礼之⑥,穆穆焉,皇皇焉,济济焉,将将焉,信天下之壮观也。

乃羡公侯卿士⑦,登自东除。访万机,询朝政,勤恤民隐⑧,而除其眚⑨。人或不得其所,若己纳之于隍⑩。荷天下之重任,匪怠皇以宁静⑪。发京仓,散禁财,赉皇寮⑫,逮舆台⑬。命膳夫以大飨⑭,饔饩浃乎家陪⑮。春醴惟醇,燔炙芬芬。君臣欢康,具醉熏熏。千品万官,已

---

① 警跸(bì 毕):天子出行时开路清道,禁止行人通行。② 要:通"腰",这里用作动词,腰佩宝剑。 ③ 扆(yǐ 倚):帝王宫殿中设在门窗之间的屏风。 ④ 百辟:同"群后",指众诸侯。 ⑤ 司仪:掌管礼仪的官。 ⑥ 三揖之礼:据《周礼·秋官·司仪》载,对无亲属关系的异姓行土揖礼,对有亲属关系的异姓行时揖礼,对同姓行天揖礼。郑玄注说,拱手在胸下为土揖,平推手于前为时揖,拱手至胸上为天揖。 ⑦ 羡:通"延",邀请。 ⑧ 隐:痛苦。 ⑨ 眚(shěng 省):疾苦。 ⑩ 隍:城下无水的护城壕。 ⑪ 怠皇:懈怠闲暇。 ⑫ 赉(lài 赖):赏赐。皇寮:众官员。 ⑬ 舆台:奴隶,这里泛指地位低贱的人。 ⑭ 膳夫:主管膳食的官。 ⑮ 饔饩(yōng xì 拥细):熟的和生的食物。浃(jiá 夹):遍及。家陪:家臣。

事而踆①。勤屡省,懋乾乾②,清风协于玄德③,淳化通于自然。宪先灵而齐轨④,必三思以顾愆。招有道于侧陋⑤,开敢谏之直言。聘丘园之耿洁⑥,旅束帛之戋戋⑦。上下通情,式宴且盘⑧。

及将祀天郊,报地功,祈福乎上玄⑨,思所以为虔。肃肃之仪尽,穆穆之礼殚。然后以献精诚,奉禋祀⑩,曰允矣天子者也⑪。乃整法服,正冕带,珩纮紞綖⑫,玉笄

---

① 踆(qūn逡):通"逡",退。 ② 懋(mào茂):勤勉。乾乾:自强不息。 ③ 清风:清惠的政教。玄德:天德。 ④ 先灵:指古代圣贤,如尧舜一类的人。 ⑤ 侧陋:微贱之人。 ⑥ 丘园:指山乡僻壤。耿洁:有节操的人。 ⑦ 束帛:古代招聘贤士的礼物。戋戋:堆积的样子。 ⑧ 式:语助词,无意义。宴:安定。盘:快乐。 ⑨ 上玄:天。 ⑩ 禋(yīn因)祀:古代祭天神的一种仪式。先烧柴升烟,再加祭品如牛羊、玉帛等于柴上焚烧。 ⑪ 允:诚信。 ⑫ 珩纮紞綖(héng dǎn hóng yán 恒胆宏延):以上四物都是冠冕上的装饰物。珩,通"衡",固定冠冕的发簪。纮,系于发簪的两端并绕过颔下的小丝带。紞,系于发簪的两端挂瑱(zhèn镇)的丝绳。綖,冕上的长方板,前后悬有数串小玉珠(即旒)。

綦会①。火龙黼黻②,藻缌鞶厉③。结飞云之袷辂④,树翠羽之高盖。建辰旄之太常⑤,纷焱悠以容裔⑥。六玄虬之奕奕⑦,齐腾骧而沛艾⑧。龙辀华軛⑨,金镂鍐锡⑩。方钑左纛⑪,钩膺玉瓖⑫。銮声哕哕,和铃铁铁。重轮贰辖⑬,疏毂飞铃⑭。羽盖威蕤⑮,葩瑶曲茎⑯。顺

---

① 笄(jī鸡):簪。綦(qí其):通"璂",古代皮弁(用白鹿皮缝制的小帽)上缀在缝合处的五彩小玉石。 ② 火龙黼黻(fǔ fú俯服):都是衣服上的纹饰。火,画火形图案。龙,画龙形图案。黼,黑白相间的斧形花纹。黻,青黑相间的"亚"形花纹。 ③ 藻:托玉的彩板。缌(lǜ律):佩巾。鞶(pán盘):革带。厉:革带上下垂的饰物。 ④ 袷(jiá夹)辂:副车。 ⑤ 辰:指日、月、星。太常:大旗。 ⑥ 焱悠:随风飘动的样子。容裔(yì意):动摇的样子。 ⑦ 玄虬(qiú求):黑马,古代马七尺为虬。奕(yì亦)奕:高大健美的样子。 ⑧ 沛艾:马行走时头身摇摆作姿的样子。 ⑨ 辀(zhōu舟):车辕。軛(yǐ蚁):车辕前端衡木上穿过马缰绳的大环。 ⑩ 金鍐(wàn万):马额上的装饰,如玉花形。锡(yáng扬):马额上的金属装饰物。 ⑪ 方钑(qì气):装置在车辕两旁插野鸡尾的饰具,用以防范两马相撞。方,通"防"。左纛(dào到):皇帝车上用牦牛尾做的装饰物。 ⑫ 钩膺:套在马胸前颈上的带饰。玉瓖:马带上的玉饰。 ⑬ 辖:车轴端上的插键。 ⑭ 疏毂(gǔ股):雕刻着花纹的车毂。毂,车轮中心的圆木,中有圆孔穿过车轴。飞铃:车轴头上的装饰。 ⑮ 威蕤(ruí蕊阳平):羽饰下垂的样子。 ⑯ 瑶(zhǎo爪):古代车盖骨端伸出的部分。

时服而设副,咸龙旂而繁缨。立戈迤戛①,农舆辂木②。属车九九,乘轩并毂。班弩重旃③,朱旄青屋。奉引既毕,先辂乃发。鸾旗皮轩④,通帛绮斾⑤。云罕九斿⑥,阇戟耰镉⑦。髶髦被绣⑧,虎夫戴鹖⑨。驸承华之蒲梢⑩,飞流苏之骚杀⑪。总轻武于后陈,奏严鼓之嘈𠻳⑫。戎士介而扬挥⑬,戴金钲而建黄钺⑭。清道案列,天行星陈。肃肃习习,隐隐辚辚。殿未出乎城阙,斾已反乎郊畛⑮。盛夏后之致美⑯,爱敬恭于明神。

---

① 戛:古代兵器,长矛。 ② 辂木:即木辂,天子亲耕时所乘的没有装饰物的车。 ③ 班(fú服):车栏间用以盛物的皮篚。旃(zhān沾):赤色无饰的大旗。 ④ 鸾旗:上绣鸾凤的旗,这里指载有鸾旗的车辆。 ⑤ 通帛:赤色无饰之旗。绮斾(qiàn欠 pèi沛):大红色的旗旒。 ⑥ 云罕:旌旗的别名,这里指载有云罕的车。九斿(liú流):也是旌旗的别名,这里指载有九斿的车。 ⑦ 阇(xī吸)戟:长戟,这里指车旁插有长戟的车。耰镉(jiāo gé 交葛):纵横交错的样子。 ⑧ 髶髦(róng máo 容毛):披发前驱的骑士。 ⑨ 虎夫:虎贲,负责护卫的武士。戴鹖(hé合):冠上插着鹖鸟尾。鹖是一种勇猛的鸟,搏斗起来至死才停止,戴鹖是表示勇猛的意思。 ⑩ 承华:马厩名。蒲梢:骏马名。 ⑪ 流苏:马身上的饰物,五彩羽毛相杂而下垂。骚杀:下垂的样子。 ⑫ 嘈𠻳(zá杂):喧闹的鼓声。 ⑬ 介:甲,这里用作动词,指披甲。 ⑭ 钲(zhēng争):军中打击乐器,行军时用来发号令。 ⑮ 郊畛(zhěn诊):郊界,此处指郊外。 ⑯ 夏后:指禹。

尔乃孤竹之管①,云和之瑟②,雷鼓鼘鼘③,六变既毕④。冠华秉翟⑤,列舞八佾⑥。元祀惟称,群望咸秩⑦。扬槱燎之炎炀⑧,致高烟乎太一⑨。神歆馨而顾德⑩,祚灵主以元吉⑪。然后宗上帝于明堂,推光武以作配⑫。辩方位而正则⑬,五精帅而来摧⑭。尊赤氏之朱光⑮,四灵懋而允怀⑯。于是春秋改节,四时迭代。蒸蒸之心⑰,感物曾思。躬追养于庙祧⑱,奉蒸尝与禴祠⑲。物牲辩

---

① 孤竹:单独生长的竹子。 ② 云和:山名。 ③ 鼘(yuān 渊)鼘:鼓声。 ④ 六变:每一曲重复演奏六遍。 ⑤ 冠华:头戴建华冠。 ⑥ 八佾(yì 逸):天子的舞列,纵横都是八人。 ⑦ 群望:指祭祀诸山川之神。望,遥望而祭。 ⑧ 槱(yóu 由)燎:祭祀天神的一种仪式。堆积柴火,将牲畜放在柴上焚烧,使烟气升天。 ⑨ 太一:天上的尊神。 ⑩ 歆(xīn 辛)馨:祭祀时神灵享受祭品的香气。 ⑪ 祚(zuò 作):福,这里用作动词,降福。 ⑫ 光武:指汉光武帝。 ⑬ 辩方位:辨别四方中央的位置。辩,通"辨"。 ⑭ 五精:五方星,即东方岁星、南方荧惑、西方太白、北方辰星、中央镇星,五方星标志五帝。 ⑮ 赤氏:传说中的五帝之一,即赤帝。 ⑯ 四灵:指赤帝以外其余四帝,即东方青帝、西方白帝、北方黑帝、中央黄帝。怀:安。 ⑰ 蒸蒸:孝顺。 ⑱ 祧(tiāo 挑上声):远祖庙,这里指高祖以上的祖庙。 ⑲ 蒸尝:祭祀的名称,冬祭称蒸,秋祭称尝。禴(yuè 月)祠:也是祭祀的名称,夏祭称禴,春祭称祠。

省,设其楅衡①。毛炰豚胉②,亦有和羹。涤濯静嘉③,礼仪孔明。《万舞》奕奕④,钟鼓喤喤。灵祖皇考⑤,来顾来飨。神具醉止,降福穰穰⑥。

乃至农祥晨正⑦,土膏脉起⑧。乘銮辂而驾苍龙,介驭间以剡耜⑨。躬三推于天田⑩,修帝籍之千亩⑪。供禘郊之粢盛⑫,必致思乎勤己。兆民劝于疆埸⑬,感懋力以耔⑭。

---

① 楅(bì 毕)衡:绑在牛角上的横木,用以御防牛角触人。② 毛炰(páo 袍):杀死牲畜后,先去其毛,然后包裹上用火烧,这种烤肉方法称为毛炰。豚胉(bó 博):猪肋肉。胉,同"膊",牲畜的两肋。 ③ 涤濯(zhuó 浊):洗涤,这里指洗刷祭祀器皿。静:通"净",清洁。 ④《万舞》:舞名,先是舞者手持兵器表演,后是舞者手拿鸟羽和乐器表演。奕奕:舞态从容的样子。 ⑤ 灵祖皇考:指先帝的神灵,灵、皇都是对神灵的称呼。 ⑥ 穰(ráng 瓤)穰:众多的样子。 ⑦ 农祥:星名,即房星。房星在春季正月早晨出现在南天正中的位置,此星出现预告农事开始。 ⑧ 土膏:土地肥沃。脉起:春日转暖,凝结的土地像脉搏跳动一样疏散起来。 ⑨ 剡(yǎn 演):锋利。耜(sì 似):农具,头形像犁,有曲柄。 ⑩ 三推:推耜三下,这是天子每年立春时举行的亲耕礼仪。天田:天子亲耕之田。 ⑪ 帝籍:即籍田,天子征用民力耕种的田地。相传天子籍田千亩,每年立春天子到籍田举行"三推"之礼,表示对农事的重视。 ⑫ 禘(dì 帝)郊:祭天。粢(zī 资)盛:盛在祭器中供祭祀的谷物。 ⑬ 疆埸(yì 易):此处指田界。 ⑭ 耔(zǐ 子):用土培苗根。

春日载阳①,合射辟雍②。设业设虡③,宫悬金镛。蕡鼓路鼗④,树羽幢幢。于是备物,物有其容。伯夷起而相仪⑤,后夔坐而为工⑥。张大侯⑦,制五正⑧,设三乏⑨,扉司旌⑩。并夹既设⑪,储乎广庭。于是皇舆凤驾,柴于东阶⑫,以须消启明⑬,扫朝霞,登天光于扶桑⑭。天子乃抚玉辂,时乘六龙。发鲸鱼⑮,铿华钟⑯。大丙弭

① 载:开始。阳:暖和。 ② 合射:天子和诸侯在一起射箭,举行大射礼。 ③ 设业设虡:见《西京赋》注。 ④ 蕡(fén 汾)鼓:一种大鼓,长八尺,两面可击,用于军事。路:路鼓,四面可击。鼗(táo 桃):一种摇鼓。 ⑤ 相仪:作礼相,主持祭祀仪礼。 ⑥ 后夔(kuí 葵):人名,舜时的乐官,这里是以伯夷、后夔比喻贤人。 ⑦ 侯:箭靶。 ⑧ 五正:指五正之侯,用朱、白、苍、黄、黑五种颜色围绕中心画五环。 ⑨ 三乏:指三个掩蔽报靶人的设备,用皮革制成。 ⑩ 扉(fēi 非):掩蔽。司旌:在箭靶旁的皮乏中挥旗报靶的官。 ⑪ 并夹:夹取射在靶上的箭的器具。 ⑫ 柴(chái 柴):停车于殿堂等待天子乘坐。 ⑬ 启明:启明星,即金星,在日出前出现在东方。 ⑭ 扶桑:神话传说中的东方神木。《淮南子·天文》中说,太阳从旸谷出来,到咸池沐浴,到扶桑下树拂尘。此处扶桑即指太阳升起的地方。 ⑮ 鲸鱼:鲸鱼形的撞钟器具。 ⑯ 铿(kēng 坑):金石撞击发出的声响,这里用作动词,撞击使发铿锵声

节①,风后陪乘②。摄提运衡③,徐至于射宫。礼事展,乐物具。《王夏》阕④,《驺虞》奏⑤。决拾既次⑥,雕弓斯彀⑦。达余萌于暮春,昭诚心以远喻。进明德而崇业,涤饕餮之贪欲⑧。仁风衍而外流,谊方激而遐骛。日月会于龙㕙⑨,恤民事之劳疚。因休力以息勤,致欢忻于春酒。执銮刀以袒割⑩,奉觞豆于国叟⑪。降至尊以训恭,送迎拜乎三寿。敬慎威仪,示民不偷⑫。我有嘉宾,其乐

---

① 大丙:神话传说中善于驾车的人。弭节:缓慢行进。 ② 风后:传说是黄帝的大臣。 ③ 摄提:星名。据《史记·天官书》记载,摄提星是在大角星两旁、斗柄直指的方向上,随斗柄运转。衡:星名,北斗七星的第五星,它与第六星开阳、第七星摇光合成斗柄。玉衡有时也是斗柄的通称。 ④《王夏》:古乐曲名。 ⑤《驺虞》:古乐曲名。 ⑥ 决:通"抉"。古代射箭时套在右手拇指上的骨制套子,射箭时用它钩弓弦。拾:古代射箭时套在左臂上的皮制护袖。次:便利。 ⑦ 彀(gòu 够):张满弓。 ⑧ 饕餮(tāo tiè 涛帖去声):传说中一种贪食的恶兽,这里比喻贪婪凶恶的人。 ⑨ 龙㕙(zhuó 啄):星名,二十八宿之一的尾宿,又名龙尾。夏历十月,日月会合于龙尾星座。 ⑩ 銮刀:柄上有铃的刀。袒割:袒露右臂割牲畜,这是古代天子举行养老之礼的仪式,以此昭示天下敬养老人。 ⑪ 觞(shāng 伤):盛酒的酒器。豆:盛肉的食器。国叟:指三老五更,即饱经世事年老辞官者。古代设三老五更之位,天子像父兄一样敬养他们,以表示孝悌。 ⑫ 偷:苟且。

愉愉。声教布濩①,盈溢天区。

　　文德既昭,武节是宣。三农之隙②,曜威中原。岁惟仲冬,大阅西园③。虞人掌焉④,先期戒事⑤。悉率百禽,鸠诸灵囿⑥。兽之所同,是谓告备。乃御小戎⑦,抚轻轩,中畋四牡⑧,既佶且闲⑨。戈矛若林,牙旗缤纷⑩。迄上林,结徒营,次和树表⑪,司铎授钲⑫。坐作进退,节以军声。三令五申,示戮斩牲。陈师鞠旅⑬,教达禁成。火列具举,武士星敷。鹅鹳鱼丽⑭,箕张翼舒。轨尘掩迒⑮,匪疾匪徐。驭不诡遇⑯,射不剪毛⑰。升献六禽⑱,

---

①布濩(hù户):遍及。 ②三农:指春、夏、秋三个农忙季节。 ③西园:指洛阳西的上林苑。 ④虞人:掌管山林水泽的官。 ⑤戒事:让吏役准备狩猎的事宜。戒,告诫。 ⑥鸠:集中。灵囿(yòu幼):专供皇帝打猎而畜养草木鸟兽的园林。 ⑦小戎:小战车。 ⑧中畋(tián田):居于中间的田猎车。牡(mǔ母):指公马。 ⑨佶(jí吉):健壮的样子。 ⑩牙旗:将军的旌旗,旗竿上有象牙装饰物。 ⑪和:军营之门。树表:树立旗帜作标志。 ⑫铎(duó夺):大铃,用于军中发布号令。 ⑬鞠:告诫。 ⑭鹅鹳鱼丽:古代军中作战时布列的阵名。 ⑮迒(háng杭):痕迹。 ⑯诡遇:不依规矩驾车。 ⑰剪毛:田猎时猎取鸟兽的规矩,不横射使毛羽剪断。 ⑱六禽:雁、鹑、鷃、雉、鸠、鸽。

时膳四膏①。马足未极,舆徒不劳。成礼三驱②,解罘放麟③。不穷乐以训俭,不殚物以昭仁④。慕天乙之弛罟⑤,因教祝以怀民⑥。仪姬伯之渭阳⑦,失熊罴而获人⑧。泽浸昆虫⑨,威振八宇⑩。好乐无荒,允文允武。薄狩于敖⑪,既璅璅焉⑫;岐阳之蒐⑬,又何足数?

尔乃卒岁大傩⑭,驱除群厉⑮。方相秉钺⑯,巫觋操茢⑰。侲子万童⑱,丹首玄制。桃弧棘矢,所发无臬⑲。

---

① 四膏:猪、犬、牛、羊。 ② 三驱:指天子一年田猎三次。 ③ 罘(fú浮):捕鹿的网。麟:传说中的兽名,是吉祥的象征,古代常把它比作杰出的人物。 ④ 殚:尽,这里是灭绝的意思。 ⑤ 天乙:商汤。弛罟(gǔ古):解除捕兽的网。据《史记·殷本纪》载,商汤看见郊野四面张网,认为这样就会使鸟兽尽绝,于是命撤去三面的网,只留一面。四方诸侯闻知此事,说商汤的恩德惠及到了禽兽的身上。 ⑥ 怀民:使民归附。怀,来。 ⑦ 姬伯:周文王。 ⑧ 获人:指周文王在渭水之阳得到贤人姜子牙。 ⑨ 昆虫:众多动物。虫,动物的总称。 ⑩ 八宇:八方。 ⑪ 薄狩:打猎。薄,通"搏"。敖:山名。 ⑫ 璅(suǒ所)璅:形容细小。 ⑬ 岐阳:地名,在今陕西岐山县,周成王曾在这里大规模地狩猎。 ⑭ 大傩(nuó挪):祈祷驱鬼的一种活动。 ⑮ 厉:恶鬼。 ⑯ 方相:主持驱鬼的人。 ⑰ 觋(xí习):男巫。茢(liè列):笤帚。 ⑱ 侲(zhèn震)子:驱逐疫鬼的童子。万童:跳舞的童子。万,舞名。 ⑲ 臬(niè聂):箭靶。

飞砾雨骰①,刚瘅必毙②。煌火驰而星流,逐赤疫于四裔。然后凌天池,绝飞梁。捎魑魅③,斮獝狂④。斩蜲蛇⑤,脑方良⑥。囚耕父于清泠⑦,溺女魃于神潢⑧。残夔魖与罔像⑨,殪野仲而歼游光⑩。八灵为之震慴⑪,况魃蜮与毕方⑫。度朔作梗⑬,守以郁垒⑭,神荼副焉⑮,对操索苇。目察区陬,司执遗鬼。京室密清,罔有不韪⑯。

于是阴阳交和,庶物时育。卜征考祥⑰,终然允淑⑱。乘舆巡乎岱岳⑲,劝稼穑于原陆。同衡律而壹轨

---

① 骰(tóu 投):此字李善注《文选》本、胡克家《文选》校本皆作"散",疑"骰"为"散"之误。 ② 刚瘅(dān 单):疫鬼。 ③ 魑魅:传说中的山神鬼怪。 ④ 斮(zhuó 浊):斩。獝(xù 绪)狂:恶鬼名。 ⑤ 蜲蛇(yí 移):鬼怪。 ⑥ 方良:草泽中的鬼怪。 ⑦ 耕父:山水中的鬼怪。一说为旱鬼。清泠:水名。 ⑧ 女魃(bá 拔):旱鬼名。神潢:水名。一说池名。 ⑨ 夔:传说是木石妖怪。魖(xū 虚):传说是能使钱财虚耗的妖怪。罔像:水中神怪。 ⑩ 野仲:恶鬼。游光:恶鬼。 ⑪ 八灵:指野仲、游光等兄弟八人。一说八方之神。 ⑫ 魃(jì 技):小儿鬼。蜮:通"魃",鬼怪。毕方:老父神。一说是木神,又为火神。 ⑬ 度朔:神话传说东海中的神山名,上有大桃树。梗:桃梗。古人以桃木刻桃人,立于门户,用来避鬼。 ⑭ 郁垒:度朔山上的神名。 ⑮ 神荼:也是度朔山上之神。传说郁垒、神荼在度朔山上专门捉危害人间的鬼怪。 ⑯ 韪(wěi 伟):善,这里有安乐的意思。 ⑰ 卜征:占卜出行是否吉利。 ⑱ 淑:善,这里指吉祥。 ⑲ 岱岳:泰山。

量,齐急舒于寒燠①。省幽明以黜陟②,乃反旆而回复。望先帝之旧墟,慨长思而怀古。侯阊风而西遐③,致恭祀乎高祖。既春游以发生,启诸蛰于潜户④。度秋豫以收成⑤,观丰年之多稌⑥。嘉田畯之匪懈⑦,行致赍于九扈⑧。左瞰旸谷⑨,右睨玄圃⑩。眇天末以远期,规万世而大摹。且归来以释劳,膺多福以安忬⑪。总集瑞命,备致嘉祥。圉林氏之驺虞⑫,扰泽马与腾黄⑬。鸣女床之

①燠(yù玉):暖。 ②黜陟(zhì秩):进退升降。 ③阊(chāng昌)风:西风。西遐:远去西方,这里指去长安。 ④蛰(zhé哲):冬眠的虫类。 ⑤度秋豫:把秋豫定为法度。秋豫,指十月西幸长安。 ⑥稌(tú涂):稻。 ⑦田畯(jùn俊):主管农事的官。 ⑧九扈(hù户):农官。 ⑨旸(yáng阳)谷:神话中太阳升起的地方。 ⑩玄圃:神山,在昆仑山之上。 ⑪安忬(yù预):安宁。 ⑫圉(yǔ语):养马,这里是豢养的意思。林氏:国名。驺虞:传说中一种珍奇的野兽。《山海经·海内北经》中说,林氏国有一种珍奇的野兽,像虎一样大,身披五彩花纹,尾长于身。 ⑬扰:驯服。泽马:神马。腾黄:也是神马,又名吉光。

鸾鸟①,舞丹穴之凤皇②。植华平于春圃③,丰朱草于中唐④。惠风广被,泽泊幽荒。北燮丁令⑤,南谐越裳⑥,西包大秦⑦,东过乐浪⑧。重舌之人九译⑨,佥稽首而来王⑩。

是以论其迁邑易京,则同规乎殷盘⑪。改奢即俭,则

① 女床:山名。《山海经·西山经》中说,女床山上有一种鸟,形状像鹤,身上有五色花纹,名叫鸾鸟,它出现,天下就安宁。 ② 丹穴:山名。《山海经·南山经》中说,丹穴山上有一种鸟,形状像鸡,身上有五彩花纹,名叫凤凰,它出现,天下就安宁。 ③ 华平:传说是能预兆吉凶的树木。天下安定,其花开得平齐;有不安定的地方,它的花便向那个方向倾斜。 ④ 朱草:瑞草。中唐:中庭。 ⑤ 燮(xiè 谢):谐和。丁令:国名,在匈奴北即今西伯利亚叶尼塞河上游至贝加尔湖以南地区。 ⑥ 越裳:古代南方国名,在交阯之南,即今越南南部。 ⑦ 大秦:古代西方国名,在西海之西,即今意大利。 ⑧ 乐浪:郡名,汉武帝时设置,郡治所在今朝鲜平壤。 ⑨ 重舌之人:翻译官。 ⑩ 佥(qiān 签):都。稽首:跪拜礼中最恭敬的礼节。屈膝下跪,拱手至地,随之头也至地,并停留片刻才能起身。 ⑪ 殷盘:殷王盘庚。

合美乎《斯干》①。登封降禅,则齐德乎黄轩②。为无为③,事无事,永有民以孔安。遵节俭,尚素朴,思仲尼之克己④,履老氏之常足⑤。将使心不乱其所在,目不见其可欲⑥。贱犀象,简珠玉,藏金于山,抵璧于谷⑦。翡翠不裂,玳瑁不蔟⑧。所贵惟贤,所宝惟谷。民去末而反本,咸怀忠而抱悫⑨。于斯之时,海内同悦,曰:"吁!汉帝之德,侯其袆而⑩。"盖蓂荚为难莳也⑪,故旷世而不

---

① 《斯干》:《诗经·小雅》篇名,诗中歌颂周人建筑宫室。此诗首章两句"秩秩斯干,幽幽南山"。秩秩,水流动的样子。干,涧。幽幽,深远的样子。南山,即终南山。郑玄《毛诗笺》说这是赞美周宣王之德,如涧水之源。 ② 黄轩:黄帝轩辕氏。 ③ 为无为:《老子》五十七章载圣人云:"我无为而民自化,我好静而民自正,我无事而民自富,我无欲而民自朴。"这里的"为无为"、"事无事"即本此。 ④ 仲尼:孔子。 ⑤ 老氏:老子。 ⑥ 目不见其可欲:《老子》第三章有"不见可欲,使心不乱"的话。 ⑦ 抵(zhǐ纸):放置,丢掉。 ⑧ 玳瑁(dài mào 代冒):海中动物,形状像龟,甲壳可以作装饰品。蔟(còu 凑):同"籍",叉取。 ⑨ 悫(què 却):诚实。 ⑩ 侯:句首发语词,同"惟"。袆(yī 衣):美好。而:句尾语气词,同"耳"。
⑪ 蓂荚(míng jiá 明夹):传说中能报时的瑞草。这种草生在帝王贤德圣明之时,每月一日生一荚,至十五日停止;自十六日起每日落一荚,月末而止;月小时有一叶卷而不落。传说尧治天下时,这种草夹阶而生。莳(shì 式):栽种。

觌①。惟我后能殖之,以至和平,方将数诸朝阶②。然则道胡不怀,化胡不柔!声与风翔,泽从云游。万物我赖③,亦又何求?德宇天覆,辉烈光烛。狭三王之趢趗④,轶五帝之长驱⑤。踵二皇之遐武⑥,谁谓驾迟而不能属?东京之懿未罄⑦,值余有犬马之疾⑧,不能究其精详,故粗为宾言其梗概如此。若乃流遁忘反⑨,放心不觉,乐而无节,后离其戚⑩,一言几于丧国⑪,我未之学也。

且夫挈瓶之智⑫,守不假器。况纂帝业而轻天位?瞻仰二祖⑬,厥庸孔肆⑭。常翘翘以危惧⑮,若乘奔而无

——————

① 觌(dí 敌):见。 ② 数(shǔ 暑):计算,指计算蓂荚生落次数以知时日。 ③ 我赖:即"赖我",依靠我。我,指汉天子。 ④ 三王:指夏禹、商汤、周文王、武王。趢趗(lù cù 录促):狭小。 ⑤ 五帝:据《史记·五帝本纪》载为黄帝、颛顼、帝喾、唐尧、虞舜。 ⑥ 二皇:指伏羲和神农。 ⑦ 罄(qìng 庆):尽。 ⑧ 犬马之疾:自谦之辞,等于说自己有病在身。 ⑨ 流遁:任其流去。反:通"返",返回。 ⑩ 离:通"罹",遭遇,遭受。戚:忧患。 ⑪ 一言:指《西京赋》中凭虚公子说的"取乐今日,遑恤我后"这句话。 ⑫ 挈瓶之智:《左传·昭公七年》有"虽有挈瓶之知(智),守不假器,礼也"的话。挈(qiè 锲),用手提。挈瓶,指提瓶汲水。这句话的意思是说,虽然只有提瓶打水的小智慧,守着器物就不能出借,这是礼。 ⑬ 二祖:指高祖刘邦、世祖刘秀。 ⑭ 庸:功劳。孔肆:很勤苦。 ⑮ 翘翘:形容危险。

礜。白龙鱼服①，见困豫且。虽万乘之无惧，犹怵惕于一夫②。终日不离其辎重③，独微行其焉如④？夫君人者，黈纩塞耳⑤，车中不内顾⑥。珮以制容⑦，銮以节涂⑧。行不变玉，驾不乱步。却走马以粪车⑨，何惜騕褭与飞兔⑩。方其用财取物，常畏生类之殄也。赋政任役，常畏人力之尽也。取之以道，用之以时。山无槎枿⑪，畋不麛

①白龙鱼服：西汉刘向撰《说苑·正谏篇》载，吴王要跟普通人一起饮酒，伍子胥劝谏说："不能这样做！从前白龙下到清泠之渊中，化为鱼，打渔的人豫且射中了它的眼睛。白龙到天帝面前控告豫且。天帝说：'那个时候你的形体居于何处？'白龙回答说：'我下到清泠之渊中化成鱼形。'天帝说：'鱼本来就是人所射的对象。像这样，豫且有什么罪过呢？'白龙是天帝尊贵的畜类，豫且是宋国的卑贱臣子。如果白龙不变化成鱼形，豫且就不会射它。现在你抛弃天子的尊位，而跟平民一起饮酒，我担心出现像豫且射鱼一样的祸患啊！" ②怵(chù触)惕：恐惧警惕。 ③辎(zī资)重：载行李及贵重物品的车。 ④微行：皇帝秘密到民间巡行。如：往，去。 ⑤黈纩(tǒu kuàng 偷上声旷)：垂于皇帝冠两侧挡耳朵的黄色棉球，表示不想听到那些无关紧要的小事。 ⑥不内顾：不关顾亲近之臣的私事，意思是眼睛注意观察天下大事。 ⑦珮：身上的玉佩。 ⑧銮：车上的铃。 ⑨粪车：农车，这里指用战马拉农车。 ⑩騕褭(yāo niǎo 腰鸟)：骏马名。飞兔：骏马名。 ⑪槎(chá察)：树茬。枿(niè蘖)：同"蘖"，树茬上生出的新芽。

二京赋

胎①。草木蕃庑②,鸟兽阜滋。民忘其劳,乐输其财。百姓同于饶衍③,上下共其雍熙④。洪恩素蓄,民心固结。执谊顾主,夫怀贞节⑤。忿奸慝之干命⑥,怨皇统之见替⑦;玄谋设而阴行⑧,合二九而成谲⑨。登圣皇于天阶⑩,章汉祚之有秩。若此,故王业可乐焉。今公子苟好剿民以偷乐⑪,忘民怨之为仇也;好殚物以穷宠,忽下叛而生忧也。

夫水所以载舟,亦所以覆舟。坚冰作于履霜⑫,寻木起于蘖栽⑬。昧旦不显,后世犹怠。况初制于甚泰,服者焉能改裁?故相如壮《上林》之观⑭,扬雄骋《羽猎》之

---

① 麑(yāo 夭):幼鹿。胎:指怀胎的母鹿。 ② 蕃庑(wú 吴):繁茂。庑,通"芜"。 ③ 饶衍:富足。 ④ 雍熙:和乐。 ⑤ 夫:人人。 ⑥ 奸慝(tè 特):指奸诈邪恶的人。干命:侵犯天命,指王莽篡权。 ⑦ 皇统:指汉家天下。见:被。 ⑧ 玄谋:暗中图谋。 ⑨ 谲(jué 决):事变。 ⑩ 圣皇:指汉光武帝刘秀。 ⑪ 剿(jiǎo 狡):劳苦。 ⑫ 坚冰作于履霜:语出《周易·坤》:"履霜坚冰至。"意思是脚踩着霜,预兆天寒结冰。 ⑬ 蘖栽:初栽的树芽。 ⑭ 相如:指司马相如,字长卿,今四川成都人,西汉辞赋家,作《子虚赋》《上林赋》等,多描写帝王园囿之盛,田猎之乐。此句《上林》即指《上林赋》。

辞①,虽系以隤墙填壍②,乱以收置解罘③,卒无补于风规④,只以昭其愆尤。臣济佥以陵君,忘经国之长基。故函谷击柝于东⑤,西朝颠覆而莫持。凡人心是所学,体安所习。鲍肆不知其臭⑥,玩其所以先入⑦。《咸池》不齐度于蛙咬⑧,而众听或疑。能不惑者,其唯子野乎⑨!

客既醉于大道,饱于文义,劝德畏戒,喜惧交争。罔然若醒⑩,朝罢夕倦⑪,夺气褫魄之为者⑫,忘其所以为谈,失其所以为夸。良久乃言曰:"鄙哉予乎,习非而遂迷也,幸见指南于吾子!若仆所闻,华而不实。先生之言,信而有征。鄙夫寡识,而今而后,乃知大汉之德馨,

---

① 扬雄:字子云,今四川成都人,西汉文学家,曾模仿司马相如的《子虚赋》、《上林赋》作《长杨赋》、《甘泉赋》、《羽猎赋》。 ② 壍:同"堑"。《上林赋》的结尾有:"地可垦辟,悉为农郊,以赡萌隶,隤墙填壍,使山泽之人得至焉。"意思是凡是能开垦耕种的土地,都要变为农田,用来养育民众。推倒围墙,填平沟壑,让老百姓能够来到这里。这是对皇帝的讽谏。 ③ 乱:辞章的结尾。《羽猎赋》的尾章有:"放雉兔,收置罘,麋鹿刍荛,与百姓共之。"意思是放出雉兔,收起网罗,苑囿中禽兽草木,天子与百姓共同享有。这也是作者对皇帝的讽谏。 ④ 风规:讽谏。 ⑤ 函谷:函谷关。柝(tuò唾):守夜警戒用的梆子。 ⑥ 鲍肆:咸鱼店。 ⑦ 玩:通"玩",习惯。 ⑧《咸池》:黄帝乐曲名。蛙(wā蛙)咬:民间淫邪乐曲。蛙,通"蛙"。 ⑨ 子野:师旷,春秋时晋国乐师。 ⑩ 醒:醉酒醒后疲惫如病的状态。 ⑪ 罢(pí皮):疲劳。 ⑫ 褫(chǐ齿):夺。

咸在于此。昔常恨《三坟》、《五典》既泯①,仰不睹炎帝、帝魁之美②。得闻先生之余论,则大庭氏何以尚兹③!走虽不敏④,庶斯达矣!"

【翻译】

　　安处先生此时好像不会说话了,表现出一种茫然若失的样子,怅惘片刻,便微笑着说:你讲的都是肤浅的见解,只重视道听途说而轻视亲历目睹。假如只凭传闻臆测而不核察深思,又不能用礼义的标准加以制约,那只会鄙薄现实而炫耀往古。由余只是西戎孤陋的臣子,尚且知道嘲讽秦穆公大建宫室,你博雅好古,本可温故而知新,明辨是非,为什么却在此事上糊涂?

　　周王朝的末世,幽王、厉王昏庸残暴,不理朝政,政治措施多是邪辟的,从沉溺于女色、宠信小人开端,最终被西秦所灭。秦国如虎添翼,侵吞西方小国城邑。此时天下七雄争强,竞相比赛奢侈华丽,看谁的享乐水平更高。楚国先建章华高台,赵国随即造丛台。秦王嬴政像一只利嘴长爪的公鸡,始终独据角斗场地,他想独享荣

---

①《三坟》、《五典》:传说是三皇五帝之书。泯:灭,尽。
② 炎帝、帝魁:上古帝王名号。　③ 大庭氏:传说为上古帝王名号,在黄帝之前。　④ 走:自称的谦辞,意思是走使的奴仆。

华富贵，认为天下的国君没有谁能胜过自己。于是构筑阿房宫，建起甘泉殿，连接云阁，遮盖终南山。他耗尽天下的赋税，浪费掉天下的民力。之后又收缴过半的赋税，并以灭绝三族的刑法对民众加以威逼。他对待民众，就像薙氏除草，既将草堆积起来，又用火把它烧掉。整日担惊受怕的百姓，岂只弯腰小步行走于高天之下、厚土之上！他们犹如钢刀加在颈上，急于期待解救。秦王驱赶他们担负沉重的劳役，只把他们当作牛马一样的苦力。百姓不能忍受，归向大汉朝休养生息，因此高高兴兴地拥戴汉高祖。

　　高祖禀承天命，顺应天意，起兵诛伐，举着赤色的大旗，建立汉王的大号。他所攻击的必然灭亡，他所保护的定然更加牢固。在垓下扫荡项羽的军队，在轵亭道旁缚住秦王子婴。沿用秦国宫室，占据仓库。此时，建设东都洛阳，我高祖还无暇顾及。秦地工匠营建宫室，他们看惯了阿房宫的模式，所以咸阳的宫阙超过周的规模，不合法度和礼仪。虽然对旧宫室的体制减少而又减少，可还是超过周朝的庙堂。旁观者认为狭小，说它简陋，高祖仍然嫌它过分高大而感到不安。

　　况且高祖禀承天意缔造邦国，统一天下；文帝身体力行倡导节俭，国家呈现太平景象。武帝大力开辟疆域，登泰山祭祀天地，恭恭敬敬地刻石记录了创业之功。

宣帝重视威信而安抚戎狄,使匈奴和大汉和好,呼韩邪单于献宝纳贡。记载高、文、武、宣四代天子的功绩于宗庙,对他们的神灵永祀不忘。祭器上铭刻他们的功勋,千秋万代永放光芒。

今天你抛开高、文、武、宣四帝的纯正美德,而专谈论他们的失德之处,将《春秋》所忌讳的事情作为美谈,你的意思是不厌恶西京的奢侈靡丽,所以才对先王蔽善扬恶,这恰好说明你不懂得分辨传言的是非。如果一定以纵情奢侈为善,那么黄帝的合宫、虞舜的总期,固然不如夏桀的瑶台、殷纣的琼室,商汤、周武王还要革谁的命而大动干戈?为何不看看东京的情况而使自己有所觉悟呢?况且天子实行仁义,便可巡狩于四海之外。守住君位靠仁义,而不靠险关要塞。如果民心不信服,还谈什么山川险要守如襟带?秦国靠着函谷关与武关的险阻,终究还是被刘邦、项羽打开了关门。秦京偏据西方,规模狭小,哪里比得上大汉东京位居中原,可以图谋一统四海?

从前周王经营洛邑,遍察九州,没有一地不曾谋求。用土圭测量日影,圭影不短不长,正是天下的中心。此地四时风雨交会,于是决定在这里建造京城。审察地势曲直高低:这里面向洛水,背靠黄河,左有伊水,右有瀍水,西有险阻九阿坡,东边门户旋门坡。盟津处其北,太谷通其南。回环曲折的大道可达伊阙山,斜行的捷径可直通辕辕山。巍峨的嵩山作镇守,峭拔的熊耳为标帜。底柱山阻遏黄河水流,大伾山成为势如剑鼻的要隘。这里有温泉热水,黑丹缁石。大鲟鱼居于穴洞,能鳖有脚三只。神女宓妃在这里居住,建都历时七百年。龙马负河图授予伏羲,神龟负洛书赐给夏禹。召公察看宅地,占卜洛邑是吉兆。周公开始奠基,拉绳取直作标准。苌弘、魏舒二人合力,扩大兴建王城。南北通道可容九车并行,城郭角楼也有九雉。用九尺竹席度量明堂,用竹席与凭几度量宫室。庄严雄伟的京城,四方诸侯都在注视。汉初未曾定都于此,宗庙系统所以中断。老奸巨猾的王莽乘隙而入,窃夺了帝位。历时十八年,苟安于帝位之上。此时的民众不敢怀有二心,因为他窃取的权势实在大。

　　世祖光武忿恨无比,便如神龙自白水中腾起,像凤凰在参墟上展翅飞翔。将斧钺授予二十八将,铲除共工之类的奸凶,妖氛凶气扫荡无遗。天下太平,天子思谋居于阴阳调和的天地正中。圣明智慧的天子深谋远虑,决定在洛阳建造王宫。定都在这里,会有光明长久的前程。既能平息干戈,又能使仁德浩荡遍及四海。封禅泰山,勒石记功,与黄帝比高低。

　　待到君位传至明帝显宗,天下四方兴隆鼎盛。于是翻新崇德殿,建造德阳宫。打开宫中向南的正门,设立中门庄严齐整。东侧的崇贤门昭示天子的仁德恩惠,西侧的金商门高举君王的义德严威。云龙门飞架在通向东方的路上,神虎门镇卫在西方。宫门前矗立双阙,六章法典悬示其上。宫墙之内有含德、章台、天禄、宣明、温饬、迎春、寿安、永宁八殿。阁道凌空如飞,天子往来如神,谁也见不到他的身影。濯龙池在芳林苑,九谷八溪分布苑中。荷花覆盖碧水,秋兰铺满水涯。溪中鱼儿跳跃,龟鳖在深渊游动。永安离宫,修长的竹林冬季里更显青翠。池水幽深,伏流清冽。秋天鸭鹏在此栖息,春日鹘鹖飞集和鸣。睢鸠黄鹂,叫声关关嘤嘤。灵台前殿座落在南面,还有安福殿、和欢殿。冰室之门及水榭曲折回环,斜依四周城池。奇异的树木、珍贵的果实,是由钩盾令管理。登上西边的少华山,凉亭候楼都已整修一新。九龙殿门之内,嘉德大殿巍然屹立。西向南向的门户,都未加雕饰,我朝皇帝崇尚节俭,就在这里起居。城东有洪池禁苑,池水清清,微波荡漾。苑中水禽无数,苑外芦荻繁密。进献鳖蛤与龟鱼,还有螺蚌与菱角芡实。城西平乐观是宽阔的聚会作乐之所,观上铜铸的神鸟似欲盘旋飞翔,铜马好似纵身奔驰。奇光异彩,灿烂辉煌。豪奢但并不侈靡,节俭但并不鄙陋。规矩是遵循先王的法度,行动都合乎礼义。在这里观赏典礼,礼仪周全毕备。开始建造不急不忙,不用几天就完成。如此尚且认为建造者太劳苦,居住者过于安乐。羡慕尧舜的茅草小屋,思念大禹的狭矮陋室。

于是营造明堂、辟雍、灵台三宫,用以发布政令,颁行常典。庙堂坐落在前后,宫室叠栋重檐,明堂九房,每房八窗。上圆像天,下方像地,随四时变化,居住在不同方向的屋室。清水池上造船搭成浮桥,桥下碧波深广。左边是辟雍学宫,右边是观天象的灵台。荐举上进有为的人,屏退年迈志衰的人,表彰贤德,选拔人才。天官观察阴阳气象,祈求幸福,消除祸灾。

时值元月元旦,诸侯公卿纷纷来此。百官互相学习,一同朝拜天子。四方蕃国遣使访问,远方的国家携来人质。他们都是天子的臣下,进献宝物,送上见面之礼。朝见者数以万计,在殿下排成两行。宾客众多,赞礼之官列队相迎。钟架上崇牙张设,悬挂着大钟巨鼓。侍卫将士夹阶站立,长矛大戟交加对举。车马挤满了庭院,旌旗飘飞拂动彩虹。元月元旦之辰,点燃大烛一片通明。撞击洪钟,擂起大鼓,声震八方,轰轰咚咚,如同迅雷滚滚,疾风呼啸。此时清道完毕,天子在东厢步下雕辇。头戴通天冠,身佩天子玉印,垂下宽大的绶带,腰悬干将宝剑,背靠斧纹屏风,铺设精美的竹席,左右摆着玉制的桌几,天子面南而坐,听取大臣们陈事。此后诸侯入朝,司仪掌管分列等级。按爵位高低排列位次,玉璧、羔羊、丝帛依次放好,天子以三揖之礼相待。多么肃穆,多么堂皇,多么和美,多么盛大,实在是天下的壮观。

司仪引导公侯卿士,从东西两阶徐徐走进。天子向百官咨询天下大事,共同谋划朝政,尽力体恤百姓疾苦,为他们解除灾难。如果有人得不到适当的安置,就像自己陷入困境。肩负天下的重任,怎能懈怠政事而图安逸。打开国库,发放财物,赏赐百官,直到平民。命令膳夫大开宴席,以生熟食物遍宴百官,下及陪臣。春酒醇美,烤肉芳香。君臣欢乐,上下痛饮,酣畅淋漓。千品万官,诸事完毕退朝还归。规劝他们经常省察自身,勉励他们勤恳奋进。天下的清惠之风与天德相合,淳厚的教化合于自然。效法古代圣王,遵行先王之道,每事必须三思,并且检讨过失。从山乡僻壤选拔有德之士,广开言路,接纳敢谏之人。聘请穷乡僻壤中的隐居者,送去礼品成堆。君臣上下实情通达,天下安宁,万民和乐。

待要祭祀天帝,上报地神之功,向上天祈求赐福之时,思虑如何尽其诚敬。肃敬的仪式举行完毕,恭谨的礼节已经结束。然后进献精诚之心,祭祀天帝,真是可信的天帝之子啊。天子于是整理祭服,端正冠冕衣带,冠冕上珩、纮、紞、綖俱全,皮弁缝中缀着五彩玉石。穿着画有火龙图案的、黑白相间和青黑相间花纹的礼服,系着饰玉的佩巾与革带。天子的副车高竖伞盖,翠绿的羽饰飘飞如云。树起日月星辰的太常大旗,风吹旗旒翻飞飘舞。六匹黑马高大健壮,举步齐整,姿态优美。车辕的头上刻着龙头,衡木上大环贯穿着华贵的辔头,马额上装饰华丽。野鸡尾插上防钑,车上牦牛尾作饰,马颈下的革带上镶嵌着玉石。大铃锽锽,小铃铗铗。两轮重叠各插车键,车轴上刻有花纹,轴头上龙虎彩绘的桔红丝绸为饰。车盖翠羽向下披散,曲折的伞把托着盖端朵朵怒放的金花。随着季节变化更换车服,旌旗饰有龙纹,马颈下饰有繁缨。立着戈,插着矛,天子乘着农车到田边亲耕。随从车驾八十一辆,乘坐轩车并毂而行。弓弩藏于车中箱箧,赤旗林立,旗上装饰着朱色的牦牛尾,衬托着青色绢帛的车盖。导引之车排列完毕,先行车驾开始出发。树着鸾旗的虎皮车为先导,大旗上红旒飘荡。后随载有云罕九斿之旗的车,纵横交错地插着长矛大戟的车。披发的武士作前驱,头上插着鹖鸟尾的兵卒为侍从。承华厩里豢养的蒲梢作为副马,马身上饰以五彩羽毛飞扬飘洒。轻车武车列在后,战鼓咚咚声嘈杂。战士披甲举小旗,携戴金钲持斧钺。肃清道路排行列,有如星辰运转,罗列有序。战士庄严肃穆,疾行如风,兵车队队,辚辚作响。后车还未走出城门,前导已到郊外。盛赞夏禹完美的德政,恭恭敬敬祭神明。

孤生之竹作成的箫管，云和山的嘉木制出的瑟，八面鼓敲得震天响，乐奏六遍群神降临。舞者头戴建华冠，手持野鸡尾，列成八行方队，表演天子之舞迎接群神。祭祀大典已经举行，依次祭祀天地山川神灵。祭祀的烟气旺盛升腾，一直达到威严的尊神太一身边。天神享用芳香的祭品而眷顾天子的德行，把大吉大福赐给贤明的国君。在明堂尊祭天庭五帝，光武皇帝作配祀。辨别天下四方和正中而定法则，五帝会集明堂。尊崇赤帝的朱光，四灵喜悦也感到安慰。天有春秋变化，四季更替。恭敬祖先的孝心诚笃，见到四季的产物便思念祭祀祖宗。天子亲到宗庙追念祖先的养育之恩，一年四时不忘祭祀。各类祭物都仔细检验，把牛角拴在楅衡上。烤炙猪肋肉，加上五味调和的羹汤。祭器要洗涤洁净，礼节仪式很分明。万舞翩跹，钟鼓和鸣。先祖之灵来到人间，顾惜子孙享用祭品。神灵都已吃醉酒，降下的福禄不可数。

　　待到房星出现在南天正中，正是土地湿润松散之时。天子乘坐饰有鸾和之铃的车辆，驾着青色骏马，将锋利的农具放在披甲胄持兵器的勇士和御者之间。天子来到天田举行三推之礼，表示皇帝亲耕千亩之地。献上丰盛的祭天谷物，用自身的劳苦报答先祖的恩德。在农田鼓励万民，都感激天子的勉励而努力耕耘。

三月里天气暖,天子与诸侯在辟雍官举行大射礼。摆上钟磬架,四面悬大钟。大鼓小鼓四面鼓,鼓架上插的羽毛颤悠悠,于是准备各种礼物,样样物品都有装饰。伯夷站立作司仪,后夔坐着当乐工。张起大箭靶,围绕靶心画上五色彩环,陈设三个皮制的屏障,遮蔽报靶人的身体。夹箭器已经备好,储放在广大的庭院中。皇帝的车乘清晨起驾,车驾正停候在东阶,等待启明星消失,朝霞散去,太阳从东方升起。天子登上玉辂,驾上六匹骏马。操起鲸鱼形的钟槌,敲响刻着篆文的大钟。大丙驾车缓缓行进,风后陪伴君王随行。车上装饰着摄提星随着斗柄运转,车驾徐徐行至举行射礼的辟雍官。礼仪开始,乐器俱备。先奏《王夏》曲,后奏《骊虞》乐。决拾已经戴好,雕弓已经拉满。在暮春时节幼芽萌生,彰明天子的诚心感化了万物。提拔任用贤明有德之士,振兴射礼,铲除贪婪凶恶之徒。仁德广传四海,道义遍驰远方。孟冬十月,日月会合于龙狝星座,此时正应体恤民事的劳苦。于是休养民力而停止操劳,畅饮春酒以尽欢乐之情。天子亲操銮刀袒臂宰割,又亲捧酒杯肉碗献给三老五更。天子走下宝座而态度恭顺,屈身拜迎拜送乡间的三老。严肃而慎重的威仪,向百姓显示并不轻浮。我有好宾客,相聚一堂真快活。天子的教化普及各地,充满上下四方。

文德已经彰明,武功已经宣扬,农闲之时,炫耀军威于中原。仲冬之月,检阅兵马于西园。虞人掌管山川沼泽,告喻群吏事先准备狩猎事宜。使百禽各各顺服,集中到灵囿之中。野兽集中到一处,准备工作已告完成。驾驭着小战车,抚御着轻便车,驾车的是适于田猎的四匹雄马,个个健壮、识途。戈矛齐举像树林,旌旗飘扬遮天蔽日。到达上林苑,扎下临时营地。营门分出次序树立标志,把钲铎发放下去,以作军中号令。驻守、行动、前进、后退,以军中号令为节制。三番五次申明律令,宰杀牲畜,警示不服从军令者。排列队伍,告诫士众,教令传达到下属,禁令遍行军中。成列的火把全都举起,武士们罗列如星。鹅鹳阵、鱼丽阵,像天上的箕星张开大口,像翼宿舒展双翼。车轮卷起的尘埃掩盖了车辙,队伍行进不快不慢。驾车不违规矩,射猎不伤羽毛。进献六种飞禽,按四季节令奉送牛羊犬猪。马力尚未用尽,士卒还不劳苦。三驱之礼已经完成,撤去网罗,放掉麒麟。不沉湎于纵情欢乐而崇尚节俭,不捕尽禽兽以表明君王广施仁政。仰慕商汤撤网放生,仁及禽兽,以此教导祭礼官而使民众归附。效法周文王来到渭水岸边,不是猎取熊罴而是为了得到贤臣。圣王的恩德润泽众多动物,明君的威势震动四面八方。喜好娱乐而不荒废朝政,真可谓既有文德又有武功。想当年周宣王狩猎在敖山，规模之小不可与今相比。周成王大猎岐山，又算得了什么呢？

　　年终举行大傩，驱除各种恶鬼。方相手持斧钺，男巫女巫各执笤帚。驱鬼跳舞的童子，头上涂着朱红，身上穿黑衣。手持桃弓棘箭，向四处乱射。如碎石飞抛，像雨点散落，恶神瘟神都应弦而毙。火把飞驰如同流星，把魔鬼通通赶到天边僻地。然后还要飞渡北海，跨过天桥。追杀魑魅，斩杀獝狂。砍断蜦蛇，破开方良的头脑。把耕父囚禁在清泠之渊，将女魃沉没神潢之池。杀死夔魖与罔象，歼灭野仲与游光。八方之神都为之震惧，何况那小儿鬼和老父神！度朔山上的桃木，做成避鬼的桃偶，再有郁垒神人把守，神荼在旁辅助，各操缚鬼的绳索。眼睛观察各个角落，专管抓住遗漏的恶鬼。京都的宫室静而清，天下无处不太平。

　　于是阴阳协调，万物按时令生育。占卜出行是否吉祥，结果果真吉利。天子乘车巡幸泰山，到田间劝勉农事。统一度量衡与车轨，使天下寒暑缓急均齐。考察各地官吏，昏庸者罢免，明智者进升，然后便调转旌旗起驾回师。远望先帝的旧都，怀念大汉初创之时而长叹息。待到秋风起时便远去西方，恭恭敬敬地祭祀高祖。仲春东巡泰山，正是万物萌发之时，蛰虫纷纷从潜隐处爬出。立冬时西幸长安，正是收成季节，观看五谷登场的丰收年景,称赞田官不懈怠,赏赐农官九扈。向东望日出的旸谷,向西看日落的玄圃。远视天末,期望天下远近皆同,制定万世通用的大法。姑且回到朝中解除劳苦,安享各种幸福。会集了瑞应之兆,集合了吉祥之物。豢养着林氏国的珍奇之兽驺虞,驯服泽马与腾黄。鸾鸟在女床山上鸣叫,凤凰在丹穴山上起舞。在春圃种植华平瑞木,在中庭栽满朱草。仁惠之风吹遍各地,恩德之泽洒及天涯。同北方的丁令国友善,与南方的越裳国结好。包罗西部的大秦国,跨越东方的乐浪国。翻译官辗转翻译,四方君主都来臣服。

  因此说起迁移京都之事,则是与殷王盘庚同法度。改正奢靡,趋向节俭,就与《斯干》诗中称赞的美德相合。上登泰山祭天,下至梁父祭地,就与黄帝功德等同。以无为为功,以无事为业,永久获得民心而天下太平。遵循节俭,崇尚素朴,心想仲尼克制自己欲望的教诲,遵行老子知足常乐的信条。要使心志不迷乱,耳不闻淫声,目不见美色。贱视犀角象牙,省减珍珠美玉。把黄金藏于深山,把璧玉抛于峡谷。不损害翡翠鸟的羽毛,不猎取玳瑁的甲壳。所尊崇的只有贤德,所珍视的只有五谷。百姓去末返本,就都心怀忠信,胸有真诚。此时此刻,四海之内同欢喜,齐声称赞:"啊!大汉天子的德行多么美好啊!"蓂荚瑞草可说是最难栽种,所以多年没有见到。惟有当今的皇帝能使它繁殖，天下出现了最为太平和乐的景象，因而它生长在宫殿的台阶旁，用它来查知月份的大小。既然如此，那么王道怎么能不使民众归附，教化怎么能不使人和顺！天子的教令随风吹遍四海，天子的恩德从云中飘飞天下。万物依赖大汉天子的恩惠，还有什么欲望和要求？恩德如苍天覆盖大地，如日月光辉普照人间。三王的影响显得范围太小，五帝的声誉也被远远超过。承袭二皇遥远的业绩，谁说圣驾迟缓而赶不上先贤？东都的美好之处未能说尽，因我身患疾病，不能对你详细描述，只好粗略地为你说个大概而已。至于说放任自流而不知悔悟，纵情无度而不知觉醒，耽于淫乐而无节制，最后必将遇到灾祸，"取乐今日，遑恤我后"这句话可以丧国，我不能效仿它。

再说人有提瓶打水的小本领，还知道守着器物不能出借，何况关系继承先帝大业，怎么可以把帝位看得如此轻贱？仰望我大汉高祖、世祖二帝，他们的功劳很大，却总有危险之感，就像驾着疾驰的马车而没有辔头一样。传说白龙化为游鱼，被豫且射中眼睛。虽说万乘之君本所畏惧，但还是要警惕一夫作难。终日不离开车驾，独自一人到何处巡行？作为统治百姓的君主，黈纩垂于耳畔，不闻琐细之言，车中不内顾，不视亲近之臣的私事。身上带的佩玉用以节制行步仪容，车上的鸾铃使行驶有节奏。行走不能改变佩玉响声的节奏,车驾行驶不使步伐混乱。把战马用在拉粪的车上,即使是骐骥与飞兔一类的骏马也没有什么舍不得。当用材取物的时候,常常担心把生物灭绝。颁布政令使用民役的时候,常常担心把民力用尽。用仁义之道争取民心,用民服役要乘农闲之时。在山上伐木,不砍掉树茬和嫩芽,在郊野打猎,不射死幼小和怀胎的禽兽。这样草木才能繁茂,鸟兽才能增殖。百姓忘却劳苦,就会高兴地把财物供奉出来。百姓与朝廷同富裕,才能上下共和乐。君主不断积恩施惠,民心才能始终不变。坚守礼义,眷念君主,人人怀有忠贞的节操。忿恨奸邪之人干犯天命,痛惜汉家宗室被废弃;王莽暗中图谋改号窃位,总共称帝十八年。圣明的光武帝登上皇帝的宝座,表明汉家皇位本不该变更。如此,王朝的大业可以乐观。现今公子如果主张使民劳苦而苟且安乐,就是忘记百姓的怨愤,就会变成仇恨;喜好耗尽民财而穷奢极欲,就会忽视民众将背叛自己而酿成祸患。

水可以载舟,也可以覆舟。坚冰是从脚下踩的霜雪积累而成,高大的树木是由幼苗生长起来的。黎明即起,以致力修明德政,子孙后代还会懈怠。何况开始裁制的衣服就很宽大,穿衣的人怎能重新改裁?所以司马相如盛赞了上林苑的宏伟景象,扬雄铺陈词藻写出了羽猎之赋,虽然《上林赋》后面写了"隤墙填堑"之言,《羽猎赋》结尾有"收罝解罘"之语,终不能对讽谏有所弥补,却反而使过错更明显。臣子奢侈无度而超越君王的法度,就会忘记治国的根本大计。所以东边在函谷关开始击柝报警,那么西边朝廷便会颠覆而无法维持。大凡人们总是认为自己学的一套是对的,安于自己的老习惯。在咸鱼铺里呆久了就闻不到腥臭,人总是习惯于久居之处。《咸池》一类绝美的音乐,不同于淫邪之声,而众人却要持怀疑态度。能不怀疑的人,大概只有乐师师旷了!

客人沉醉于这番大道理,饱尝了文教之义,受到文德的勉励,又为危亡而警戒,既高兴,又畏惧。茫茫然如同大醉,从早到晚感到疲倦,就像被夺走了精气和魂魄,忘记了还要说什么话,再没什么可夸饰。停了好久才说道:"我这个人多么浅薄呀,习惯于非礼的风俗而终于迷惑,今日荣幸地得到您的指教!像我以前所听到的,都是些华而不实的东西。先生的话实在而有根据。我见识短浅,从今以后,乃知大汉的美德,全在于此。过去人们都为《三坟》、《五典》已经泯灭而感到遗憾,无法了解炎帝、帝魁的美德。有幸听到先生这番宏论,那么大庭氏也没有比大汉美德更高的地方!我虽不才,而今差不多全明白了!"

思 玄 赋

　　思玄，寻求玄远深奥的哲理。这篇赋作于张衡任侍中职务的后期，其时宦官专政，政治黑暗，张衡虽得亲随顺帝左右，应答时事，却慑于宦官佞臣的逸言诡语，不敢畅谈己见，故作文抒志，以寻求精神上的寄托。文章叙述了作者苦闷、周游、归悟的全过程。文中通过对高洁心志的倾诉，对群小"冒真"的鞭笞，对美好未来的追求以及对故国旧乡的眷恋，塑造出一个脱胎于作者自身的完美的抒情形象。在这个抒情形象身上，体现了中国封建社会正直的知识分子的自强与抗争。作者最后选择的通过道德修养的更加完善来抵消心灵上的矛盾的做法，又正是旧时文人软弱性的典型表现。全文格调清逸，想象丰富，场景宏大，语言华美，反映了作者深邃的情思和娴熟的写作技巧。

仰先哲之玄训兮，虽弥高其弗违①。匪仁里其焉宅兮，匪义迹其焉追②？潜服膺以永靓兮，绵日月而不衰③。伊中情之信修兮，慕古人之贞节④。竦余身而顺止兮，遵绳墨而不跌⑤。志团团以应悬兮，诚心固其如结⑥。旌性行以制佩兮，佩夜光与琼枝⑦。缡幽兰之秋

---

① 弥高：本于《论语·子罕》"仰之弥高，钻之弥坚"句，原意是指孔子的学生感到老师的学问道德高不可攀，越抬头望越觉得它高，越钻研越觉得它深。此"弥高"指先哲玄训的高深。 ② 匪：通"非"。仁里：仁人居住的地方。义迹：义士的足迹。 ③ 服膺：牢记在心中。绵：连。 ④ 伊：这，此指张衡自己。 ⑤ 竦(sǒng耸)余身：意为恭谨自己的行为。顺：循。止：礼。绳墨：木工打直线的工具，此喻规矩法度。跌：失足倒下，此指差误。 ⑥ 团团：物体下垂的样子。应：接受。应悬：言志如绳悬之物，绳喻先哲之训，绳动则物应（引张泽震说）。 ⑦ 旌：彰显明耀。性行：品性和行为，此指作者自身的贞性洁行。夜光：宝珠名。琼枝：玉树。

华兮,又缀之以江蓠①。美襞积以酷裂兮,允尘邈而难亏②。既婡丽而鲜双兮,非是时之攸珍③。奋余荣而莫见兮,播余香而莫闻④。幽独守此仄陋兮,敢怠遑而舍勤⑤？幸二八之遻虞兮,喜傅说之生殷⑥。尚前良之遗风兮,恫后辰而无及⑦。何孤行之茕茕兮,孑不群而介立⑧？感鸾鹥之特栖兮,悲淑人之稀合⑨。

----

①纚(xī息)：系。纚,原作"缡",据《文选·思玄赋》改。幽兰：兰花,俗称草兰。华：同"花"。江蓠：香草名,又名蘼芜。 ②襞(bì必)积：衣裙上的褶子,此指作者的芳美衣服。酷裂：同"酷烈",指香气浓郁。允：信实。尘邈：久远。亏：义同"歇",李贤注："衣服芬芳,久而不歇,以喻道德著美,幽而不屈也。" ③婡丽：美好。鲜：少。攸：所。 ④荣：花,此喻作者的美行。播：散。 ⑤仄陋：同"侧陋",指僻侧贱陋之处。遑：暇。古称尧曾拔举舜于侧陋之处,作者不敢舍勤,也是希望得到贤王的拔举。 ⑥二八：指八恺和八元。相传古帝高阳氏有八位才子,人们称为八恺。古帝高辛氏有八位才子,人们称为八元。舜荐举八恺、八元,让他们担任要职,从而使天下大治。详见《左传·文公十八年》。遻(è鄂)：遇。傅说：殷时的贤人,相传傅说本为贱役,殷王武丁举以为相。 ⑦尚：慕。前良：指二八与傅说等前代贤人。恫：痛。后辰：指出生得迟。 ⑧茕茕(qióng穷)：孤独无依的样子。孑：独。介：孤单。 ⑨鸾、鹥(yī依)：均为凤凰一类的神鸟。特：独。淑：善。合：遇合,遭逢。

彼无合其何伤兮,患众伪之冒真①。旦获谮于群弟兮,启金縢而乃信②。览烝民之多僻兮,畏立辟以危身③。曾烦毒以迷或兮,羌孰可与言己④? 私湛忧而深怀兮,思缤纷而不理⑤。愿竭力以守义兮,虽贫穷而不改。执雕虎而试象兮,阽焦原而跟止⑥。庶斯奉以周旋

---

① 彼:指淑人贤士。 ② 旦:周公旦。谮(dú 独):诽谤。群弟:指周武王之弟管叔、蔡叔等。金縢:用金封缄的收藏秘密文书的柜子。据《史记·鲁周公世家》载,武王患病,周公旦祈祷神灵,愿以死代武王受病,并将祝策藏于金縢之中。后来周公旦摄政,管叔及群弟诬周公旦欲自立。旦卒,成王等开金縢,看到周公旦祝文,方深信周公旦的高德。 ③ 烝:众。僻:邪。立辟:立法,此指为纠正邪僻而制立法律。 ④ 曾:通"增"。烦毒:烦忧。或:同"惑"。羌:发语词。 ⑤ 湛:深。怀:思。缤纷:乱貌。 ⑥ 雕虎:花斑猛虎。执雕虎而试象,用《尸子》载中黄伯手搏雕虎而心欲与象斗的典故。阽(diàn 店):临近。焦原:巨石名。跟止:即齐踵,意思是脚后跟与焦原所临山崖边相齐。据《尸子》,莒国有一处宽五十步的大石叫焦原,下临百仞高的山崖,国中无人敢靠近。有一个叫莒子的勇士,倒行而立,脚跟与崖边相齐,被人称赞。《尸子》认为贤者持守大义亦应有莒子的勇气。李善注:"雕虎以喻贫,试象以喻竭力,焦原以喻义,言己以执雕虎之贫穷,愿竭试象之力,而守焦原之义。"

兮,要既死而后已①。俗迁渝而事化兮,泯规矩之圆方②。珍萧艾于重笥兮,谓蕙芷之不香③。斥西施而弗御兮,羁要褭以服箱④。行陂僻而获志兮,循法度而离殃⑤。惟天地之无穷兮,何遭遇之无常⑥?不抑操而苟容兮,譬临河而无航⑦。欲巧笑以干媚兮,非余心之所尝⑧。袭温恭之黻衣兮,披礼义之绣裳⑨。辫贞亮以为

①庶:副词,表示希望,此用为自勉。斯:此,指作者的高志。周旋:应酬。要:约。死而后已:语见《论语·泰伯》。 ②迁渝:移动变化。化:改变。泯:灭。规矩:圆规和曲尺,为画圆形与方形的工具,此喻礼法规范。 ③萧艾:草名,即蒿艾,此喻小人。重笥(sì伺):竹编的双层衣箱,古人于其夹层置香草以薰染衣物。蕙、芷:均为香草,此喻贤人。 ④斥:远弃。西施:春秋时越国的美女。御:亲幸。羁(jī机):束缚。要褭(yǎo niǎo 咬鸟):同"骥褭",骏马名。服:驾车。箱:车箱,此指载货的重车。 ⑤陂僻:邪僻不正。离:遭逢。 ⑥惟:思。遭遇:指人生的经历。 ⑦航:船。 ⑧巧笑:美好的微笑,此处用为贬义。干:求。尝:试行。 ⑨袭:穿着。温恭:温良恭敬,为古人推崇的美德。黻(fú福)衣:绘有青黑色"亚"形花纹的衣服。绣裳:绣有五色花纹的衣裳。古以黻衣绣裳为有德君子的礼服,此借喻温恭礼义的美好。

鞶兮,杂技艺以为珩①。昭彩藻与雕琢兮,璜声远而弥长②。淹栖迟以恣欲兮,耀灵忽其西藏③。恃己知而华予兮,鹈鴂鸣而不芳④。冀一年之三秀兮,道白露之为霜⑤。时亹亹而代序兮。畴可与乎比伉⑥?咨姤嫭之难并兮,想依韩以流亡⑦。恐渐冉而无成兮,留则蔽而不章⑧。

① 辨:交织。贞亮:指品行的贞正清亮,亦为古人推崇的美德。鞶(pán 盘):束衣的大带,可用以系挂佩玉等饰物。技艺:指礼、乐、射、御、书、数六艺,古以君子当通六艺。珩(héng 横):杂佩上部的横玉。 ② 昭:彰明。彩藻:泛指色彩艳丽的饰物。雕琢:泛指刻镂琢磨的工艺品,包括玉、金属、贝壳等类,多用作身上的佩饰物。璜:杂佩下部半圆形的玉,人行走时,璜与冲牙(杂佩下部圆体而两头呈尖状的玉)相撞,能发出悦耳的声响。 ③ 淹:久。栖迟:游息。耀灵:太阳。 ④ 恃:依赖。己知:犹知己。予:作者自称。鹈鴂(tí jué 提决):杜鹃鸟,鸣于暮春花事尽时。"鹈鴂"字亦作"鹈鴂"。"鹈鴂"句用《离骚》"恐鹈鴂之先鸣兮,使夫百草为之不芳"之意,以鹈鴂先鸣喻谗人先言。 ⑤ 秀:开花。芝草一年之中开三次花,古人以为瑞草,此处作者以芝草自喻。道(qiú 求):迫。 ⑥ 亹(wěi 委)亹:前进不息的样子。代序:顺次更替。畴:谁。比伉(kàng 抗):并列。 ⑦ 咨:叹。姤:恶。嫭(hù 户):美。韩:指齐国的仙人韩众(一作韩终)。 ⑧ 渐冉:指时光渐逝。章:同"彰"。

心犹与而狐疑兮,即岐阯而摅情①。文君为我端蓍兮,利飞遁以保名②。历众山以周流兮,翼迅风以扬声③。二女感于崇岳兮,或冰折而不营④。天盖高而为泽兮,谁云路之不平⑤!勔自强而不息兮,蹈玉阶之峣

---

① 犹与:同"犹豫"。即:就。岐阯:岐山脚下。岐山在陕西省岐山县,相传周文王曾居岐山。摅(shū 书):申,抒发。 ② 文君:周文王。端蓍(shī 尸):双手持蓍草以占卜。遁:《易》卦名。《易·遁·上九》:"肥遁,无不利。"肥遁,同"飞遁"。以下八句亦就《遁》卦的卦象为释。 ③ 《遁》卦作☰,上为乾,下为艮。艮为山,故说"历众山";从下数第二爻至第四爻作☴,为巽,巽为风,故说"翼迅风"。 ④《遁》卦的上爻由—(阳)变为--(阴)便成《咸》卦☱。上为兑,为少女;二爻至四爻为巽,为长女,合称"二女"。感:感应,谓二女有感念作者之情。《易·咸》:"咸,亨,利贞,取女吉。"《易·咸·象》:"咸,感也。柔上刚下,二气感应以相与。"《咸》卦下为艮,故说"崇岳"。或:又。《咸》卦三爻至五爻为乾,乾为冰;《咸》卦上为兑,兑为毁折,合有冰折之意,即谓冰途折毁而无法到崇岳与二女相会。不营:不可经营,指二女不可求得。本句用变卦的不可行,反证原卦的信实。 ⑤《遁》卦上为乾,乾为天;变为《咸》卦后,上为兑,兑为泽,所以天可为泽。盖:尚。

峥①。惧筮氏之长短兮，钻东龟以观祯②。遇九皋之介鸟兮，怨素意之不逞③。游尘外而瞥天兮，据冥翳而哀鸣④。雕鹗竞于贪婪兮，我修絜以益荣⑤。子有故于玄鸟兮，归母氏而后宁⑥。

占既吉而无悔兮，简元辰而俶装⑦。且余沐于清原兮，晞余发于朝阳⑧。漱飞泉之沥液兮，咀石菌之流英⑨。翾鸟举而鱼跃兮，将往走乎八荒⑩。过少皞之穷

---

① 勔（miǎn 免）：勤勉。自强而不息：用《易·乾·象》"君子以自强不息"之意。蹈：践。阶：犹道。《遁》卦上为乾，乾为金玉，故说"玉阶"。峣峥：高峻。以上各句引《遁》卦，旨在劝张衡遁世。 ② 筮（shì 是）氏：以蓍草占卜的人，此指文王。长短：指占卜的准确程度，古人以筮短龟长。钻：在龟甲上钻孔，然后烧灼而观其裂纹以定吉凶。东龟：古占卜所用之龟，其色青。祯：吉祥。 ③ 九皋：深远的湖沼。介鸟：耿介清正之鸟，此指鹤。《诗·小雅·鹤鸣》："鹤鸣于九皋。"此言钻龟卜得鹤兆。逞：施展。 ④ 瞥：目光掠过。天：喻君。瞥天：隐有恋君之意。冥翳（yì 义）：高远。 ⑤ 雕、鹗：均为猛禽，此喻小人。我：兼指鹤和作者。絜：同"洁"。 ⑥ 子：借卜者之口称张衡。玄鸟：指鹤。母氏：喻道。《韩非子·解老》："母者，道也。"以上所述占得鹤兆事，旨在劝张衡远游以归真道。 ⑦ 悔：灾祸。简：选择。元辰：美好的时辰。俶：整。 ⑧ 沐：洗发。原：同"源"。晞：干。 ⑨ 沥：滴流。石菌：灵芝，古以为瑞草。流：大。英：花。 ⑩ 翾（xuān 宣）：飞。走：奔赴。八荒：八方荒远之地。

野兮,问三丘乎句芒①。何道真之淳粹兮,去秽累而票轻②。登蓬莱而容与兮,鳌虽抃而不倾③。留瀛洲而采芝兮,聊且以乎长生④。凭归云而遐逝兮,夕余宿乎扶桑⑤。噏青岑之玉醴兮,餐沆瀣以为粮⑥。发昔梦于木禾兮,谷昆仑之高冈⑦。

朝吾行于汤谷兮,从伯禹于稽山⑧。集群神之执玉

---

① 少皞(hào 号):传说中古帝名。穷野:指穷桑之野。相传少皞氏邑居于穷桑,建都于曲阜。三丘:指东海中蓬莱、方丈、瀛洲三座神山。句芒:东方木神。 ② 何:通"荷",指担负。道真:大道的真义。秽累:谓尘俗。票:同"飘"。 ③ 容与:安逸自得的样子。鳌:海中大龟。抃(biàn 变):拍手,表示欢欣。相传有神龟背负蓬莱之山而抃舞。 ④ 芝:灵芝仙草。相传瀛洲山上生芝草,且有泉水名玉酒,食之使人长生。以乎:相当于"用之",此指食之。 ⑤ 扶桑:东方神木名,传说日出其下。 ⑥ 噏(xī 西):吸吮。岑(cén 涔):小而高的山。玉醴:指清澈甘甜的泉水。沆瀣(hàng xiè 航去声泄):夜半水气。 ⑦ 木禾:相传长于昆仑山上的嘉谷。谷:生。此言梦见西方昆仑山上的木禾,为后文"抨巫咸"句作一伏笔。 ⑧ 汤谷:传说为日出处,扶桑即生于汤谷。伯禹:指夏禹。稽山:会稽山,在今浙江绍兴。

兮,疾防风之食言①。指长沙以邪径兮,存重华乎南邻②。哀二妃之未从兮,翩偯处彼湘濒③。流目覜夫衡阿兮,睹有黎之圮坟④。痛火正之无怀兮,托山陂以孤魂⑤。愁蔚蔚以慕远兮,越卬州而愉敖⑥。跻日中于昆吾兮,憩炎天之所陶⑦。扬芒熛而绛天兮,水泫沄而涌

① 执玉:手执圭、笏等玉制礼器,表示臣属关系。防风:指防风氏,传说为禹时汪芒氏之君。食言:指防风氏不遵禹命而后到。据《国语·鲁语》下载,禹召集群神于会稽山,防风氏后到,禹怒而杀之。 ② 指:向。长沙:即今湖南长沙。邪:通"斜"。长沙位于会稽山西南,故称前往之途为"邪径"。存:慰问。重华:指舜。相传舜陵在零陵营浦县(今湖南道县),位于长沙南,故称"南邻"。 ③ 二妃:舜的二妃娥皇、女英。二妃生未随舜南巡,死未与舜合葬,故说"未从"。翩偯:谓相继而死。处:安居。湘濒:湘水之滨,二妃死于此。 ④ 覜:同"眺"。衡:衡山,在湖南衡山县。阿:山曲。有黎:指祝融,传说祝融为古帝颛顼氏之子,为火正。圮(pǐ痞):毁坏。相传祝融墓在衡山南,楚灵王时,因山崩而祝融墓被毁。 ⑤ 火正:古五行官之一,掌火,此指祝融。怀:归。祝融葬于南方治所,故称"无怀"。山陂(bēi悲):山坡。 ⑥ 蔚(yù玉)蔚:同"郁郁",忧伤貌。卬(áng昂)州:古九州之一,位于正南方,其处极热。敖:同"遨"。 ⑦ 跻(jī机):升。昆吾:传说中南方山名,日行其上则为正中。憩(qì气):息。炎天:南天,古称南方有火山,昼夜火燃,故名。陶:炎炽。

思玄赋

涛①。温风翕其增热兮,怒郁邑其难聊②。

颛羁旅而无友兮,余安能乎留兹③?顾金天而叹息兮,吾欲往乎西嬉④。前祝融使举麾兮,纚朱鸟以承旗⑤。躔建木于广都兮,拓若华而跮踱⑥。超轩辕于西海兮,跨汪氏之龙鱼⑦。闻此国之千岁兮,曾焉足以娱余⑧?

思九土之殊风兮,从蓐收而遂徂⑨。欸神化而蝉蜕

---

① 芒:光芒。熛(biāo标):飞动的火花。绛:大红色。法沄(xuàn yún 炫云):水翻腾貌,形容水受散扬芒熛之热而沸腾。 ② 翕(xī吸):聚合。怒(nì逆):忧思。郁邑:愁思不解的样子。聊:依赖。 ③ 颛(kǔ苦):独。羁(jī机)旅:寄居作客。兹:此。 ④ 金天:指西方。嬉:戏耍游乐。 ⑤ 麾(huī挥):旗帜,作指挥用。纚(lí离):系。朱鸟:凤凰一类的神鸟。承:捧。 ⑥ 躔(chán 谗):本义为麋鹿脚迹所至,此泛指行走、经过。建木:神木名,高百仞而无枝,日中而无影,众天神于此上下。广都:传说中南方山名,建木生于其上。拓(zhí直):折取。若:若木,神木名,在建木西,长有赤花。华:同"花"。 ⑦ 超:越。轩辕:传说中的国名,其人短寿者亦活八百岁。汪氏:郝懿行《山海经义疏》释为"沃民",为传说中的国名,在建木西北,其人食凤卵,饮甘露。龙鱼:即龙鲤,生于沃民国之北,相传神人乘之以行九野。 ⑧ 曾:岂。焉:此。 ⑨ 九土:九州。蓐(rù入)收:西方神名。遂:进。徂(cú醋阳平):往。

兮,朋精粹而为徒①。蹶白门而东驰兮,云台行乎中野②。乱弱水之潺湲兮,逗华阴之湍渚③。号冯夷俾清津兮,櫂龙舟以济予④。会帝轩之未归兮,怅相佯而延伫⑤。呬河林之蓁蓁兮,伟《关雎》之戒女⑥。黄灵詹而访命兮,摎天道其焉如⑦。曰:"近信而远疑兮,六籍阙而

---

① 欻(xū 虚):轻捷迅疾。神化:指人的精神意志产生深化。蝉蜕:蚱蝉脱去皮壳,此喻解脱,有去故就新之义。徒:同类的人。 ② 蹶(guì 贵):行动急剧。白门:指传说中西南方的编驹之山。台(yí 移):我。中野(shǔ 暑):中土。 ③ 乱:横渡。弱水:水名,所指不一,据《山海经·大荒西经》,在西海之南,流沙之滨,赤水之后,黑水之前,昆仑山之下。潺湲(chán yuán 谗援):水流动貌。逗:止。华阴:华山之北,华山在陕西华阴市南。湍:急流,此指位于华山北面的黄河。渚:水边。 ④ 号:呼。冯夷:河伯名。俾:使。津:渡口。櫂(zhào 赵):划船工具,似桨,此指划船。济:渡。 ⑤ 会:值。帝轩:指黄帝。怅:惆怅失意的样子。相佯:义近"徘徊"。 ⑥ 呬(xì 细):息。河林:木名,生长在敖岸之山的北面(见《山海经·中山经》)。蓁(zhēn 真)蓁:茂盛貌。伟:美。关雎(jū 居):《诗·周南》篇名,《诗序》说该诗在赞美"后妃之德",该诗首句为:"关关雎鸠,在河之洲。窈窕淑女,君子好逑。"此句张衡以淑女自比,并"睹河洲而思之"(李贤注语)。 ⑦ 詹:至。摎(jū 居):求。如:往。

思玄赋

不书①。神逮昧其难覆兮,畴克谟而从诸②?牛哀病而成虎兮,虽逢昆其必噬③。鳖令殪而尸亡兮,取蜀禅而引世④。死生错而不齐兮,虽司命其不晰⑤。窦号行于代路兮,后膺祚而繁庑⑥。王肆侈于汉廷兮,卒衔恤而绝

① 六籍:指《易》、《书》、《诗》、《礼》、《乐》、《春秋》六经。阙:同"缺"。 ② 神逮:等于说天道。覆:察。克:能。谟(mó馍):谋。诸:"之乎"二字的合音。 ③ 牛哀:指公牛哀,《淮南子·俶真训》中的人物。书中写他生病七天后变成老虎,他的哥哥入室探望,被他咬死。昆:兄。噬(shì是):咬。 ④ 鳖令:又作鳖灵,扬雄《蜀王本纪》所载蜀王名。书中称荆人鳖灵死,其尸逆长江上至成都而复活,见蜀王杜宇。杜宇号望帝,任鳖灵为相。时玉山发大水,杜宇不能治。鳖灵治水之后,杜宇以国相让。鳖灵即蜀王位,号开明帝,下传五代始去帝号而称王。殪(yì义):死。禅:以帝位让人。引:长。 ⑤ 司命:神名,掌死者名册,通命运期度。 ⑥ 窦:指汉文帝窦皇后。始称窦姬,以良家子选入宫。吕太后出宫人以赐诸王,窦姬欲赴近家的赵王而私嘱宦者,宦者误编于代王伍中。及行,窦姬哭不愿往。至代,独受宠幸。后代王即位为文帝,立窦姬为皇后,子为太子,承位为景帝。景帝生十四子,使汉家宗室繁盛,窦氏家族亦得显荣(见《汉书·外戚传》)。号:哭。代:汉初同姓九国之一,其时治所在中都(今山西平遥西南)。膺:当。祚:此指皇后之位。庑:通"芜",草木繁盛的样子。

绪①。尉尨眉而郎潜兮,逮三叶而遘武②。董弱冠而司衮兮,设王隧而弗处③。夫吉凶之相仍兮,恒反侧而靡所④。穆负天以悦牛兮,竖乱叔而幽主⑤。文断祛而忌

① 王:汉平帝王皇后,王莽之女。初,平帝以黄金二万斤相聘。王莽篡位,王皇后常称病不出。王莽被诛,皇后自投火中而死(见《汉书·外戚传》)。肆:恣意。恤:忧。 ② 尉:指都尉颜驷。据《汉武故事》载,汉武帝到郎署,遇老郎官颜驷,鬓眉已白。武帝怪而问之。颜驷回答说,臣在文帝时为郎,文帝好文而臣好武;景帝好美而臣丑;陛下好少而臣已老,因此三代不遇而老于郎署。武帝有感,擢为会稽都尉。尨(máng 忙):杂色。逮:及。遘:遇。武:汉武帝。 ③ 董:指董贤,汉哀帝宠臣,年二十二岁时便为大司马卫将军,居三公之位,生活奢华,造墓时私循王制而建有墓隧。哀帝死后,王莽迫贤自杀。家人夜葬。莽疑有诈,开棺检验,遂葬狱中(见《汉书·佞幸传》)。弱冠:古时男子年二十行冠礼以示成人,其时亦称弱冠。司:领受。衮:三公所穿的饰有龙纹的礼服。隧:墓道。 ④ 夫:义近"此"。仍:因袭。恒:常。反侧:反复无常。 ⑤ 穆、叔:指春秋时鲁国大夫叔孙豹,其谥曰穆子。牛:叔孙豹之子。竖:掌通内外的近臣,叔孙豹任牛为竖臣。乱:谋害。幽:囚禁。据《左传·昭公四年》载,叔孙豹途经庚宗,与一女子私通。豹到齐国,梦见天塌下来压着自己,就要顶不住了,回头见一长相奇特的人,便称之为"牛",使(助)已,方才顶住。后来豹返回鲁国为卿,庚宗女子奉子进见,长相与豹梦见的一样,于是任为竖臣而宠信。其后豹病重,竖牛不进饮食,豹遂饿死。

伯兮,阍谒贼而宁后①。通人暗于好恶兮,岂爱惑之能剖②?嬴摘谶而戒胡兮,备诸外而发内③。或辇贿而违车

---

① 文:指晋文公。祛(qū 区):衣袖。伯:指勃鞮,字伯楚,为春秋时晋国武士。阍:官名,主宫门侍卫,此指勃鞮。谒:禀告。贼:指吕甥和冀芮。后:古时天子和诸侯皆可称后,此指晋文公。据《国语·晋语四》载,晋献公派勃鞮刺杀文公,斩断文公之袖,文公深怨。文公即位后,勃鞮告发吕甥、冀芮预谋作乱之事,使文公得保平安。 ② 通人:通达事理的人。剖:分辨明析。李贤注:"通人,谓穆子、文公等。好恶,谓初悦竖牛,后以饿死;始怨勃鞮,终能告贼。言通人尚暗于好恶,况宠爱昏惑者,岂能分之?" ③ 嬴:指秦始皇嬴政。摘(tī 替):发。谶(chèn 衬):预言吉凶得失的文字、图记。胡:古时对北方及西域各民族的统称,此亦暗指秦二世胡亥。据《史记·秦始皇本纪》载,燕人卢生奏《箓图》说:"亡秦者胡也。"始皇认为胡指北方各族,于是派蒙恬率兵击之。始皇死后,赵高、李斯秉政为乱,刘邦、项羽起兵击秦,最后赵高杀二世胡亥,秦遂亡。

兮,孕行产而为对①。慎灶显于言天兮,占水火而妄谇②。梁叟患夫黎丘兮,丁厥子而事刃③。亲所睇而弗识兮,矧幽冥之可信④?毋绵挛以涬己兮,思百忧以自疢⑤。彼天监之孔明兮,用棐忱而佑仁⑥。汤蠲体以祷

① 或:有人,此指周犨(chōu 抽)。辇(niǎn 捻):人挽的小车。贿:财。对:匹,此指与周犨相应对的人。据《文选》旧注,周犨家甚贫,天帝怜之,司命之神遂以张车子的财物暂借给犨,并预先约好,某时张车子出生,应迅速归还他。其时将近,周犨夫妇忌怨司命还财之说,用辇(不用车,为避"车子"的谐音)装其财物外逃。遇一孕妇在大车下生子。问子之名,恰巧叫作车子。从此周犨逐渐贫困下来。 ② 慎:春秋时鲁国大夫梓慎,通天文占候之术,但曾预言鲁有大水,却反而大旱(见《左传·昭公二十四年》)。灶:春秋时郑国大夫裨灶,亦通天文占候之术,但曾两次预言郑国将有大火而均无验(见《左传·昭公十七年》和《昭公十八年》)。谇(suì 碎):告。 ③ 梁叟:梁国的老人。黎丘:地名,在梁国北部。丁:当。事:通"刺"。刺刃:用刀剑刺杀人。据《吕氏春秋·疑似》载,黎丘有鬼,常好装成人的亲小以惑人。一天,一位老人醉酒夜归,鬼装成老人的儿子,搀扶老人,却又使老人在路上吃了不少苦。老人酒醒后责怪其子,其子说并无其事。老人知为鬼,决心第二天晚上再走一趟以擒杀鬼,不想其子第二天晚上担心父亲不能归返,前往迎父,被老人误杀。
④ 睇:视。矧(shěn 审):况。幽冥:昏昧不明的状态。本句在劝张衡不要尽信推测预卜之言。 ⑤ 绵挛(luán 峦):牵制拘束。涬(xìng 幸):引。疢(chèn 趁):病。 ⑥ 孔:甚。棐(fěi 匪):辅。忱:诚。

祈兮,蒙厐禠以拯人①。景三虑以营国兮,荧惑次于它辰②。魏颗亮以从理兮,鬼亢回以敝秦③。咎繇迈而种德

---

① 汤:商代国君成汤。蠲(juān捐):洁。厐:大。禠(sī司):福。据《淮南子·主术训》载,汤时大旱,占卜,须用人来祈祷。汤遂斋戒洁身,以自己作为牺牲来祈祷上天,天果然降雨。 ② 景:指宋景公。荧惑:火星的别名,古人认为火星的出现是上天欲致以惩罚的征兆。次:停留。辰:日、月、众星的统称,此指行星在天空的位置。据《吕氏春秋·制乐》载,宋景公时,火星位于宋的分野。司马子韦劝景公或转移惩罚于宰相,或于国民,或于一年的收成。景公认为三者均为治国之本,不可缺少,应以己身承受天罚,故三次拒绝了子韦的建议。火星感应而迁移,且使景公延寿二十一年。 ③ 魏颗:春秋时晋卿。亮:信。"理"字当从《文选》作"治",此为后人避唐讳(高宗名治)而改。治与乱相对,此指神志清醒。亢:通"抗"。回:指杜回,秦国的力士。敝:败。据《左传·哀公十五年》载,魏颗在辅氏击败秦军,俘获杜回。起初,魏颗父魏武子有妾未生子,武子病,命魏颗可将其外嫁。后来武子病危,又命将其随葬。武子死,魏颗根据武子清醒时的话,把其妾改嫁了。辅氏之役,魏颗见一老人用草把遮拦杜回,杜回被绊倒,所以被俘。夜里魏颗梦见老人说:"我是你所改嫁女人的父亲,你执行你先人清醒时的话,我以此作为报答。"

兮,德树茂乎英、六①。桑末寄夫根生兮,卉既凋而已毓②。有无言而不雠兮,又何往而不复③?盍远迹以飞声兮,孰谓时之可蓄④?"

仰矫首以遥望兮,魂儵怳而无畴⑤。逼区中之隘陋兮,将北度而宣游⑥。行积冰之硙硙兮,清泉沍而不流⑦。寒风凄而永至兮,拂穹岫之骚骚⑧。玄武缩于壳中兮,螣蛇蜿而自纠⑨。鱼矜鳞而并凌兮,鸟登木而失

---

① 咎繇(gāo yáo 高摇):舜的大臣,又作"皋陶"。迈:行。种:布。《书·大禹谟》:"皋陶迈种德。"英、六:均为春秋时国名,故址在今安徽六安市西部、北部,相传咎繇的后人受封于二国。 ② 根生:又名寄屑、寓木、宛童,为桑树上的寄生植物。卉:草的总称。毓:同"育"。 ③ 雠(chóu 仇):通"酬"。《诗·大雅·抑》:"无言不雠,无德不报。"往:行。复:亦有酬答之意。《易·泰·九三》:"无平不陂,无往不复。"李贤注:"言咎繇布德行仁,庆流后裔。" ④ 盍(hé 河):何不。迹:行。"孰谓"句,言时光易逝,不可留蓄。 ⑤ 矫首:抬头。儵怳:恍惚失意的样子。畴:通"俦"。 ⑥ 区中:指一定的区域之中,此指中国。度:越。宣:遍。 ⑦ 硙硙:通"皑皑",指霜雪的洁白晶莹。沍(hù 户):冻结。 ⑧ 凄:寒冷貌。穹岫:山崖。骚骚:同"嗖嗖",大风强劲貌。 ⑨ 玄武:北方太阴之神,其形象为龟(一说为龟蛇合称)。壳:龟甲。螣蛇:传说中的神蛇,古人称其为龙类,能兴云雾而游其中。

条①。坐太阴之屏室兮,慨含欷而增愁②。怨高阳之相寓兮,佃颛顼之宅幽③。庸织络于四裔兮,斯与彼其何瘳④?望寒门之绝垠兮,纵余辔乎不周⑤。迅飙潚其媵我兮,鹜翩飘而不禁⑥。趍嗒唅之洞穴兮,摽通川之琳琳⑦。经重阴乎寂寞兮,悯坟羊之潜深⑧。

追慌忽于地底兮,轶无形而上浮⑨。出右密之暗野

---

① 矜鳞:指鱼类因寒冷而紧收其鳞。凌:冰。 ② 太阴:北方极冷之地。屏:蔽。欷:极度悲伤而发出的叹息声。 ③ 高阳:传说中古帝颛顼的号,为居于北方的天帝。相:择。寓:居。佃(qiòng 穷去声):细小。幽:北方。 ④ 庸:劳。织络:谓经纬往来。彼:指上文所说的东、南、西南诸处。瘳(chōu 抽):病愈,引申有好转之意。 ⑤ 寒门:传说中极北的大山。《淮南子·地形训》:"北方曰北极之山,曰寒门。"垠:崖。辔:马缰。不周:传说中的山名,在西北方。 ⑥ 飙:狂风。潚(sù 肃):疾速。媵(yìng 硬):送。鹜:奔驰。翩飘:形容马奔驰的疾迅。 ⑦ 嗒唅(hán hā 含哈):深貌。通川:指地下的通达长远的深河。琳琳:深貌。 ⑧ 重阴:指地中。坟羊:同"羵羊",相传井中的土怪,其形似羊。《国语·鲁语下》:"土之怪曰羵羊。" ⑨ 慌忽、无形:均指无形无相的道,亦即《老子》所说的支配万物的道。《老子·十四》:"绳绳不可名,复归于无物,是谓无状之状,无物之象,是谓惚恍。"轶:超车,此指超出在前。

兮,不识蹊之所由①。速烛龙令执炬兮,过钟山而中休②。瞰瑶豀之赤岸兮,吊祖江之见刘③。聘王母于银台兮,羞玉芝以疗饥④。戴胜憖其既欢兮,又诮余之行迟⑤。载太华之玉女兮,召洛浦之宓妃⑥。咸姣丽以蛊

---

① 右:指西方。密:传说中山名,又称崟山,在西方。暗:幽暗。蹊:路。 ② 速:征召。烛龙:神名。《山海经·大荒北经》:"西北海之外,赤水之北,有章尾山,有神,人面蛇身而赤,直目正乘,其瞑乃晦,其视乃明,不食不寝不息,风雨是谒。是烛九阴,是谓烛龙。"炬:火烛。《淮南子·地形训》:"烛龙在雁门北。"高诱注:"烛龙衔烛以照太阴,盖长千里。"《山海经·西山经》:"自崟山至于钟山,四百六十里。"又《海外北经》:"钟山之神,名曰烛阴,视为昼,瞑为夜,吹为冬,呼为夏,不饮不食不息,息为风。身长千里,在无臂之东。其为物,人面蛇身赤色,居钟山下。"清代郝懿行认为钟山即章尾山,烛龙又名烛阴。 ③ 瞰:瞻望。瑶豀:又称瑶崖,在钟山东面。祖江:神名,又称葆江。刘:杀。《山海经·西山经》:"又西北四百二十里曰钟山,其子曰鼓……是与钦䲹杀葆江于昆仑之阳,帝乃戮之钟山之东,曰瑶崖。" ④ 聘:访问。王母:指西王母,神话中的女神,居于昆仑山。银台:西王母所居之地。羞:进食。玉芝:芝草,因色白如玉而得名,亦称白芝。 ⑤ 戴胜:本指西王母的服饰,此指西王母。憖(yìn 印):笑貌。诮:责备。 ⑥ 太华:即华山。玉女:仙女名。李贤注引《诗含神雾》:"太华之山,上有明星玉女,主持玉浆,服之成仙。"洛浦:洛水之滨。宓妃:洛水女神名,相传为伏羲之女,溺死洛水而成神。

媚兮,增娓眼而蛾眉①。舒妙婧之纤腰兮,扬杂错之袿徽②。离朱唇而微笑兮,颜的砺以遗光③。献环琨与琅缡兮,申厥好以玄黄④。虽色艳而赂美兮,志浩荡而不嘉。双材悲于不纳兮,并咏诗而清歌⑤。歌曰:"天地烟煴,百卉含葳⑥。鸣鹤交颈,雎鸠相和⑦。处子怀春,精魂回移⑧。如何淑明,忘我实多⑨。"

将答赋而不暇兮,爰整驾而亟行⑩。瞻昆仑之巍巍

---

① 姣:美好。盅:妖丽。娓(hù 护):美好。 ② 妙婧(jìng 静):美好貌。袿:妇女的上等服装。《释名·释衣服》:"妇人上服谓之袿。"徽:通"褘",女子的佩饰。《尔雅·释器》:"妇人之褘谓之缡。"郭璞注:"即今之香缨也。" ③ 的砺:明亮貌。 ④ 环:玉石做的环状佩饰。琨:玉石名。《白虎通》:"循道无穷则佩环,能本道德则佩琨。"玛:美玉名。缡:香缨。玄黄:彩色的丝帛。 ⑤ 清歌:无乐器伴奏的歌唱。 ⑥ 烟煴:同"絪缊",指天地间阴阳二气交互作用的状态。《易·系辞》下:"天地絪缊,万物化醇。"葳(wěi 伪):花。 ⑦ 鸣鹤:用《易·系辞》上"鸣鹤在阴,其子和之"之意,谓同类之间的欢情相合。雎鸠相和:用《诗·周南·关雎》"关关雎鸠,在河之洲。窈窕淑女,君子好逑"之意,毛传:"关关,和声也。" ⑧ 处子:处女。怀春:用《诗·召南·野有死麕》"有女怀春"之意,郑笺:"女思仲春以礼与男会。" ⑨ 淑明:淑善贤明之人,此包括张衡。忘:不识。《诗·秦风·晨风》:"如何如何,忘我实多。" ⑩ 赋:指二女所歌之诗。亟:急速。

兮,临紫河之洋洋①。伏灵龟以负坻兮,亘螭龙之飞梁②。登阆风之曾城兮,构不死而为床③。屑瑶蕊以为糇兮,斞白水以为浆④。抨巫咸以占梦兮,乃贞吉之元符⑤。滋令德于正中兮,含嘉禾以为敷⑥。既垂颖而顾本兮,尔要思乎故居⑦。安和静而随时兮,姑纯懿之所庐⑧。

---

①巍巍:山势高峻貌。萦:弯曲。河:黄河。洋洋:水势盛大貌。 ②灵龟:大龟。坻(chí池):水中高地,可以停船或架桥。亘:横。螭(chī吃)龙:无角龙。梁:桥。 ③阆风:山名,又称凉风,在昆仑之巅。《淮南子·地形训》:"昆仑之丘,或上倍之,是谓凉风之山,登之而不死。"曾城:同"增城"、"层城",古代神话中的地名。《淮南子·地形训》:"掘昆仑虚以下地,中有增城九重,其高万一千里百一十四步二尺六寸。"构:架造。不死:指不死树。《淮南子·地形训》:"不死树,在其(增城)西。" ④屑:碎。瑶蕊:玉树的花蕊。糇(hóu侯):干粮。斞(jū居):舀取。白水:传说中源于昆仑山的水名,为黄河的源头。李贤注引《河图》:"昆山出五色流水,其白水东南流入中国,名为河也。"屈原《离骚》:"朝吾将济于白水兮,登阆风而緤马。"王逸注:"《淮南子》言:白水出昆仑之山,饮之不死。" ⑤抨:使。巫咸:古代传说中神巫名。占梦:圆梦,此就上文"发昔梦于木禾兮,谷昆仑之高冈"而言。贞:正。元符:好的征兆。 ⑥滋:丰茂。令德:美德。嘉禾:即上文所言"木禾",为长于昆仑山的嘉谷。敷:布,此指涂抹于外表作装饰的物质。 ⑦颖:禾穗。本:根。本句用禾穗向根部下垂,喻人应思念故居。 ⑧纯:大。懿:美。

戒庶寮以夙会兮,佥恭职而并迓①。丰隆軿其震霆兮,列缺晔其照夜②。云师𩖄以交集兮,冻雨沛其洒涂③。軚琱舆而树葩兮,扰应龙以服辂④。百神森其备从兮,屯骑罗而星布⑤。振余袂而就车兮,修剑揭以低昂⑥。冠咢咢其映盖兮,佩綝缡以辉煌⑦。仆夫俨其正策兮,八乘摅而超骧⑧。氛旄溶以天旋兮,蜺旌飘而飞扬⑨。抚轸轵而还盼兮,心灼药其如汤⑩。羡上都之赫

---

① 戒:命令。庶寮:众僚,指下文丰隆、云师诸神。夙:早。佥:皆。迓:迎。 ② 丰隆:雷神。軿(pēng 抨):震雷声。震霆:霹雳。列缺:闪电。晔:闪光明灿貌。 ③ 云师:云神,名屏翳。𩖄(dàn 但):阴貌。冻(dōng 东)雨:暴雨。沛:形容暴雨的疾急充盛。涂:同"途"。 ④ 軚(yǐ 以):车衡上用于穿缰绳的大环。琱舆:饰有美玉的车。葩(pā 趴):花。树葩,谓在车上树起华盖。扰:驯。应龙:古代神话中有翼的龙。服辂(lù 路):驾车。 ⑤ 森:众多貌。备:尽。屯:聚。 ⑥ 袂:袖。修:长。揭:高举。《战国策·齐策四》:"于是乘其车,揭其剑。"低昂:指一高一低的动作,此指持剑挥舞。 ⑦ 咢(è 饿)咢:高貌。盖:车盖。綝缡(lín shī 林师):盛貌。 ⑧ 仆夫:指驾车的人。俨:恭敬。正:治办。策:马鞭。八乘:驾车的八条应龙。摅(shū 舒):腾跃。骧:高驰。 ⑨ 氛:大气。旄:竿首饰有牦牛尾的旗。溶:广大貌。旌:用牦牛尾和彩色鸟羽作竿饰的旗。 ⑩ 轸轵:轸为车箱的木格栏,轵为车箱左右横直交结的横木,此用轸轵代指车箱的栏杆。盼:斜视。灼药:热貌。李贤注:"言顾瞻乡国而心热也。"

戏兮,何迷故而不忘①?左青琱以揳芝兮,右素威以司钲;前长离使拂羽兮,委水衡乎玄冥②。属箕伯以函风兮,澂涊涊而为清③。曳云旗之离离兮,鸣玉鸾之譻譻④。涉清霄而升遐兮,浮蔑蒙而上征⑤。纷翼翼以徐戾兮,焱回回其扬灵⑥。叫帝阍使辟扉兮,觌天皇于琼

---

①赫戏:光彩明盛貌。 ②以上四句描写作者前后左右的随从。青琱:青纹之龙,古以为东方宿名。揳:举。芝:稍小的伞盖,因其形似芝而名,由车上侍者执持。素威:白虎,古以为西方宿名。钲:军中乐器名。鸣钲以节制鼓节及行进的步伐。长离:神鸟名,又称朱鸟,古以为南方宿名。羽:指以羽毛为饰的旌旗。水衡:汉代官名,掌上林苑,兼保管皇室财物及铸钱。玄冥:水神。据前三句,本句玄冥似指玄武,因玄武为龟蛇之象,均属水族,且主北方玄黑之地而名;因古以北方之神应冬季,主闭藏,故委任作水衡之职而随在行列之后。《礼记·曲礼上》:"行,前朱鸟而后玄武,左青龙而右白虎。" ③属(zhǔ嘱):托咐。箕伯:风师。函:含。澂(chéng成):"澄"的本字。涊涊(tiǎn niǎn 舔碾):混浊之水。 ④曳:牵拖。离离:本形容物体的多而下垂的样子,此指风停之后,众旗垂下,随着向前的行进又呈现出一张一垂的状态。鸾:安装在马嚼的小铃,随着马的行进能发出有节奏的声响。譻(yīng英)譻:同"嘤嘤",小铃振动的声音。 ⑤蔑蒙:指由云、雾、气等形成的轻扬之物。 ⑥纷:多。翼翼:本指鸟翻飞的样子,此指簇拥而行。戾(lì力):至。焱(yàn艳):火花。回回:明亮貌。

宫①。聆广乐之九奏兮,展泄泄以肜肜②。考治乱于律均兮,意建始而思终③。惟盘逸之无斁兮,惧乐往而哀来④。素抚弦而余音兮,太容吟曰念哉⑤。既防溢而静志兮,迨我暇以翱翔⑥。出紫宫之肃肃兮,集太微之阆阆⑦。命王良掌策驷兮,逾高阁之锵锵⑧。建罔车之幕幕兮,猎青林之芒芒⑨。弯威弧之拨剌兮,射嶓冢之封

① 帝阍(hūn 昏):为天帝守门的人。辟扉:开门。觌(dí 狄):见。 ② 广乐:传说天上的一种乐曲。九:表示多数。展:信。泄泄:舒畅和乐貌。肜(róng 融)肜:同"融融",和乐貌。 ③ 律均:律指十二律,均指调音之器,此泛指乐律标准。古人认为治世与乱世的音乐不同,故考其乐曲,可以窥见各世的差别。 ④ 惟:思。盘逸:尽情逸乐。斁(yì 义):厌。 ⑤ 素:指素女,相传为黄帝时人,善鼓琴。太容:相传为黄帝时的乐师。念哉:义近口语的"记住啊"。李贤注:"念哉,戒逸乐也。" ⑥ 溢:满,此指过度逸乐。迨(dài 代):乘着。 ⑦ 紫宫、太微:均为星座名,象征天帝的宫垣。肃肃:清穆貌。集:停留。阆阆(láng 狼):显明而高大。 ⑧ 王良:古时善御马者。驷:指四匹马所驾之车。锵锵:高貌。王良、策、驷、高阁,皆为星名。 ⑨ 罔车:指毕宿。毕的本义指兔网,"罔"为"网"的古字,故本句以罔车喻天网。幕幕:大网张开之貌。青林:即天苑星,在毕宿南,古以为天帝养禽兽的地方。芒芒:同"茫茫",广大无际貌。

狼①。观壁垒于北落兮,伐河鼓之磅硠②。乘天潢之泛泛兮,浮云汉之汤汤③。倚招摇摄提以低回刘流兮,察二纪五纬之绸缪遹皇④。偃蹇夭矫娩以连卷兮,杂沓丛顇飒以方骧⑤。戫汩飙戾沛以罔象兮,烂漫丽靡藐以迭

---

①威弧:指弧矢星,在狼星东南,古以像天弓。拨剌(là辣):象声词,指张弓之声。嶓冢:山名,在陕西宁强县北。李贤注引《河图》:"嶓冢之精,上为狼星。"封狼:大狼,此就狼星而言。 ②壁垒:星名,又称垒壁,古以为天军的垣垒。北落:星名,在垒壁星正南,古人以为像一村落。河鼓:星名,一说即牵牛星。磅硠(láng郎):鼓声。 ③天潢:星名,古以为天河的渡口。泛泛:水流动貌。云汉:天河。汤(shāng商)汤:大水急流貌。 ④招摇:星名,在北斗星柄部的南方。摄提:星名,有左摄提、右摄提各三颗,共六颗星,在招摇星正南方。招摇、摄提二星在运转之中,随北斗星柄部角度的变化而产生变化,故本句作者凭倚着二星周观二纪和五纬。低回刘(jiū揪)流:纤曲回转貌。二纪:指日、月。五纬:指金、木、水、火、土五星。绸缪遹(yù玉)皇:连绵往来貌。古人十分重视对日月和五星的观测,以推测吉凶祸福。 ⑤偃蹇(jiǎn简):骄傲貌。夭矫:自恣之貌。娩(miǎn免):跳貌。连卷:长曲貌。杂沓丛顇(cuì粹):众多之貌。飒:风声。本句描绘天体的迅速运行。

思玄赋

迭①。凌惊雷之砊磕兮,弄狂电之淫裔②。逾厖澒于宕冥兮,贯倒景而高厉③。廓荡荡其无涯兮,乃今穷乎天外④。据开阳而頫盼兮,临旧乡之暗蔼⑤。

悲离居之劳心兮,情悁悁而思归⑥。魂眷眷而屡顾兮,马倚辀而徘回⑦。虽遨游以媮乐兮,岂愁慕之可怀⑧?出阊阖兮降天涂,乘飙忽兮驰虚无⑨。云菲菲兮绕余轮,风眇眇兮震余旟⑩。缤联翩兮纷暗暧,倏眩眃兮

---

① 鹹汩(yù yù 玉玉)、飉(liáo 聊)戾、沛:均为疾速之貌。罔象:似有似无貌。烂漫:分散貌。丽靡:相连不绝貌。藐:远。迭迭(dàng 荡):同"跌宕",行为无检束貌。本句描绘天体运行的变化莫测。 ② 凌:乘。砊磕(kāng kài 康开去声):雷声。淫裔:指连续的闪电。 ③ 厖澒(máng hóng 忙洪):天地未分之气,此指从高空望大地,呈现出的云气模糊的一团。宕冥:渺远的天空。贯:穿。倒景:指极高的天域,古人认为它在日月之上,日月反照其下,故其景倒。厉:起。 ④ 廓:空旷而广大。荡荡:空旷貌。穷:终极。 ⑤ 开阳:指北斗七星中的第六颗星。頫(fǔ 俯)盼:低头下视。暗蔼:遥远貌。 ⑥ 悁(yuān 冤)悁:忧郁。 ⑦ 眷眷:依恋向往貌。辀(zhōu 舟):曲辕。徘回:同"徘徊",犹豫不进貌。 ⑧ 媮(yú 鱼):通"愉",快乐。怀:安。 ⑨ 阊阖(chāng hé 昌合):天门。涂:同"途"。飙忽:疾风。虚无:指天空。 ⑩ 霏霏:云飞貌。眇(miǎo 秒)眇:风吹貌。震:犹谓振抖。旟(yú 鱼):绘有鸟隼图像的旗。

反常间①。

收畴昔之逸豫兮,卷淫放之遐心②。修初服之娑娑兮,长余珮之参参③。文章焕以粲烂兮,美纷纭以从风④。御六艺之珍驾兮,游道德之平林⑤。结典籍而为罟兮,驱儒墨而为禽⑥。玩阴阳之变化兮,咏《雅》、《颂》之徽音⑦。嘉曾氏之《归耕》兮,慕历陵之钦崟⑧。共夙

---

① 缤:纷纭杂乱。联翩:连续不断。暗暧:昏暗不明貌,此指因高速行驶使得所视众物均暗淡不清。倏:忽。眃眃(hǔn 昏上声):目视不明貌。反:同"返"。常间:故里。 ② 畴昔:往昔。卷:收。遐心:远离世间之念。 ③ 初服:指入仕之前的服装。娑娑:飘动、轻扬貌。参参:长貌。 ④ 文章:古以青与赤相配合为文,赤与白相配合为章,此指错杂的色彩或花纹。焕:鲜明。粲烂:同"灿烂",明耀貌。 ⑤ 六艺:指古时关于礼、乐、射、御、书、数六个方面的知识和技能。 ⑥ 典籍:前代圣贤之书,包括儒学诸经。罟(gǔ古):网的通称。儒墨:儒墨学派,亦代指各派学者。禽:鸟兽的总称。 ⑦ 玩:习。《雅》、《颂》:《诗经》的《雅》与《颂》的合称,古人认为是周时的正统之乐。徽:美。 ⑧ 曾氏:指孔子的弟子曾参。归耕:曾子所作歌曲名。李贤注引《琴操》:"《归耕》者,曾子之所作也。曾子事孔子十余年,晨觉,眷然念二亲年衰,养之不备,于是援琴鼓之曰:'往而不反者年也,不可得而再事者亲也。欷歔归耕来日!安所耕历山盘乎!'"历陵:指历山,相传为舜耕作处,在今山东省济南市历城区南。舜有孝名,故为曾子推崇。钦崟(yín银):山高貌。

昔而不贰兮,固终始之所服也①。夕惕若厉以省愆兮,惧余身之未敕也②。苟中情之端直兮,莫吾知而不恧③。墨无为以凝志兮,与仁义乎消摇④。不出户而知天下兮,何必历远以劬劳⑤!

系曰:天地长久岁不留,俟河之清只怀忧⑥。愿得远度以自娱,上下无常穷六区⑦。超逾腾跃绝世俗,飘飖神举逞所欲⑧。天不可阶仙夫希,《柏舟》悄悄吝不飞⑨。

---

① 共:同"恭"。服:行。 ② 夕惕若厉:《易·乾·九三》:"夕惕若厉无咎。"孔颖达疏:"夕惕者,谓终竟此日,后至向夕之时,犹怀忧惕。若厉者,若,如也;厉,危也。言寻常忧惧,恒如倾危。"省:反思。《论语·学而》:"吾日三省吾身。"愆(qiān 千):古"愆"字,指过失。敕(chì 赤):整饬。 ③ 苟:假若。恧(nǜ 女去声):惭愧。 ④ 墨:通"默"。无为:指道家顺应自然,不去劳心逐物的处世原则。《老子·三十七章》:"道常无为而无不为。"消摇:同"逍遥"。 ⑤ 不出户而知天下:用《老子·四十七章》"不出户,知天下"意,河上公注曰:"圣人以己身知人身,以己家知人家,所以见天下矣。"劬(qú 渠):辛劳。 ⑥ 系:辞赋末尾总结全文之词。俟(sì 四):等待。河清:古人认为黄河千年水清一次,因以喻时机难遇。《左传·襄公八年》引逸《诗》:"俟河之清,人寿几何?" ⑦ 远度:远行。六区:指天、地、四方。 ⑧ 逞:极尽。 ⑨ 希:少。柏舟:《诗·邶风》篇名,诗中有"忧心悄悄,愠于群小……静言思之,不能奋飞"语。《诗序》称本诗"言仁不遇也",张衡引此诗,亦在述不遇明君,反遭宦官怨忌的苦衷。悄悄:忧貌。吝:惜。

松乔高跱孰能离?结精远游使心携①。回志揭来从玄谋,获我所求夫何思②?

【翻译】

　　仰望先代贤哲的玄奥教导啊,即使它高深而我不违离。不是仁人宅里怎能居处啊,不是义士足迹怎能追随?深深铭记在心而长久思谋啊,日日月月而情志不衰。以这内心性情的诚信修美啊,追慕古代贤人的贞正节操。敬慎己身而顺循礼制啊,遵守法度而不生差错。情志耿耿而受玄训牵悬啊,诚心安固而牢如绳结。彰明我的性行而裁制佩饰啊,佩戴着夜光明珠和玉树之枝。系扎幽兰的秋时鲜花啊,又连缀上那香草江蓠。芳美的艳衣丽裳香气浓烈啊,的确是芬芳久远而难以止歇。既已修饰美丽且少有匹双啊,却不被这时人所宝贵珍重。

---

　　① 松、乔:指古时仙人赤松子和王子乔,二人分别居于昆仑山和嵩高山。李贤注引《列仙传》:"赤松子,神农时雨师,服水玉,教神农;能入火自烧。至昆仑山上,常止西王母石室,随风上下。王子乔,周灵王太子晋也。好吹笙作凤鸣,游伊、洛间。道士浮丘公接上嵩高山,三十余年。"跱(zhì 志):踞。离:附。结精:犹谓集中精力,一心一意。携:牵引,此指惦念。　② 揭(jiē 接)来:去来,多用作偏义复词,本句侧重在"来"。玄:与标题之"玄"义同,亦即上文"修初服"以下所言。谋(qī 欺):谋划,指前人阐发的哲理。

挥扬我的美丽鲜花而无人顾视啊,布散我的浓郁香气而无人嗅闻。独自幽隐居守这僻陋之处啊,怎敢怠惰闲散而舍弃恭勤?庆幸八恺、八元遇上虞舜啊,欣喜贤人傅说生在中兴的商殷。思慕前代贤良的遗留风尚啊,痛惜出生太晚而不能追及。为何孤身一人而茕茕无依啊,孑然不合群俗而单居独止?感叹鸾鹥的独往独栖啊,悲伤善人的少有遇合的境况。

　　他们不能遇合明主又何足悲伤啊,最怕的是那众多的诈伪冒充淳真。周公受到众位兄弟诬谤啊,成王打开金縢才使真象大白。观览天下众民多行邪僻啊,惧怕制订正法而危害自身。心增烦忧而迷惑无主啊,谁可与之倾谈心曲?私下深深忧虑而沉情思索啊,思绪纷乱而不可梳理。甘愿竭尽全力以恪守高义啊,虽然生活贫穷而决不更改。愿捕捉斑烂猛虎而试以搏象啊,愿站临焦原危境而齐崖立止。只望奉持此志以周旋俗世啊,立誓尽力至死而然后方休。俗性迁移而事多变化啊,泯灭那圆规曲尺的周圆正方。珍藏萧艾于双重衣箱啊,却说蕙芷不芳香。远弃西施而不去亲幸啊,束缚骏马腰裹来驾驭车厢。行为邪僻不正的人称心得意啊,遵循法规制度的人却遭受祸殃。想那天地的无穷无尽啊,为何人生这般无常?若不抑止操行而苟且取容啊,就像面临江河而没有船航。想要强作笑貌以求容取媚啊,我的心中又实在不愿作此试尝。穿着温良恭敬的黻衣啊,身披礼仪德义的绣裳。结织贞正清亮作为鞶带啊,杂合六种技艺作为玉珩。明耀这文彩华藻和雕琢佩物啊,玉璜之声远扬而弥久悠长。但愿长久地游息以放纵心欲啊,白日迅逝,已向西匿藏。欲恃知己之友来为我美誉啊,鹠鸠先鸣使百草不芳。希望像芝草一年之中三次开花啊,却受制于节气的迅速更替,白露已成为严霜。四时永不停息而循序渐进啊,有谁可与我并偶比伉?嗟叹善良和美好难以并存啊,心想依从韩众流浪逃亡。又怕时光渐逝而学仙不成啊,留下恐被谗言所蔽而不得显彰。

　　心中犹豫不定而迟疑不决啊,来到岐山脚下申述衷情。周文王亲自为我端蓍占卜啊,利得飞遁之卦可保身名。历经众山而周转流行啊,翼御迅风而扬播美声。二位仙女感应于崇山高岳啊,又因冰途毁折而不可求营。苍天尊尚崇高且变为广泽啊,谁说世间的征途不平!勉身自我强毅而不可止息啊,践行在金玉大道的高峻征程。担心筮氏所占或有长短啊,钻灼东龟之甲观卜祥祯。占得深远游沼的耿介鹤鸟啊,自怨纯素的心意不得施展。翱游尘世之外而瞥视苍天啊,据于高远清境而哀伤悲鸣。雕鹗群小竞逐于贪婪噬取啊,我独修美纯洁而更显华荣。您既有缘占得这灵鹤之兆啊,飞归大道之本然后安宁。

占卜既然吉利又没有灾祸啊,选择嘉时良辰整备行装。早晨我沐浴在清澈的源泉啊,为晾干我的美发而迎向朝阳。口漱飞泉的滴沥清液啊,咀嚼灵芝的硕美花英。如鸟飞举如鱼腾跃啊,将奔赴那遥远的八荒。东过古帝少皞的穷桑之野啊,询问三丘圣地于木神句芒。身荷大道真义的精淳纯粹啊,除去尘俗之累而体飘身轻。登上蓬莱仙山而逸乐啊,神鳌虽然拍手欢舞而山不偏倾。留在瀛洲采摘灵芝啊,姑且食用以求长生。凭借归云而远远飞逝啊,傍晚我宿在神木扶桑。吸吮苍山翠岭上的清澈甘泉啊,饥餐夜露作为食粮。偶作夜梦遇嘉谷木禾啊,生长在昆仑山的高高山冈。

清早我从汤谷出行啊,随从夏禹来到稽山。召集群神而执玉纷至啊,痛恨防风不听命令而食言。走向长沙的斜方途径啊,问候虞舜于南方近邻。哀伤二位帝妃未能相从啊,相继被弃,居处在湘水之滨。流目眺望那衡山曲阿啊,观看祝融的毁坏残坟。痛惜火正不能回归啊,依托山坡而游荡孤魂。愁绪郁郁而思慕远遁啊,越经卬州而畅心遨游。升登骄阳当空的昆吾之山啊,停息在炎炎南天,烈焰陶陶。散扬残余的火焰而映红苍天啊,海水为之沸腾而涌波掀涛。温风聚来而更增闷热啊,忧思郁悒而无依无靠。

独自寄身旅居而无朋友啊,我怎能长留于此?顾望西方而感慨叹息啊,我想奔往西方游乐戏嬉。前令祝融执举旌旗啊,连结凤鸟以承捧幡旗。行经建木仙境于广都之山啊,折取若木之花而徘徊踌躇。越过轩辕国于西方大海啊,跨乘沃民国北方的灵兽龙鱼。听说这些国家人寿千岁啊,仅此岂足以使我欢娱?

思慕九州的特殊风貌啊,随从蓐收神而开始远行。忽然精神产生深化而去故获新啊,接交良友而作伴侣。急过白门而向东奔驰啊,言我欲行于神州中野。横渡西方弱水的潺潺川流啊,逗留在华山北麓的急流之处。呼令河伯清肃渡口啊,划动龙舟以载我济渡。恰值黄帝轩辕氏外游未归啊,怅然徘徊而久久站住。暂息在河林树的浓荫之下啊,赞美《关雎》古诗里的谨慎淑女。黄帝神灵欣至而咨询命运啊,求问天地正道该怎样追寻。黄帝说:"近者明信而远者存疑啊,六经缺漏而不能尽书。天道暗昧而难以详察啊,谁能预测而遵从随行?公牛哀因病而变成猛虎啊,虽遇其兄而一定咬噬。鳖令身死而尸体亡去啊,获取蜀王的禅让而长传宗嗣。死生之命错杂而不可等齐啊,即便是司命之神也不能明晰。窦姬痛哭于赴代国之路啊,后来承当后位而宗室繁衍丰富。王莽之女显耀奢华于汉家朝廷啊,最终含着忧怨而断绝后嗣。颜驷鬓眉花白而潜居郎署啊,到了第三代方才遇汉武。董贤年方二十便穿上三公礼服啊,结果空建王者墓隧而不能安处。吉凶祸福相因相袭啊,常常反复多变而没有一定。叔孙豹梦中背负重天而欣悦子牛啊,竖牛谋害叔孙而幽杀其主。晋文公因斩断衣袖而怨恨伯楚啊,伯楚告发叛贼而保住君后。通达之人尚且不明于好坏善恶啊,宠爱昏惑之人岂能明剖?嬴政揭示谶图而戒备外胡啊,防备于外而乱发于内。周犨辇载财货而逃避车子啊,孕妇途中产子而恰是那对头。梓慎、裨灶长于谈说天兆啊,预卜水火之事却虚妄不实。梁国老者厌恨那黎丘之鬼啊,逢遇亲生儿子却拔剑刺杀。亲自看见尚且不能识别啊,何况暗昧推测怎么可信?不要牵制于世俗之见而引忧于己啊,心怀百种忧虑而自取疾病。有那上天察视得甚明啊,用以辅助诚信而保佑笃仁。商汤斋戒洁身以祈祷上天啊,蒙受天赐大福而拯救众人。景公三次申言,为保国安民而勇承凶兆以治理宋国啊,火星有感而移居于其它天辰。魏颗诚信正直,遵从父亲清醒时的嘱咐啊,鬼神绊倒杜回,帮助他击败强秦。咎繇行善而传播仁德啊,德业繁茂而受封于英、六。桑树的末梢寄生着根生的枝叶啊,百卉已经凋谢而自身却已发育。有道是没有善言而不得酬报啊,又有何种仁行而没有回复?何不远游以飞扬声誉啊,谁说时光可以留住?"

　　抬头遥遥眺望啊,神情恍惚失意而没有亲朋知友。受迫于中国地域的狭隘鄙陋啊,将要向北远行去遍地周游。行进在多年积冰的皑皑征途啊,清泉凝冻而不流。寒风凄冷而长年刮起啊,吹拂着山崖嗖嗖不休。玄武神龟缩首于龟甲之中啊,螣蛇蜿曲而纠缠长躯。群鱼收敛鳞甲而被冻结在坚冰之中啊,众鸟飞登高树却失落在寒风中脆弱的枝条。坐在这北方极冷之地有遮蔽的房屋啊,感慨悲叹而更增哀愁。怨恨天神高阳择居于此啊,藐视古帝颛顼设宅寒幽。庸碌辛劳地往来于四方边裔啊,这里与其它地方相比哪有什么优秀?远望那寒门之山的绝高山崖啊,纵放我的马缰奔向不周山的征途。疾速的狂风迅猛骤起送我前行啊,我马奔驰如飞而不可收缰。奔向那深邃无底的洞穴啊,漂浮在地下通达川河的深水之上。经过那黑暗地中无声的幽境啊,怜悯土怪羵羊潜藏之深。

在大地的底层追寻大道啊,超出无形而向地上升浮。出于西方密山的幽暗旷野啊,不知路途的所经所由。召来烛龙令其执炬照路啊,经过钟山而停憩小休。瞻望瑶谿的红色崖岸啊,凭吊祖江被杀的旧迹。访问西王母于银台仙境啊,西王母给我玉芝美食以解饥。西王母面带笑容心情欢悦啊,又责备我来此太迟。载来太华山的玉女仙人啊,召来洛水之滨的宓妃女神。全都姣姿丽态而妖冶妩媚啊,更加以美丽双眼和蚕蛾秀眉。舒展那苗条美好的纤细腰身啊,轻扬那纹饰错杂的长袿和香缨。略张朱唇而微微含笑啊，面容明灿而放射荣光。献给我环、琨和玙、缡啊，为表示友好又给我彩色丝帛。虽然二女的容姿艳丽而且赠品华美啊，但是我的心志浩荡广大而不以为佳。两位才女悲伤于我不愿接受啊，共同吟咏诗文而含情清歌。歌中唱道："宇宙阴阳互动，大地百卉含芳。鸣鹤交欢结颈，雎鸠关关应和。处女春情萌动，神魂回荡飘移。为何贤美君子，不识我心的实在太多。"

想要应答二女的吟咏而不得闲暇啊，于是整理车驾而迅速前行。瞻望昆仑的巍巍山势啊，临视萦回黄河的浩水洋洋。潜伏大龟使其背负川坻啊，横过螭龙搭成的凌空桥梁。登上阆风之山的曾城重地啊，构架不死之树作为睡床。揉碎玉树的花蕊作为干粮啊，舀取昆仑白水当作酒浆。使那巫咸为我圆梦啊，乃是又吉又祥的美好征兆：既有那丰茂的美德占据您身体的中心啊，又迎合那嘉禾的祥瑞作为外在的吉象。嘉禾已经垂下丰穗而且朝向其根啊，您也要思念旧时所居。安心于和乐恬静而随合时俗的生活啊，姑且很好地装饰您所居的陋室。

命令众位僚属早晨聚会啊，全都恭谨职守共来迎接。雷神震响其撼天霹雳啊，闪电明耀其照夜白光。云神行布阴云交集浓密啊，暴雨疾下而清洒路途。在玉饰的华车上安装轵环而立起华盖啊，驯服应龙使其驾驭华车。各路神仙济济，都来相从啊，集聚的骑卫四方罗列如星广布。振作我的衣袖而乘上华车啊，长剑高举且上下挥舞。华冠高崇映着车盖啊，佩饰明盛而辉煌。驭手恭谨庄敬而执掌长策啊，八条应龙腾跃而昂头奔驰。用多彩云气作的旌旗广大无边而漫天旋舞啊，用虹霓作的旌旗在空中飘转飞扬。手抚栏干而回头还顾啊，心中炽热就像那沸滚的热汤。羡慕天上帝都的光彩明盛啊，却又为何迷恋旧居而不能遗忘？左边有青龙执举着伞盖啊，右边有白虎司掌着金钲；前边使朱雀拂动着羽旌啊，委任水衡之职于水神玄冥。嘱咐风师收合疾风啊，澄定那混浊之水使之洁清。牵曳着如云的旌旗离离而动啊，那鸾铃鸣动发出嘤嘤的铃声。涉历清澈的云霄而升举遥逝啊，腾浮在薎蒙之上而向上远行。纷纭的一行人簇拥着向前缓缓而至啊，一路上如火花明灿而张扬威灵。呼唤帝阍打开天门啊，进见天帝在那琼玉仙宫。聆听仙境广乐的多次演奏啊，确实是舒美而和乐融融。考求社会的治乱缘由于音律乐韵啊，想象着建立新的开始而结束旧日的污风。寻思极欲逸乐的无止无厌啊，惧怕欢乐的以往而哀叹未来的前程。素女轻抚琴绞而余音不止啊，太容随琴吟咏让我牢记不忘。既要提防过度逸乐又要澄静自己的心志啊，趁着我现在闲眠而远逝翱翔。出于紫宫贵地的肃穆境域啊，暂息在太微宫宇明敞而高大

思玄赋

的殿堂。命令王良执掌鞭策驰马啊,越过那高高阁道的凌空险途。张挂起罥车的大网啊,行猎在青林广苑的辽阔猎场。弯引威弧强弓而拨剌作响啊,射取那嶓冢之精变成的巨大恶狼。观看天军壁垒在那北边的村落啊,敲击巨大的河鼓,鼓声磅硠。航舟在天潢渡口泛着清流啊,浮荡在浩瀚天河的惊涛之中。凭依那招摇、摄提二星以周观天体的回转啊,察看日月和五星的往来运行。众多的亮星傲然任行,腾跃着向前且连绵回曲啊,纷纭繁多,如飒飒疾风正在驰翔。群星在高速运行,在疾行中没有固定的天象啊,既分散广布又相连不断,在辽阔的宇宙中不受法度的管束。于是升乘于惊雷的震天之声啊,戏弄着疾狂闪电的耀眼明光。逾越那厖澒之气于渺远的天空啊,穿过那倒景之域,向更高处飞起。四处空荡荡无边无涯啊,于今我来到这高天之外。凭倚着开阳星而低头俯视啊,看见故乡是那样的遥远、渺茫。

  悲伤我离开故居的劳心啊,心中忧郁而思念回归。神情恋恋不舍而多次回看啊,役马倚傍车辕而徘徊不前。虽说是借助遨游天地四方以愉悦欢乐啊,这浓郁的愁思又怎能安怀?驶出天门啊降行天路,乘着疾风啊驰骋在茫茫的天空。彩云飘舞啊环绕着我的车轮,清风吹动啊振抖我的旍旗。景色联翩杂乱啊纷纭暗昧,倏忽之间不曾详看啊已返回故里。

收回往日的游乐情致啊,卷起那过于放纵的远世之心。重新修整我那平民服饰而飘洒轻扬啊,长长地垂挂我那佩饰。服饰的色彩错杂鲜丽而光耀灿烂啊,美色纷纭明盛而从风轻起。驾御那六艺才学的宝贵车辆啊,游翔在礼义道德的平原之林。编织典策书籍而作为网罟啊,驱使儒墨学者而作为兽禽。钻研天地阴阳的变化奥秘啊,歌咏《雅》、《颂》正乐的美好佳音。赞美曾子所作的《归耕》之歌啊,企慕虞舜耕作历山的高伟山垠。早早晚晚恭谨行事而专一不贰啊,这是我始终牢固恪守的处世原则。早晚谨慎如临危境而反省己过啊,惧怕我的行为不勤而缺乏整饬。假如我的情性端正耿直啊,无人了解于我也不感到惭愧。默默地无所作为而收敛心志啊,与仁德礼义一道优游逍遥。不出门户而知天下大事啊,为什么一定要周历远方而勤苦辛劳!

总之:天长地久啊岁月不留,等待黄河水清啊只使我深怀忧愁。期望遨游远方啊自我怡娱,上上下下没有常所啊走遍四方和天地。超越腾跃啊远绝世俗,飘飘欲仙如神飞举啊尽逞我的心欲。天域不可拾阶而登啊仙人稀,深感《柏舟》之诗啊忧心惜时不能奋飞。仙人赤松子、王子乔高居崇山啊谁能攀附?集中精力远行遨游啊,世间的一切又使我挂念。回转心志返回故里啊顺从玄远深奥的前训,既已获得我之所求啊还有什么愁思?

归 田 赋

本文为张衡晚年的作品。作者从宦多年，心志不得抒展，亦深知凭着自己的孤身薄力，无法挽救日益腐败的时政，在慨叹"无明略以佐时"之余，决心退出官场污境，回归田园过平民生活。文中谈到的追渔父逍遥娱情，尊周孔勤奋读书，恰为作者高洁心志的形象的展现。本赋篇幅短小，结构紧凑，语气清畅，情感真切，一扫以往大赋的繁辞虚情的弊病，开辟了抒情小赋的新径，在我国文学史上具有一定的影响。

游都邑以永久，无明略以佐时①。徒临川以羡鱼，俟河清乎未期②。感蔡子之慷慨，从唐生以决疑③。谅天道之微昧，追渔父以同嬉④。超埃尘以遐逝，与世事乎长辞。

于是仲春令月，时和气清⑤。原隰郁茂，百草滋荣⑥。王雎鼓翼，仓庚哀鸣⑦。交颈颉颃，关关嘤嘤⑧。于焉逍遥，聊以娱情。

---

① 都邑：指东汉时期的京城洛阳。本句"游都邑"隐有入仕为官之意。 ② 羡：想慕。本句"羡鱼"喻作者羡慕效力时政的愿望。《淮南子·说林训》："临河而羡鱼，不如归家织网。"河清：黄河水清，古人谓黄河水一千年清一次，此以河清喻太平盛世。《左传·襄公八年》："俟河之清，人寿几何？" ③ 蔡子：指战国时燕人蔡泽。慷慨：谓壮士不得志于心。唐生：指战国时的唐举，以善相面著称。据《史记·范雎蔡泽列传》载，蔡泽久不得志，请唐举相面，唐称蔡泽还有四十三年的寿数，泽喜而专意进取，后代范雎为秦相。 ④ 谅：确实。"天道之微昧"语，隐含有作者对时政的感伤。渔父：《楚辞·渔父》中的避世隐身、安闲自乐于江泽湖畔的渔翁。嬉：乐。 ⑤ 仲春：夏历二月。令：美好。 ⑥ 隰（xí 习）：低湿的地方。滋：滋长。荣：茂盛。 ⑦ 王雎：即雎鸠，水鸟名。《诗·周南·关雎》："关关雎鸠。"毛传："雎鸠，王雎也。"仓庚：即黄鹂。《礼记·月令》："仲春之月，仓庚鸣。" ⑧ 颉颃（xié háng 斜杭）：鸟上下翻飞貌。《诗·邶风·燕燕》："燕燕于飞，颉之颃之。"毛传："飞而上曰颉，飞而下曰颃。"关关、嘤嘤：群鸟和鸣之声。

尔乃龙吟方泽,虎啸山丘①。仰飞纤缴,俯钓长流②。触矢而毙,贪饵吞钩。落云间之逸禽,悬渊沉之魦鳢③。

于时曜灵俄景,系以望舒④。极般游之至乐,虽日夕而忘劬⑤。感老氏之遗戒,将回驾乎蓬庐⑥。弹五弦之妙指,咏周孔之图书⑦。挥翰墨以奋藻,陈三皇之轨模⑧。苟纵心于物外,安知荣辱之所如⑨?

【翻译】

行游京城官场为时已久,并无明智的谋略辅佐当今。徒劳地临视川渎而慕求鲜鱼,空等那黄河水清于无

---

① 尔乃:义近"若乃"。方:大。 ② 缴(zhuó 卓):射鸟时系在箭上的生丝绳。 ③ 魦(shā 沙):鱼名,又称吹沙鱼,似鲫而小,体圆,有黑点,常张口吹沙。鳢:鱼名。 ④ 曜灵:太阳。俄:倾斜。景:"影"的古字。系:继。望舒:传说中为月神驾车的仙人,此代指月亮。 ⑤ 般(pán 盘)游:娱乐游逸。劬(qú 渠):劳。 ⑥ 老氏:指老子。《老子》十二章:"驰骋畋猎,令人心发狂。"蓬庐:茅屋,比喻作者入仕之前的平民居所。 ⑦ 五弦:指五弦琴,以手弹拨发音。《礼记·乐记》:"舜作五弦之琴以歌《南风》。"本句"弹五弦"隐有追慕先圣的意思。指:同"旨"。周孔:指周公和孔子。 ⑧ 三皇:上古的三位贤明的君王,具体所指诸书不一,据《世本》载,指伏羲、神农、黄帝。 ⑨ 苟:聊且。所如:所往,所归。

尽之期。有感于蔡泽的不得心志,请唐举相面之后方才解除心疑。确信这茫茫天道的微妙隐昧,追随那匿身江湖的渔翁以同游同娱。脱离这尘埃俗世而远走高飞,与这纷乱的社会长辞。

在这阳春二月的美好时光,时令和穆,空气清新。高处、低处树木繁茂,各种花草滋长茂盛。睢鸠舞翅翩飞,黄鹂哀哀和鸣。众鸟交颈嬉戏而上下翻舞,关关啼叫,嘤嘤和声。在这佳境逍遥自乐,聊且借以娱悦中情。

于是潜龙吟唱在广阔的泽野,猛虎呼啸在群山高丘。抬头飞射系有细丝的利箭,俯身垂钓在长长的清流。鸟儿身受锋矢而伤殒毙命,鱼儿贪食诱饵而吞咬金钩。射落那云间的飞逃的禽鸟,钓起沉于深渊的鲦鳙之鱼。

此时太阳倾斜西落,月亮继而升空。极尽这最快乐的怡娱游逸,虽然时已日暮而不知疲劳。感悟于老子的训诫,将要调转车驾,回到先前居住的茅屋。弹起意趣精妙的五弦美琴,诵读周公、孔子的美文佳书。挥动笔墨,奋扬词藻,陈述古代三皇的典范法度。聊且放纵心志于万物之外,又何必去知晓荣耀耻辱究竟归于何处?

骷 髅 赋

本文为作者晚年之作。作品从作者周游四方起笔,在逍遥自在之中,内心又隐含有空虚和彷徨。骷髅关于生死荣辱的一番话,说到了作者的痛处,使其伤感而落泪。实际上,骷髅所说的,恰为作者所向往的精神上的彻底解脱;作者所悲哀的,是活人不可能获得这种精神解脱。全文曲折流畅,在浓郁的情感中,包含着对人生的深刻反思,写得真切感人。

张平子将游目于九野,观化乎八方①。星回日运,凤

---

① 化:指万物的生息变化。

举龙骧①。南游赤岸，北陟幽乡，西经昧谷，东极扶桑②。于是季秋之辰，微风起凉。聊回轩驾，左翔右昂。步马于畴阜，逍遥乎陵冈③。顾见骷髅，委于路旁。下居淤壤，上负玄霜④。

平子怅然而问之曰："子将并粮推命，以夭逝乎⑤？本丧此土，流迁来乎？为是上智，为是下愚？为是女人，为是丈夫？"

于是肃然有灵，但闻神响，不见其形⑥。答曰："吾宋人也，姓庄名周⑦。游心方外，不能自修⑧。寿命终极，来此玄幽⑨。公子何以问之？"

---

①骧：马昂首奔驰。 ②赤岸：传说中的极南之地。《吴越春秋》："禹……南逾赤岸。"幽乡：指幽都，传说中的极北之地。《书·尧典》："申命和叔，宅朔方，曰幽都。"昧谷：传说中的极西之地，为日落之处。《书·尧典》："分命和仲，宅西，曰昧谷。"极：至。扶桑：相传生长于东方极远之地的神树。《山海经·海外东经》："黑齿国下有汤谷，汤谷上有扶桑。" ③步马：指松弛缰绳使马缓步慢行。畴阜：田野和高地。逍遥：安闲自得貌。 ④玄霜：严冬的寒霜。 ⑤并粮推命：意谓缺粮而死。并粮：即并日而食，因缺少粮食，不得不几日一餐。推：通"摧"（见《说文通训定声》卷十二）。夭逝：短命早死。 ⑥肃然：风动之声，此指神灵前来而产生的声响。 ⑦此为托言战国时的庄子。本文借鉴了《庄子·至乐》的内容。 ⑧方外：谓世俗之外。《庄子·大宗师》："彼游方之外者也。" ⑨玄幽：犹谓阴冷的隐暗处。

对曰:"我欲告之于五岳,祷之于神祇。起子素骨,反子四肢①;取耳北坎,求目南离,使东震献足,西坤受腹②;五内皆还,六神尽复③。子欲之不乎?"

骷髅曰:"公子之言殊难也。死为休息,生为役劳。冬水之凝,何如春冰之消? 荣位在身,不亦轻于尘毛? 飞锋曜景,秉尺持刀,巢许所耻,伯成所逃④。况我已化,与道逍遥⑤。离朱不能见,子野不能听⑥;尧舜不能赏,桀纣不能刑;虎豹不能害,剑戟不能伤。与阴阳同其流,

---

① 起:义近"生"。《国语·吴语》:"起死人而肉白骨也。"反:同"返"。 ② 北坎、南离、东震、西坤:古人以八卦分配八方,其中以北方为坎,南方为离,东方为震,西方为坤。《易·说卦》:"坤为腹,震为足……坎为耳,离为目。"受:同"授"。 ③ 五内:指脾、肺、肾、肝、心五脏。六神:古人认为人的五官及心脏都有神明主宰,称为六神。 ④ 尺、刀:本指女工裁制衣裳的工具,本句以"秉尺持刀"喻承受各种劳役。巢许:指巢父和许由,传说为尧时的隐士,尧让天下于二人,二人以居官掌政为耻而不接受。伯成:指伯成子高,相传尧时立为诸侯,舜传位于禹,伯成辞官归耕,事见《庄子·天地》。 ⑤ 化:犹谓死亡。道:古人认为有一种主宰宇宙的永恒的力量,并把它称为道。逍遥:形容闲放不拘,怡然自得。 ⑥ 离朱:即离娄,相传为黄帝时人,视力极佳,能在百步之外看见秋毫之末。子野:即师旷,春秋时晋国的乐师,善辨音律以测吉凶。

与元气合其朴①。以造化为父母,以天地为床褥②;以雷电为鼓扇,以日月为灯烛③;以云汉为川池,以星宿为珠玉④。合体自然,无情无欲。澄之不清,浑之不浊。不行而至,不疾而速。"

于是言卒响绝,神光除灭。顾盼发轸,乃命仆夫⑤。假之以缟巾,衾之以玄尘⑥。为之伤涕,酬于路滨⑦。

【翻译】

张平子将要周游遍览九州之野,观看万物风情于四面八方。应合着众星的回旋和白日的运转,如凤飞举,如龙腾骧。往南游至赤岸,向北登临幽都,朝西经过昧谷,赴东来到神树扶桑。这时恰逢深秋时节,微风轻动,便觉阵阵寒凉。聊且回转轻轩车驾,左马翔驰,右马奋昂。松弛马缰慢步在田野和高地上,逍遥逸娱在丘陵和山冈。回头看见一具骷髅,委弃在道路之旁。下边居于

---

① 阴阳:古人心目中的两种形成万物的基本物质。流:移动游荡。元气:指天地未分之前的混一之气。 ② 造化:指自然界的创造化育。地:原作"墬",据《初学记》卷十四改。 ③ 鼓扇:犹谓鼓风和扇风,细言之,动橐扇风为鼓,以扇扇风为扇。 ④ 云汉:天河。池:护城河。 ⑤ 轸:车箱底部后面的横木,此代指车。 ⑥ 假:借,此指铺垫。缟巾:用细白的生丝做的佩巾。衾:覆盖。 ⑦ 酬:本指劝酒,此借指祭奠。

淤泥朽壤，上边负载寒凉的白霜。

平子深怀感叹而询问骷髅说："您是因缺食受饿摧折了性命，而早离人世的吗？是原来就死于此地，还是流徙迁移而来？是高等的智者，还是下等的愚民？是女人，还是男子汉？"

于是风声响动而有神灵，只听见神灵的声响，却不见神灵的身形。神灵回答说："我是宋国人，姓庄名周。长年游娱心志于世俗之外，不能自我修戒身行。寿命终尽，便来到这阴暗之地。公子您为什么要加以询问？"

张平子对骷髅说："我打算求告五岳之神，祈祷天地神灵。还您的生命，归返您的四肢；向北坎取回双耳，向南离求得双目，命令东震献上双足，命令西坤奉授腹身；五种内脏全部还体，六类神明尽数恢复。您希望这样吗？"

骷髅说："公子的话实在让我难以从命。人的死亡实为长久休息，而生存实为服役辛劳。冬季众水的凝结，哪里像春天坚冰的消融那样自由自在？荣禄官位在自己身上，不是轻于尘土羽毛吗？疾飞的箭锋闪耀寒影，尺刀之类的劳役缠绕在身，这就是巢父、许由所以感到耻辱，伯成子高所以要逃官的原因。何况我已亡化为异物，与大道一起逍遥自在。善视的离朱看不见我的身形，善听的师旷听不到我的声音；唐尧、虞舜不能对我施以奖赏,夏桀、殷纣不能对我施加严刑;虎豹猛兽不能加害于我,剑戟利刃不能使我受到伤损。我与阴阳之气一同游行,与混沌之气同样淳朴。以神圣的造化为父母,以广阔的大地为床褥;以雷鸣电闪为鼓风助力,以红日皓月为灯烛;以无际的天河为川流城池,以众星列宿为珍珠美玉。与宇宙自然合为一体,没有七情,没有六欲。再加澄定也不会变得清明,再加浑荡也不会变得混浊。不用行走便可到达各处,不须疾驰而行却显得十分迅速。"

　　这时言语结束,音响灭绝,神异的灵光也熄灭。张平子左顾右盼,发车而行,因而命令仆从车夫,为骷髅垫上洁白的丝巾,再覆盖上玄黑的泥土。为这骷髅感伤流涕,庄敬地酬祭在大路旁边。

四愁诗 并序

四愁,愁于四方路艰,美愿难遂。作者有感于小人擅权,大道不行,王权衰弱,边民不安,故忧思愁绪凝于笔端,借以倾吐哀音。这首作者新创的带有骚体色彩的七言诗,对后代七言诗的发展影响很大,在我国文学史上占有一定的地位。诗前的序文,据考证为后人伪托,但考其所言,与张衡事迹大致相符,故仍具录。

张衡不乐久处机密,阳嘉中,出为河间相①。时国王骄奢,不遵法度,又多豪右并兼之家②。衡下车,治威严,能内察属县,奸滑行巧劫,皆密知名,下吏收捕,尽服擒③。诸豪侠游客,悉惶惧逃出境。郡中大治,争讼息,狱无系囚④。时天下渐弊,郁郁不得志,为《四愁诗》。依屈原以美人为君子,以珍宝为仁义,以水深雪雾为小人,思以道术相报,贻于时君,而惧谗邪不得以通⑤。其辞曰:

一思曰:我所思兮在太山,欲往从之梁父艰,侧身东

---

① 久处机密:指张衡较长时间担任侍中之职,因侍中时常伴随帝王,故称"机密"。《后汉书·张衡传》:"(衡)后迁侍中,帝引在帷幄,讽议左右。尝问衡天下所疾恶者。宦官惧其毁己,皆共目之,衡乃诡对而出。阉竖恐终为其患,遂共谗之。"此即张衡所以"不乐"的原因。李善注:"永和初,出为河间相。而此云阳嘉中,误也。"河间相:河间孝王刘政的相,其治所在乐成(今河北献县)。 ② 国王:指河间孝王刘政。豪右:豪强大族。《后汉书·张衡传》:"时国王骄奢,不遵典宪;又多豪右,共为不轨。" ③ 下车:到职。 ④ 郡中:指河间国王的属地。《后汉书·张衡传》:"衡下车,治威严,整法度,阴知奸党名姓,一时收禽,上下肃然,称为政理。" ⑤ 雪雾:霜雪纷降貌。贻:赠。时君:指当时在位的汉顺帝。

望涕沾翰①。美人赠我金错刀,何以报之英琼瑶②。路远莫致倚逍遥,何为怀忧心烦劳③!

二思曰:我所思兮在桂林,欲往从之湘水深,侧身南望涕沾襟④。美人赠我翠琅玕,何以报之双玉盘⑤。路远莫致倚惆怅,何为怀忧心烦伤!

三思曰:我所思兮在汉阳,欲往从之陇阪长,侧身西

---

① 太山:同"泰山"。从:就,此指前去观游。梁父:泰山附近的小山名。翰:笔。李善注:"王者有德,功成则东封泰山,故思之。太山以喻时君,梁父以喻小人也。" ② 金错刀:嵌有黄金纹饰的佩刀。英:俊异秀美。琼瑶:泛指美玉。 ③ 倚:通"奇",指单独。逍遥:徘徊不安的样子。 ④ 桂林:桂树之林,此指相传在番禺(今广州市)东部的桂林八树美景。《山海经·海内南经》:"桂林八树在番隅东。"湘水:即湖南的湘江。相传舜南巡死于苍梧(即湖南宁远县境的九疑山),其二妃从之不及,溺死于湘江。李善注:"思明君。" ⑤ 琅玕(láng gān 狼杆):美石名,其质似玉,状似珠。双玉盘:用古诗"委身玉盘中,历年冀见食"之意,谓希望被重用。

望涕沾裳①。美人赠我貂襜褕，何以报之明月珠②。路远莫致倚踟蹰，何为怀忧心烦纡③！

四思曰：我所思兮在雁门，欲往从之雪纷纷，侧身北望涕沾巾④。美人赠我锦绣段，何以报之青玉案⑤。路远莫致倚增叹，何为怀忧心烦惋⑥！

【翻译】

张衡不乐于久居机密之职，阳嘉中（应为永和初），出任为河间相。当时国王骄横奢侈，不遵守法律制度，国中又多有豪强大族及并吞兼掠之家。张衡到职之后，修治官府威严，能够对内详察所属诸

---

① 汉阳：汉时郡名，原称天水郡，治所在冀县（今甘肃甘谷县）。其时汉阳郡经常遭受羌人侵扰，却无良将守边，故张衡发为忧思。陇阪：山岭名。李善注："应劭曰：'天水有大坂，名曰陇阪。'《秦州记》曰：'陇坂九曲，不知高几里。'" ② 貂（diāo ㄉ）：貂皮，一种珍贵的毛皮。襜褕（chān yú ㄔㄢ ㄩ）：较短的直襟袍。明月珠：即隋侯之珠。相传隋侯见一大蛇伤重，给以药物治疗，后来大蛇在江中衔明月大珠报答隋侯。本句报以明月珠，隐有酬报皇恩之意。 ③ 踟蹰：来回走动。纡：屈曲萦回。 ④ 雁门：汉时郡名，治所在阴馆（今山西代县西北）。雁门为汉时北部边郡，其时经常遭受鲜卑人的侵扰，亦无良将镇守。 ⑤ 段：同"缎"。青玉案：李善注："玉案，君所凭倚，喻大臣亦为天子所恃。" ⑥ 惋：叹息，怨恨。

县，对奸险狡猾、行为巧诈、抢劫掠夺之人，都暗中探知其姓名，下派役吏收捕，全部被擒服法。诸多豪横武侠、游手闲客，都惶恐惧怕，逃奔出境。郡国之中大治，争斗诉讼平息，狱中没有在押的囚徒。当时天下大政渐趋破败，张衡郁郁不得志，作此《四愁诗》。诗中仿效屈原用美人喻君子，用珍宝喻仁人，用水深雪盛喻小人，思求用安邦之术报效国家，且奉献给当时的国君，又惧怕谗言邪佞的小人作梗而不能通达于君。这首诗说的是：

首先思虑的是：我所思虑的地方啊在那泰山，想去观游啊梁父山阻拦，转身东望啊泪湿笔管。美人赠与我镶金佩刀，用什么回报啊有那美丽的琼瑶。道途遥远无法回赠啊独自徘徊不安，为何如此深怀忧愁啊心中烦恼！

其次思虑的是：我所思虑的地方啊在那桂树之林，想去观游啊湘江水深，转身南望啊泪洒衣襟。美人赠与我清翠的琅玕，用什么回报啊有那两只玉盘。路途遥远无法回赠啊独自惆怅彷徨，为何如此深怀忧愁啊心中烦闷而悲伤！

第三思虑的是：我所思虑的地方啊在那汉阳，想去观游啊陇阪既高又长，转身西望啊泪沾衣裳。美人赠与我貂皮襜褕，用什么回报啊有那明月宝珠。路途遥远无法回赠啊独自徘徊踟蹰，为何如此深怀忧愁啊心中烦闷又盘纡！

　　第四思虑的是：我所思虑的地方啊在那雁门，想去观游啊霜雪纷纷，转身北望啊泪湿佩巾。美人赠与我锦绣彩缎，用什么回报啊有那青玉几案。路途遥远无法回赠啊独自增忧加叹，为何如此深怀忧愁啊心中烦闷又哀惋！

应 间 并序

此文作于东汉永顺元年(226年)。据《后汉书·张衡传》载,顺帝元年,张衡辞去史官五年后,又重任太史令,以设客问的形式,作《应间》阐明他的志向。

文中以设客言,劝张衡"立功立事"、"振扬德音",让他"卑体屈己"以求升迁。张衡回答说:"君子不患位之不尊,而患德之不崇;不耻禄之不夥,而耻智之不博。"体现了他不以功名利禄为重,而以品德的培养和知识学习为目的的人生态度。他没有顺从"卑体屈己"以求高官的劝告,认为仕途的升迁在于机遇,强求无益,鄙视那种"干进苟容"、"捷径邪至"的行为,表明了他不苟进退的志向。文章博引典故，比喻贴切，条理清晰，说理透辟，语言也简练生动。

　　观者观余去史官五载而复还，非进取之势也。唯衡内识利钝①，操心不改②，或不我知者，以为失志矣，用为间余③。余应之以时有遇否④，性命难求，因兹以露余诚焉，名之《应间》云。

　　有间余者曰："盖闻前哲首务，务于下学上达⑤，佐国理民，有云为也⑥。朝有所闻，则夕行之，立功立事，式昭德音⑦。是故伊尹思使君为尧、舜⑧，而民处唐、虞⑨，彼

---

①利钝：顺利与不顺。　②操心：坚持的心志。　③间：离间。　④遇否：投合与不投合。　⑤"盖闻"二句：前哲指孔子。下学上达：出自《论语·宪问》，意谓下学人事，上知天命。　⑥云为：言论和行动。口之所言为"云"，身之所行为"为"。　⑦德音：原意为有德者的言论，此处指帝王的言论。　⑧"是故"句：伊尹：商汤的贤相，助汤灭夏。君：汤孙太甲。汤死后，太甲即位，所行无道，伊尹将他放逐于桐宫，三年后太甲悔过，伊尹迎他回亳重即帝位。尧、舜：皆传说中炎黄部落联盟首领，被认为是贤明帝王。　⑨唐、虞：陶唐与有虞，唐是尧的封号，虞是舜的封号，此处指尧舜统治时期。

岂虚言而已哉？必旌厥素尔①。咎单、巫咸，实守王家②；申伯、樊仲，实干周邦③。服衮而朝，介圭作瑞④，厥迹不朽，垂烈后昆，不亦丕欤！且学非以要利，而富贵萃之。贵以行令，富以施惠，惠施令行，故《易》称以大业⑤。质以文美，实由华兴，器赖雕饰为好，人以服舆为荣⑥。吾子性德体道⑦，笃信安仁，约己博艺⑧，无坚不钻，以思世路⑨，斯何远矣。曩滞日官，今又原之⑩。虽老氏曲

① 素：原本，此指本来的志向。 ② 咎单、巫咸：殷太戊时贤臣。王家：指殷王室。 ③ 申伯、樊仲：周宣王时的能臣。 ④ 圭：古代帝王、诸侯举行隆重仪式时所用的玉制礼器，因爵位及用途不同而异。圭长尺二寸，称为介圭。瑞：拿着用来朝祭作为符节的信玉，此处指上朝所执的信玉。 ⑤ 大业：伟大的事业。语出《周易·系辞上》："盛德大业，至矣哉。" ⑥ 服舆：冠服车马，古代根据官阶的高低尊卑确定冠服车马的差别，所以说"人以服舆为荣"。 ⑦ 吾子：古代朋友间亲爱的称呼。 ⑧ 笃信：深信。《论语·泰伯》："笃信好学，守死善道。"安仁：安于仁道。《论语·里仁》："仁者安仁，智者利仁。"约己博艺：约束自己，博通六艺。六艺即儒家所说的礼、乐、射、御、书、数六种技能，这里泛指博学。 ⑨ 世路：世间人事的经历，处世之道。日官：史官。古代天文历数亦归史官掌管，故又称日官。 ⑩ 今又原之：原，再。张衡在安帝时为太史令，未能升迁。离开史官五年后，顺帝初又复原官，所以言再一次担当太史令。

全,进道若退①,然行亦以《需》②。必也学非所用,术有所仰③,故临川将济,而舟楫不存焉。徒经思天衢④,内昭独智⑤,固合理民之式也。故尝见谤于鄙儒。深厉浅揭⑥,随时为义,曾何贪于支离,而习其孤技邪⑦? 参轮可使自转,木雕犹能独飞⑧,已垂翅而还故栖⑨,盍亦调其机而铦诸? 昔有《文王》,"自求多福"⑩,人生在勤,不

---

①"虽老氏"二句:《老子》二十二章:"曲则全,枉则直。"四十一章:"夷道若类,进道若退。"老子本义是用正反两方面分析,可以作为观察社会的原则。 ②《需》:卦名,《周易·需卦·象象》:"《需》,须也。"孔疏:"需者,待也。" ③"必也"二句:学:指张衡从事的科学技术。用:指治民仕途之道。术:技能,技艺。 ④ 天衢:天道,指张衡所撰《灵宪》、《浑天仪》等有关研究天道的著作。 ⑤ 内昭独智:指张衡所研究的自然科学技术只能在这个领域里显出他个人的智慧。 ⑥ 深厉浅揭:《诗·邶风·匏有苦叶》:"匏有苦叶,济有深涉。深则厉,浅则揭。"意为所渡河之水浅,可揭衣而过;水深则揭衣仍为水湿,不如不揭而涉。引申以喻随时制宜,不拘于形式。揭(qì气):提起衣裳渡河。 ⑦ "曾何"二句:支离:《庄子·列御寇》中的人物,朱泙漫从支离学屠龙,花费掉了千金家资,三年学成,但无处施用其技。此处把张衡天文机巧之学比作朱泙漫所学的屠龙之技,斥责是无用的机巧。 ⑧"参轮"二句:张衡曾制三轮,能自转,又作木雕,能自飞。 ⑨"已垂"句:指张衡重任太史令。 ⑩"昔有"二句:《诗·大雅·文王》:"聿修厥德,永言配命,自求多福。"

索何获？曷若卑体屈己，美言以相克，鸣于乔木①，乃金声而玉振之②？用后勋，雪前吝，婞很不柔，以意谁靳也！"

应之曰："是何观同而见异也！君子不患位之不尊，而患德之不崇；不耻禄之不夥，而耻智之不博。是故艺可学而行可力也。天爵高悬③，得之在命，或不速而自怀，或羡旃而不臻。求之无益，故智者偭而不思。阽身以侥幸④，固贪夫之所为，未得而豫丧也。枉尺直寻⑤，议者讥之。盈欲亏志，孰云非羞！于心有猜，则簋飧馈

---

① 鸣于乔木：《诗·小雅·伐木》："伐木丁丁，鸟鸣嘤嘤，出自幽谷，迁于乔木。"此处比喻在仕途上迁于高位。 ②"金声"句：金：指钟，作乐用来发声。玉：指磬，作乐用来收韵。此句乃《孟子·万章下》赞美孔子之言。孔子可谓集大成者。集大成的意思，犹如奏乐，先敲钟，最后用磬收结。此喻张衡迁于高位，振扬圣主之音，如金玉之声。 ③ 天爵：天家的爵位，即官爵。《孟子·告子上》："有天爵者，有人爵者。仁、义、忠、信，乐善不倦，此天爵也。公、卿、大夫，此人爵也。"《孟子》天爵原义指的是道德方面的自然爵位，人爵指社会爵位。此处天爵指的是《孟子》所言的人爵，即社会爵位。 ④ 阽（diàn电）：临近，指险境。 ⑤ 枉尺直寻：枉，屈。直，伸。八尺为寻，尺小寻大，此喻小屈而大伸。

铺犹不屑餐,旌瞀以之①。意之无疑,则兼金盈百而不嫌

---

①"于心"三句:旌瞀,《列子》中的人物,又作爰旌目。《列子·说符》载,东方有个叫爰旌目的人,将要到某地去,途中断食,饿倒在地。狐父之地有个名叫丘的盗贼见到了,把爰旌目扶起,把壶里的饭给他吃。爰旌目吃了三口才睁开眼睛,问道:"你是什么人?"丘说:"我是狐父人,名叫丘。"爰旌目说:"啊!你不是盗贼吗?为什么给我饭吃?我重义节,不能吃你的饭!"说完两手扶地往外呕吐,吐不出来,干咯倒地而死。

辞,孟轲以之①。士或解裋褐而袭黼黻②,或委臿筑而据

①"意之"三句:《孟子·公孙丑下》载,陈臻问(孟子)说:"过去在齐国,齐王送您上等金一百镒,您不接受;后来在宋国,宋君送您七十镒,您接受了;在薛,薛君送您五十镒,您也受了。如果过去的不接受是正确的,那么今天的接受便错了;如果今天的接受是正确的,那过去的不接受便错了。二者之中,老师一定有一个错误。"孟子说:"都是正确的。当在宋国的时候,我准备远行,对远行的人一定要送些盘费,因此他说:'送上一点盘费吧。'我为什么不受?当在薛时,我听说路上有危险,须要戒备,因此他说:'听说你须要戒备,送点钱给您买兵器吧。'我为什么不接受?至于在齐国,就没有什么理由。没有什么理由却要送我一些钱,这等于用金钱收买我。哪里有君子可以拿钱收买的呢?" ②裋(shù竖)褐:古代奴仆或贫贱人所穿的衣服,用粗麻或兽毛制成。黼黻:古代礼服上所绣的花纹。黼,黑白相次,作斧形,刃白身黑;黻,黑青相次,作"亚"形。此借指达官显贵的礼服。李贤注此句说的是宁戚。宁戚是春秋时卫国人。他注重培养高贵的品德,但因得不到任用而做了商人。一次经商住在齐国东门外,齐桓公晚间出来,遇上宁戚一边喂牛一边吟唱,齐桓公听后,知道他是个有才能的人,提拔他做了客卿。

文轩者①,度德拜爵,量绩受禄也。输力致庸②,受必有阶。

　　浑元初基,灵轨未纪③,吉凶分错,人用瞳矇,黄帝为斯深惨。有风后者④,是焉亮之,察三辰于上,迹祸福乎下,经纬历数,然后天步有常,则风后之为也。当少昊青阳之末⑤,实或乱德,人神杂扰,不可方物,重黎又相颛顼而申理之⑥,日月即次,则重黎之为也。人各有能,因艺

---

① 畚(chā插):掘土的农具,即锹。筑:捣土的杵。文轩:雕饰华美的车子,古代大夫以上官吏乘文轩。李贤注此句说的是傅说。傅说是殷代人,原来是个奴隶,居住在傅岩,从事版筑劳动。殷高宗梦见应得贤臣傅说,命人找到了他,与他交谈,果然有才干,提拔他做了相。　②输力:尽力,全力。《左传·襄公二十一年》"输力于王室"注:"输,尽也。"庸:有功于民叫庸。《周礼·夏官·司勋》:"国功曰功,民功曰庸。"　③"浑元"二句:浑元,天地之气,此指天地。灵轨:日月星辰运行之轨道。灵:灵星,辰之神为灵星,此指日月星辰。轨:轨道。《淮南子·本经训》:"五星循轨,而不失其行。"注:"轨,道也。"　④风后:相传为黄帝相。李贤注引《春秋内事》说,黄帝拜风后为师,风后精通伏羲之道,所以推演出阴阳之事。　⑤少昊青阳:相传为黄帝子,名挚,字青阳。　⑥重、黎:颛顼之时司天地之官,重为木正,黎为火正。颛顼(zhuān xū专虚):黄帝孙,"五帝"之一,号高阳氏。

受任,鸟师别名①,四叔三正②,官无二业,事不并济。昼长则宵短,日南则景北,天且不堪兼,况以人该之?夫玄龙③,迎夏则陵云而奋鳞,乐时也;涉冬则涀泥而潜蟠,避害也。公旦道行④,故制典礼,以尹天下,惧教诲之不从,有人之不理。仲尼不遇⑤,故论六经,以俟来辟,耻一物之不知,有事之无范。所丁不齐,如何能一?

夫战国交争,戎车竞驱,君若缀旒⑥,人无所丽。烛

---

① 鸟师:古代以鸟名其百官师长,所以百官称为鸟师。《左传·昭公十七年》载,昭子询问郯子说:"少皞氏用鸟名作为官名,这是什么缘故?"郯子说:"我的高祖少皞挚即位的时候,凤鸟正好来到,所以就从鸟开始记事,设置各部门长官都用鸟来命名。" ② 四叔:少昊的四个叔父。《左传·昭公二十九年》载,晋太史蔡墨说:"少皞氏有四个叔父,叫重、叫该、叫修、叫熙,能够管理金、木和水。派重做句芒,该做蓐收,修和熙做玄冥。"蔡墨又说:"木官之长叫句芒,金官之长叫蓐收,水官之长叫玄冥。"三正:正,官长。少昊四个叔父分别担任木正、火正、水正,是为三正。 ③ "夫玄龙"五句:言龙以时出入,以喻人在世上为官也有时运。玄龙:黑龙,古代传说龙是鳞虫之长,能幽能明,能巨能细,能短能长。春分而登天,秋分而潜蟠。见《说文解字》。 ④ 公旦:周公旦,佐周武王灭殷建立周朝,曾主持制定礼乐。道:指周公旦所推行的礼乐之道。 ⑤ "仲尼"二句:仲尼,孔子之字。不遇:不逢时机。六经:《诗》、《书》、《易》、《礼》、《乐》、《春秋》六种古籍。 ⑥ 君:周天子。旒:旌旗下边悬垂的饰物。缀旒:同"赘旒",比喻君主为大臣挟制,实权旁落。

武县缒而秦伯退师①，鲁连系箭而聊城弛柝②。从往则合，横来则离③，安危无常，要在说夫。咸以得人为枭，失士为尤。故樊哙披帷，入见高祖④；高祖踞洗，以对郦

①"烛武"句：烛武，即烛之武，春秋郑国大夫。《左传·僖公三十年》载，秦、晋两国出兵围郑，郑文公派烛之武去见秦君。趁夜间用绳子把他从城上吊下去，进见秦伯，陈说灭郑的危害，劝说秦军撤兵。秦伯被他说服，和郑人结盟，撤兵而去。 ②"鲁连"句：鲁连，即鲁仲连，战国齐人。《战国策·齐策六》载，燕国军队占据聊城，齐国军队攻打一年多而未能下。鲁仲连写了封信，系在箭头上射入城中。燕将读了信，撤兵而去，齐围得解。 ③"从往"二句：战国时，苏秦游说六国诸侯，要他们联合起来西向抗秦。秦在西方，六国土地南北相连，故称合从（纵）。张仪游说六国共同事奉秦国，称连横。此言苏秦前往游说则成合纵，张仪前往游说则成连横。 ④"故樊哙"二句：樊哙，汉沛县人，从刘邦起兵，封武阳侯。《汉书·樊哙传》载，黥布未反之前，高祖曾患病，厌恶见人，下令门卫不许群臣入宫，群臣没人敢入。过了十余天，樊哙推门直入，大臣随后而进，见刘邦独自一人头枕一宦官而卧。樊哙见着刘邦流泪说："陛下病重，大臣震惊万分，不接见我们议事，反独自与一个宦官死在一起吗？难道陛下不见赵高假借秦始皇诏命杀公子扶苏的事吗？"刘邦闻言，大笑而起。

生①。当此之会,乃鼋鸣而鳖应②,故能同心戮力,勤恤人隐,奄受区夏③,遂定帝位,皆谋臣之由也。故一介之策,各有攸建,子长谍之④,烂然有第。

①"高祖"二句:郦生,郦食其,陈留高阳人。《汉书·郦食其传》载,刘邦至高阳,他奉刘邦之召入见,见刘邦正踞床令二女子洗脚,他说:"一定要聚众起义兵,诛伐暴秦,就不应该踞坐接见长者。"刘邦马上停止洗脚,起身换衣,请他上坐,向他道歉。后来郦食其献计攻下陈留。 ②鼋鸣而鳖应:鳖以鼋为雄,故鼋鸣而鳖应(见《埤雅·释鱼》)。此喻一鸣一应,君倡臣随,相互感应。 ③区夏:中国的各个区域。 ④"子长"句:子长即司马迁。李贤注:"司马迁字子长,作《史记》,著功臣等传,粲然各有第序也。"

夫女魃北而应龙翔①,洪鼎声而军容息②,溽暑至而鹑火栖③,寒冰沍而鼍鼋蛰④。今也皇泽宣洽,海外混

①"夫女魃"句:女魃,神话中的旱神。《山海经·大荒北经》载,蚩尤制造了各种兵器去攻伐黄帝,黄帝派遣应龙到冀州的原野上去抵御他。应龙蓄积了大量的水,蚩尤却请了风伯和雨师来,掀起一场大风雨,使应龙蓄积的水失去了作用。黄帝就降下叫作魃的天女。她一下来,狂风暴雨就止住了,于是就杀了蚩尤,魃也用尽了神力,不能再上天,她所居住的地方一点雨也没有。叔均便向黄帝建议,把她安排在赤水的北边。这样一来,旱灾的威胁就解除了,叔均便做了田神。魃不安本分,时时逃亡,到处骚扰,要想驱逐她的人们便设下禁咒,向她祝告道:"神呀,回到北方你的故居去吧!"应龙:神名,传说佐黄帝杀蚩尤。《山海经·大荒东经》载,大荒的东北角上,有一座山名叫凶犁土丘。应龙居住在这座山的南端,因为他曾经在黄帝和蚩尤的战争中,帮助黄帝杀死过蚩尤和夸父,神力用尽,上不了天。天上没有兴云作雨的神,所以下界常闹旱灾。遇到这种情况,人们便装扮了应龙的形状来求雨,果然常常得到大雨。 ②军容:军队的容仪,此指矛、戟之类的兵器。 ③溽暑:气候湿热的盛夏。鹑火:星次名,又名大火,即心宿。按,古历五月黄昏时,火星在天空当中,六月便倾向西斜,到了盛夏的七月更向下去了,故称栖。
④沍(hù 互):冻结。鼍(tuó 驼):鼍龙,又名猪婆龙,即扬子鳄。

同,万户亿丑,并质共剂①。若修成之不暇,尚何功之可立?立事有三②,言为下列③,下列且不可庶矣,奚冀其二哉?

于兹缙绅如云④,儒士成林,及津者风摅⑤,失途者幽僻,遭遇难要⑥,趋偶为幸⑦。世易俗异,事势舛殊,不能通其变,而一度以揆之⑧,斯契船而求剑⑨,守株而伺

---

① 质、剂:贸易券契。《周礼·地官·质人》载,凡货物买卖,以质剂券书作为凭证,像奴婢牛马等大宗买卖用长券,兵器、珍异等小宗买卖用短券。郑玄注称,长券为质,短券为剂。 ②"立事"句:立事有三,指立德、立功、立言三事。《左传·襄公二十四年》载,范宣子问公孙豹,什么是死而不朽。公孙豹说:"最高的是树立德行,其次树立功业,再其次就是树立言论。能做到这样,虽然是死了也永久不会废弃,这就叫做三不朽。" ③ 下列:指立言在三者中排在后列。 ④ 缙绅:插笏于绅。缙,插;绅,束腰的大带子。古代仕者,垂绅插笏,故称士大夫为缙绅。 ⑤ 津:渡口,引申为重要官职。摅(shū书):腾起,飞腾。 ⑥ 遭遇:指升任高官而言。 ⑦ 趋偶:趋,追逐,引申为恰逢。偶,机遇、机会。 ⑧ "而一度"句:此句指治天下之道古今如一。度:尺度。揆:量度。 ⑨ "斯契船"句:《吕氏春秋·察今》载,楚国有个渡江的人,他的剑从船上掉到江里,他急忙在船边刻上记号,说:"这里是我的剑掉下去的地方。"等船停了,他就从刻记号的地方下水去找剑。船已经移动了,可是剑却没有移动,像这样寻找剑,不是太糊涂了吗?比喻拘泥成法,不讲实际。

兔也①。冒愧逞愿②，必无仁以继之，有道者所不履也。越王勾践事此③，故厥绪不永。捷径邪至④，我不忍以投步；干进苟容⑤，我不忍以歙肩⑥。虽有犀舟劲楫，犹人涉卬否⑦，有须者也。姑亦奉顺敦笃，守以忠信，得之不休，不获不吝，不见是而不惛⑧，居下位而不忧⑨，允上德

①"守株"句：《韩非子·五蠹》载，宋国有个农夫在田中耕作，田中有一株树，一只兔子奔来撞到树上，脖子折断而死。这个农夫因此放弃了耕作而守在这株树旁，希望能再得到撞树的兔子，被宋国人耻笑。比喻不知变通或妄想不劳而获，坐享其成。　②冒愧：蒙受耻辱。逞：满足。　③"越王"句：《史记·越王勾践世家》载，勾践听到吴王夫差日夜练兵要攻打越国，就想趁吴国未发兵之先征伐吴国。吴王听说了，发精兵击越，在夫椒打败越兵，越王仅率余兵五千人退守会稽。此言越王不自量力，发动战争，结果战败投降，为满足欲望而蒙受耻辱。　④捷径：最直捷而近便的道路。　⑤干进：求官。苟容：苟且附合以取容于世。　⑥歙肩：竦体，故为敬谨的样子。　⑦"犹人涉"二句：意思是说，人皆徒步过河，我的朋友未到，我独待而不涉。此喻求仕当走正道，不求妄进。"人涉卬否，卬须我友"出自《诗·邶风·匏有苦叶》。卬(áng昂)：我。须：等待。　⑧是：正确，认为是正确的。惛：愁闷，烦恼。　⑨下位：平民百姓。

之常服焉①。方将师天老而友地典②,与之乎高睨而大谈③,孔甲且不足慕④,焉称殷彭及周聃⑤?与世殊技,固孤是求。子忧朱泙曼之无所用,吾恨轮扁之无所教也⑥。子观木雕独飞,慭我垂翅故栖;吾感去蛙附鸱⑦,悲尔先笑而后号也。

---

① 允:诚然是,果然是。 ②"方将"句:天老,相传是黄帝之臣。李贤注:"《帝王世纪》曰:黄帝以风后配上台,天老配中台,五圣配下台,谓之三公。其余知天、窥纪、地典、力牧、常先、封胡、孔甲等,或以为师,或以为将。"地典:黄帝七辅之一。《绎史五·太古·黄帝纪》:"黄帝七辅:风后受金法,天老受五筴,五圣受道级,知命受纠俗,窥纪受变复,地典受州络,力墨受准斥。" ③ 高睨而大谈:高谈阔论,神态高傲。睨,视。 ④ 孔甲:相传黄帝之臣。见"方将"句注。孔甲位次于三公,故言不足仰慕。 ⑤ 殷彭:殷代人彭祖,传说他是颛顼玄孙陆终氏第三子,姓篯名铿,尧时封于彭城,因其道可尊祖,故称他为彭祖。他在商朝为守藏吏,在周为柱下史,终年八百岁。周聃:周朝的老聃,姓李名耳字聃,一说字伯阳,谥聃,春秋战国时楚国人,曾为周藏书室官吏,著《老子》五千言。 ⑥ "吾恨"句:轮扁,名叫扁的斫轮人。《庄子·天道》载,轮扁对齐桓公说:"我用我做工的事来观察,斫车轮,慢了就松滑而不坚固,快了就滞涩而难入,不慢不快,得心应手。口里说不出来,有奥妙的技术存在其间。我不能告诉我的儿子,我的儿子也不能继承我,所以我快七十岁了,还在斫轮。" ⑦ 去蛙附鸱:去蛙,蛤蟆的别名。《尔雅·释鱼》"蛙龗蟾诸"郭注:"似虾蟆,居陆地,淮南谓之去蚨。"鸱:鹞鹰,肉食类。

斐豹以毙督燔书①,礼至以掖国作铭②,弦高以牛饩

---

①"斐豹"句:斐豹,春秋晋国的奴隶。晋国大臣范宣子政敌栾盈有个叫督戎的大力士,无人能敌。斐豹说若能烧掉记载他奴隶身份的简书,他就去杀死督戎。范宣子答应了他,他杀死了督戎而解除了奴隶身份。见《左传·襄公二十三年》。 ②"礼至"句:《左传·僖公二十四年》载,卫国人打算攻打邢国,礼至说:"不做他们的官,就不能得到他们的国家,我请求让我们兄弟去邢国做官。"于是他们就去邢国做了官。过了一年,卫军攻打邢国,礼氏两兄弟跟随国子在城上巡察,两人左右挟持国子,把他扔到城外,杀死了他。卫国灭了邢国。礼至在铜器上作铭文:"我挟持杀死国子,没有人敢来阻止。"

退敌①,墨翟以萦带全城②,贯高以端辞显义③,苏武以

---

①"弦高"句:弦高,春秋郑国商人。秦穆公派兵袭郑,中途被弦高发现,于是他假称奉郑伯之命,以十二头牛犒劳秦军,并使人急告郑伯。秦军以为郑国有准备,遂退兵。见《左传·僖公三十三年》。饩(xì细):赠送的活牲。 ②"墨翟"句:墨翟,战国时思想家,墨家学派创始人。他主张非攻兼爱,尚贤尚同。《墨子·公输》载,公输盘为楚国制造云梯,准备攻打宋国。墨子听到后要制止这场战争,去见公输盘。他解腰带当作城,用筷子作武器,公输盘用了九种方法攻城,九次都被墨子抵御住了。公输盘攻城的兵器用完了,墨子守城的办法还有余,公输盘再无办法了,楚王因此放弃了攻打宋国的计划。 ③"贯高"句:贯高,汉高祖刘邦时为赵王张敖相。刘邦路过赵国,对赵王傲慢无礼。贯高与手下人要谋杀刘邦,事被发觉,刘邦将赵王和贯高逮捕,贯高承认谋反事,但说与赵王无关,尽管遭受严刑拷打,口供始终不变。刘邦赏识他敢作敢为的精神,赦了他的罪。见《汉书·张耳传》。端言:直言不讳。

秃节效贞①,蒲且以飞矰逞巧②,詹何以沉钩致精③,奕秋以棋局取誉④,王豹以清讴流声⑤。仆进不能参名于二立,退又不能群彼数子⑥,愍《三坟》之既颓⑦,惜《八

---

①"苏武"句:苏武,西汉杜陵人,字子卿。汉武帝天汉元年,以中郎将的身份出使匈奴,被匈奴扣留住,匈奴单于胁迫他投降,他不屈服。后来被迁徙到北海放牧公羊。匈奴单于说,要等公羊生子才放他回国。苏武持汉节牧羊十九年,节旄尽落。汉昭帝即位,与匈奴和亲,苏武才得回国。见《汉书·苏建附传》。节:竹节,以牦牛尾作装饰,作为身份的凭证。旄节是古代使者所持的符节。 ②"蒲且"句:蒲且,相传为古代善射之人。《列子·汤问》载,蒲且子用绳系箭而射,用的是软弱的弓,纤细的射绳,乘风射出,能够把飞翔在青云之际的两只黄鹂同时射中。矰(zēng增):用丝绳系住以便于弋射的短箭。 ③"詹何"句:詹何,传说古代善钓的人。《列子·汤问》载,詹何以单根茧丝做鱼绳,用稻麦的芒做鱼钩,用荆条做鱼杆,分割米粒作鱼饵,从百丈深渊的激流中钓出像车那样大的鱼,而鱼线不断,鱼钩不直,鱼杆不弯。 ④奕秋:古代善下棋的人。 ⑤"王豹"句:王豹,春秋卫人,善清歌。《孟子·告子下》载,淳于髡说:"从前王豹住在淇水旁,河西的人都会唱歌。" ⑥数子:指上面所说的斐豹、礼至、墨翟、贯高、苏武、蒲且、詹何、奕秋、王豹等人。 ⑦"愍三坟"二句:愍(mǐn敏):哀怜。《三坟》、《八索》:传说是我国最古的书籍。《左传·昭公十二年》载:"是能读《三坟》、《五典》、《八索》、《九丘》。"后人附会《三坟》为伏羲、神农、黄帝之书,八卦之说谓之《八索》,见孔安国《尚书序》。张衡在此处以《三坟》、《八索》泛指古代典籍。

索》之不理,庶前训之可钻①,聊朝隐乎柱史②,且韫椟以待价③,踵颜氏以行止④,曾不慊夫晋楚⑤,敢告成于知己⑥。"

【翻译】

　　观察我的人看到我离开史官职位五年而又再次担任原职,不是努力向前有所作为的趋势。只有我内心知道顺利与困窘,坚持的心志不会改变。有的人不了解我,以为我丧失了志向,以此来责难我。我对这种责难的回答是,时机有投合与不投合,天

---

① 前训:前代圣哲的著作。　② 聊:依赖,寄托。朝:朝廷。隐乎柱史:在朝廷任职,却不竞争向上,与隐居无异。柱史,即御史,因其所掌及侍立常在殿柱之下,所以又名柱下史。此处指老子,老子曾为周柱下史。　③"且韫椟"句:韫,藏。椟,匣。《论语·子罕》载子贡说:"有美玉在这里,是收藏在匣子里呢,还是求个好价钱而卖掉它?"孔子说:"卖掉它吧!卖掉它吧!我等待来买的人。"　④ 颜氏:孔子弟子颜渊,贫居陋巷,箪食瓢饮,而不改其乐,孔子十分称赞他的德行。行止:犹动静,即出处进退。　⑤"曾不"句:慊(qiàn歉),美慕。《孟子·公孙丑下》载曾子说:"晋国和楚国的财富,是我们赶不上的。但是,他有他的财富,我有我的仁;他有他的爵位,我有我的义,我为什么要觉得比他少了什么呢?"　⑥ 敢:冒昧之词。告成:本为以事成上报,引申为事竣皆为告成,此指文章写成。

生禀性，难以强求改变，因此作这篇文章表白我内心实情，命名为《应间》。

有责难我的人说："听说孔子的首要任务在于下学人事，上知天命，辅佐国家，治理百姓，有理论有行动。早晨听到有益的言论，傍晚就应实行，树立功劳，建立事业，用来阐明天子的主张。因此，伊尹想使太甲成为尧、舜式的英明君主，而使百姓如同生活在唐、虞盛世，这难道仅仅是不真实的传言吗？必定表明他的本来志向。咎单和巫咸忠心耿耿辅佐殷王室，申伯和樊仲踏踏实实治理周朝天下。穿着龙衣上朝，手执作为信玉的大圭，他们的业迹光辉不朽，建立的功勋传于后嗣之人，这不是很伟大的吗！况且钻研学问不是一定要以求得利益为目的，但财富和地位就会相继聚集而来。有了地位就可以发号施令，有了财富就能布施恩惠；布施恩惠号令就能推行，所以《易经》把富有称为大业。内容凭借形式的文饰体现美丽，本质实体凭借花纹而扩展兴旺，器物依赖雕琢修饰来达到精致，人依靠车乘服饰来显示地位的尊贵。您天性与行为合于道德，安于仁道的信念坚定不移，约束自己，博通六艺群书，任何深奥的学问都考求精研，以此来思量辨察您的处世之道，这差得太远了。往昔做史官多年未得升迁，今天又重新担任原职，虽然信奉老子的委曲求全、欲进则退的学说，然而这行为是为了待机而进的。如果定要使学问与致用不符，而又要道术有人仰望，那么就同到了河岸想渡河，却没有船与桨一样。白白地费尽脑汁思考天道问题，内在地显示自己独特的智慧，封闭了治理民众的法式。因此曾经被鄙陋的儒者毁谤。涉河水深就合衣而过，水浅则将衣服提起，随时制定合宜的措施，为什么要贪恋支离，学习他那种孤独的技艺呢？三轮车可以使它自转，也能使木雕独自飞翔，自己却收拢翅膀返还原来的职位。何不调整自身的机关而利于高升？昔日《诗经·文王》篇中说：'自求多福。'人生在于勤奋，不去索求怎么能有收获？哪里比得上低下身体委屈自己，以动听的言辞去得到胜利，鸣于高大的树上，先敲钟，最后用磬收韵呢？用后来的功勋雪洗往昔的耻辱，刚直而不柔弱，我想谁会嘲笑呢！"

我回答说："为什么所见相同而理解歧异！君子不忧虑官位不尊贵，而忧虑品德不崇高；不以俸禄不多而感到耻辱，而认为知识不广博才是耻辱。因此，技艺可以学到，高尚的品行可以努力达到。官爵高高悬挂，得到它是命运的安排，有的人官爵不召而自来，有的人羡慕官爵却得不到。强求没有益处，所以聪明的人放弃而不追求。冒着生命危险求得意外收获，固然是贪婪人的作为，没有得到之前就丧失了。所屈折的只有一尺，而所伸直的却有八尺，评论的人讥笑这种做法。满足欲望，亏损志向，谁能说这不是羞耻！内心有疑忌，即使把熟食美味陈列在面前也认为不值得吃，旄瞀就是因为这个道理（而丧生）。意图没有可疑，则上等金百镒也不嫌弃推辞，孟轲就是因为这个道理（而接受）。士民中有的人脱掉了粗布衣服而穿上了绣花的礼服，有的人丢弃锄锹而坐上雕饰华美的车子，这是衡量德行授予官爵，根据政绩付给俸禄。尽力获得功勋，得到官爵俸禄必定有阶梯。

天地开始建立之际，日月星辰运行的轨道未理出头绪，吉祥与灾祸杂乱无章，人们因而蒙昧无知，黄帝为此深感痛心。有个人名叫风后，在这时使人们从瞳曚中明白过来，观察天上日月星辰运行的现象，考核推究人间祸福的规律，经天纬地，推演节气之度。在此以后，天空星象运行自有规律，这是风后总结出来的。到了少昊青阳的晚年，又有人颠倒阴阳，使人与神杂处不分，名分混乱无别，重黎又辅助颛顼治理了这次混乱，日月才又重归原位，这是重黎的贡献。人有各自的才能，根据他的专长授予职位，以鸟名分别官名，四位叔父担任三种官长，一官只管一事，一事不能由两官完成。白天长则夜晚必短，太阳向南移动则影子向北伸长，天尚且不能承担兼职，何能要求人兼备。黑龙每逢夏季就腾空凌云而振鳞向上，季节适合他的喜乐；到了冬天就搅浑泥土而潜入里面盘曲起来，这是为了躲避危害。周公旦的仁道得以推行，所以制定典制礼仪，用来匡正天下，害怕有人不听从教诲，不服从治理。仲尼没逢机遇，所以讲授六经，以等待后来的圣君。认为如果有一种事物不知道，或者有事物而无相应的法式就是耻辱。他们所遇的时机不同，怎么能用同一个标准去衡量？

战国之际交相争战，兵车争先驱驰，周天子犹如大国旗帜下装饰的飘带，随旗而走，使天下人无所依附。烛之武用绳子从城上吊下来，说服秦伯撤退了围兵。鲁仲连用箭头系信射入城中，致使燕国放弃了聊城。主张合纵之士前往则六国成合纵，主张连横之士到来则六国分离。六国没有主意，致使安危无常，关键在于游说之士。各国都以得到游说之士为胜利，以失去游说之士为过失。樊哙破门揭帷入见高祖，刘邦坐在床上洗脚接见郦生。这样的相会，如同雄鳖鸣叫而雌鳖回应，所以君臣能够同心协力，忧虑怜惜人民的痛苦，全部拥有了中国的各个区域，于是确立了皇帝的地位，这都是因为重用了谋臣。所以，微细的谋划，有各自的建树，司马迁记录这些谋划策略，文辞华美，井然有序。

女魃去了北方而应龙腾空翱翔，大鼎震响而干戈偃息收藏，盛夏酷暑来临而火星西斜，严寒来临，冰封雪冻使鼋鼍潜地冬眠。当今之际，天子恩泽遍布，国家统一，四面八方亿万民众，一起使用相同的贸易券契。如果忙着修养而没有空隙之时，还有什么功可立？建立功业有三个方面，立言排列在后边。排列在后边的尚且不可接近，怎么还能希望在前的其他两方面？

当今之世，士大夫之流汇集如云，儒士学者众多林立，得到高官显位的人高高飞腾，仕途失意的人隐居在幽远边陲之地。升迁高官难以强求，碰上合适的机会算是幸运。世道改变，风俗不同，事物发展的形势错乱失常。不能掌握社会的变化，而用同样的尺度去衡量，这正同刻舟而求剑，守株而待兔一样。以蒙受耻辱去满足欲望，必然不会有仁义相随，有道德的人不会走这样的路。越王勾践这样做了，所以他的基业没能长久。抄近而直的路，不是以正道达到目的，我不忍心迈开脚步；谋求进身为官而随便迎合时势以求容身，我不忍心竦身装出敬谨的样子。即使有坚固的船、强劲的桨，犹如所谓人皆过河我则不过，因为我有所等待。仍然遵奉正道诚朴宽厚，恪守忠信，得到高官不沾沾自喜，没有获得也不认为是耻辱。不被认为是正确的并不烦闷，身居下位而不忧愁，诚然是品德高尚的人经常的态度。正准备拜天老为师，与地典结友，同他们一起高谈阔论，孔甲尚且不足仰慕,哪里还谈得上殷代的彭祖和周朝的李聃?我所从事的不是流俗技巧,我所追求的正是这种独特的学问。你担忧朱泙漫所学无处可用,我却遗憾轮扁的绝技无法传授给别人。你看见木雕能够独自飞翔,哀怜我收拢翅膀又飞回故巢;我却感叹蛤蟆亲近鹞鹰,痛心你先高兴而后嚎啕的下场。

　　斐豹因杀死督戎,换取了焚烧记载他奴隶身份的简书,礼至靠挟持国子而灭亡邢国的功劳,获得了在铜器上铸刻铭文,弦高用牛作为礼物退了敌兵,墨翟用弯曲的腰带保全了宋国之城,贯高以合于正道的言辞显示他的节操,苏武以落光了毛的旄节奉献对汉朝的忠贞,蒲且用发射矰缴显露技巧,詹何以钓鱼达到精通,奕秋凭借棋局取得了荣誉,王豹以善于歌唱传名。我向前进不能立言而与立德、立功合名,而后退又不能与以上诸人为伍,哀怜《三坟》已经衰败,愧惜《八索》已被遗忘,或许前代圣哲之书可以钻研,寄托朝廷隐居于柱下史之职,暂且将宝玉藏入匣中等待好价钱,追随颜渊的品德以确定自己的出入进退,并不羡慕晋、楚两国富裕,胆敢报告成功于了解我的人。"

七　辩

本文假托无为先生背绝世俗，隐居幽隅，虚设七位辩士前往劝说。对七辩士所谈的宫室之美、饮食滋味之美、歌舞音乐之美、女色之美，无为先生却无动于衷。对辩士言游仙之乐，似有兴致，然未实行。及闻辩士谈到汉朝以德化治国，则欣然从命。文中对仁德教化的描述，反映了张衡不肯消沉，欲施展才智，行仁德之政的思想，体现了他的积极入世态度。文章以形象的语言，新颖贴切的比喻，将事物的状貌神态栩栩如生地表现出来，笔力纵横恣肆，感染力强。

无为先生①,祖述列仙,背世绝俗,唯诵道篇②。形虚年衰,志犹不迁。于是七辩谋焉③,曰:"无为先生淹在幽隅④,藏身隐景,铲迹穷居⑤。抑其不韪⑥,盍往辩诸⑦?"乃阶而就之。

虚然子曰:"乐国之都,设为闲馆⑧,工输制匠⑨,谲诡焕烂⑩。重层百层,连阁周漫。应门锵锵⑪,华阙双建⑫。雕虫彤绿⑬,螭虹蜿蜒⑭。于是弹比翼⑮,落鸭黄,

---

① 无为先生:虚构的人物。古代道家学派主张无为,以虚构无为先生代表道家。 ② 道篇:指《老子》。《老子》又名《道德经》,是道家学派的主要经典。 ③ 七辩:虚构的七位舌辩之士。 ④ 淹:滞留。幽隅:昏暗偏僻的角落。 ⑤ 铲迹:铲灭足迹,指隐居。穷居:贫乏而居于田舍间。 ⑥ 抑:语助词。韪:是,善。 ⑦ 盍:何不。诸:"之乎"二字的合音。 ⑧ 乐国:有德之国。闲馆:广大的馆舍。 ⑨ 工输:古代巧匠,或作公输般、公输盘、鲁班。制匠:设计制造。 ⑩ 谲诡:奇异变化。焕烂:光彩鲜明。 ⑪ 应门:古代宫廷正门。锵锵:高峻庄严的形状。 ⑫ 华:华美。阙:宫门前左右两台,台上建楼观,叫作阙。 ⑬ 雕虫:梁柱上雕绘的鸟兽形花纹。雕:刻。虫:指鸟兽图形。 ⑭ 螭虹:螭龙,无角龙,此指螭龙花纹。 ⑮ 弹比翼:弹射比翼鸟。弹:以弹弓弹射。比翼鸟:即鹣鹣,传说此鸟一目一翼,不比不飞。

加双鹍①,经鸳鸯②。然后擢云舫③,观中流,搴芙蓉,集芳洲,纵文身④,搏潜鳞⑤,探水玉,拔琼根,收明月之照曜⑥,玩赤瑕之璘豳⑦。回飙拂其寮⑧,兰泉注其庭⑨。此宫室之丽也,子盍归而处之乎?"

雕华子曰:"玄清白醴⑩,蒲陶酨酹⑪。嘉肴杂醢⑫,三臡七菹⑬。荔支黄甘,寒梨干榛。沙饧石蜜,远国储珍。于是乃有蒭豢脂牷⑭,麋麕豹胎,飞凫栖鷩,养之以时,巩洛之鳟⑮,割以为鲜。审其齐和⑯,适其辛酸。

---

① 加双鹍(kūn 昆):以矰缴加于两只鹍鸟身上,意谓射落。鹍,即鹍鸡,亦作昆鸡、鹍鸡,大鸟,像天鹅。《穆天子传》载,鹍鸡飞八百里。 ② 经:缢死。 ③ 擢:同"棹",桨,此处用作动词。云舫:仙人所乘之舟。 ④ 纵:跃起,腾跃。文身:刺着花纹的身体。 ⑤ 潜鳞:深潜在水中的鱼。 ⑥ 明月:明月珠,是水中生长的一种珍珠。 ⑦ 赤瑕:红色的玉石。璘豳(bīn 宾):玉光色,或作璘彬、璘霦。 ⑧ 回飙:旋风。寮:小窗。 ⑨ 兰泉:水泉的美称。 ⑩ 玄清:玄酒,即郁鬯。用黑黍酿酒,再捣煮郁金香草挼和而成,古代用于祭祀或敬客。白醴:酒的一种。 ⑪ 蒲陶酨酹:蒲陶,即葡萄,此处指葡萄酒。酨酹:浓酒。 ⑫ 杂醢(hǎi 海):细碎的肉酱。 ⑬ 三臡(ní 泥):鹿、麋、獐之臡。臡:带骨的肉酱。七菹:用韭、菁、茆、葵、芹、箈、笋腌成的酸菜。菹:酸菜。 ⑭ 蒭豢:牛羊与猪狗。蒭:食草的动物,指牛羊。豢:食谷类的动物,指猪狗。腯(tú 徒):肥壮。 ⑮ 巩洛:地名,即巩县、洛县,在今河南省巩义及洛阳境内,洛水流经此地。 ⑯ 齐(jì 季)和:调和味道。

芳以姜椒，拂以桂兰。华芗重秬，滍皋香秔①。会稽之菰②，冀野之粱③，潏淩软面④，糅以青秔⑤，珍羞杂遝，灼烁芳香。此滋味之丽也，子盍归而食之？"

安存子曰："淮南清歌，燕余材舞⑥，列乎前堂，递奏代叙。结郑卫之遗风⑦，扬流哇而脉激⑧，楚鼙鼓吹，竽籁应律⑨。金石合奏，妖冶邀会⑩。观者交目，衣解忘带。于是乐中日晚，移即昏庭。美人妖服，变曲为清。改赋新词，转歌流声。此音乐之丽也，子盍归而听诸？"

阙丘子曰："西施之徒⑪，姿容修嫭⑫。弱颜回植⑬，

① 华芗：乡名。秬：黑黍。重秬，晚熟的黍米。滍皋：滍水岸边。滍水，古称泜水，也称滍川，即今河南鲁山、叶县境内的沙河。秔：同"粳"。 ② 会稽：地名，会稽郡，在今浙江绍兴。菰(gū 姑)：俗称茭白，生于河边，其芽可作蔬菜，其米称雕胡米，味道香美。 ③ 冀野：冀州之野，即中原地区。 ④ 潏淩：煎粥的状态。软面：指面食。 ⑤ 糅：掺杂。 ⑥ 材：通"才"。才人，女官名，以歌舞侍奉后宫，此处指舞技熟练的演员。 ⑦ 结：承继。郑卫之遗风：指春秋时郑国与卫国的音乐，被正统的士大夫斥为淫靡之乐。 ⑧ 流哇：流行歌曲。 ⑨ 楚鼙：楚地的小鼓。鼓吹：鼓、钲、箫、笳等合奏的乐曲。律：乐律，音律。 ⑩ 妖冶：美貌，此指歌女。 ⑪ 西施：春秋时越国美女。 ⑫ 修：美丽。嫭(hù 护)：美好。 ⑬ 弱颜：见人自羞的样子，指美女内在多廉耻心，易羞愧。

妍夸闲暇,形似削成,腰如束素。蝤蛴之领①,阿那宜顾②。淑性窈窕,秀色美艳。鬒发玄髻,光可以鉴。靥辅巧笑③,清眸流眄。皓齿朱唇,的砾粲练④。于是红华曼理,遗芳酷烈。侍夕先生,同兹宴瘗⑤。假明兰灯,指图观列。蝉绵宜愧,夭绍纡折⑥。此女色之丽也,子盍归而从之?"

空桐子曰:"交阯緅絺⑦,筒中之纻⑧,京城阿缟⑨,譬之蝉羽。制为时服,以适寒暑。微雾之冠,飞融之缨⑩。驷秀骐之骏骏⑪,载辁猎之輶车⑫。建采虹之长旃,系雌

---

① 蝤蛴:虫名,白嫩而长,比喻美女的颈项。 ② 阿那:柔美的体态,又作婀娜、猗那、猗傩等。 ③ 靥辅:脸上的酒窝。 ④ 的砾:光亮、鲜明貌,又作"的历"。粲练:露齿笑貌。 ⑤ 瘗:不识何字,张震泽疑其是"瘱"字之讹。瘱(yì意),静。见《张衡诗文集校注》。 ⑥ 夭绍:容貌多姿,又作偠绍、要绍。纡折:纡徐曲折。 ⑦ 交阯:地名,汉交阯郡,在今越南北部。緅(zōu邹):深青透红色的丝布。絺(chī蚩):细葛布。 ⑧ 筒中之纻:竹筒中细布,即筒中布,又名黄润。纻,用纻麻织成的布。 ⑨ 京城阿缟:京城,地名,即今河南荥阳市。阿缟:战国时齐国东阿县生产的上等丝布,后世以阿缟代指上等丝布。 ⑩ 缨:结帽的带子,以二组系在帽上,在下巴下卷结。 ⑪ 秀骐:骏马。 ⑫ 辁猎:践踏辗转,又作辒轹、辚轹。輶(yóu由):一种轻便的车。

霓而为旗①。逸骇飙于青丘②,超广汉而永逝③。此舆服之丽也,子盍归而乘之?"

依卫子曰:"若夫赤松、王乔、羡门、安期④,嘘吸沆瀣⑤,饮醴茹芝。驾应龙⑥,戴行云,桴弱水,越炎氛,览八极,度天垠,上游紫宫⑦,下栖昆仑⑧。此神仙之丽也,子盍行而求之?"

先生乃兴而言曰:"吁,美哉!吾子之诲,穆如清风。启乃嘉猷⑨,实慰我心。"矫然倾首,邪睨玄圃⑩。轩臂矫翼,将飞未举。蹊路诡怪。

髣无子曰:"在我圣皇,躬劳至思,参天两地⑪,匪怠

---

① 雌霓:古人认为虹有雌雄之别,内环色鲜者为雄为虹,外环色暗者为雌为霓,合称虹霓。 ② 青丘:传说是神仙所住的海上仙山。 ③ 广汉:指天河。 ④ 赤松、王乔、羡门、安期:传说中的四个仙人。赤松子为神农时雨师;王乔又作王子乔,相传为周灵王太子晋,跟随道士浮丘公在嵩山学道,修炼二十年后,乘鹤仙去;羡门,又作羡门高,相传是碣石山上的仙人;安期生,相传是秦时琅玡人,人呼千岁公。 ⑤ 沆瀣(hàng xiè 杭去声械):夜半的水汽。 ⑥ 应龙:神话中有翼的龙。龙,五百年为角龙,又千年为应龙。 ⑦ 紫宫:星座名,即紫微宫,又作紫微垣,相传为天帝居住之地。 ⑧ 昆仑:传说中的仙山,是天帝在下方居住之地。 ⑨ 嘉猷:善道,正道。 ⑩ 邪睨:邪视。玄圃:相传为仙人所居之地,在昆仑山上。 ⑪ 参天两地:原为《易》卦立数之义,引申为人之德可与天地相比。此指圣皇与天地并列为三,与地并列为两。

厥司①。率由旧章②，遵彼前谋，正邪理谬，靡有所疑。旁窥《八索》，仰镜《三坟》③，讲礼习乐，仪则彬彬。是以英人厎材④，不赏而劝。学而不厌，教而不倦。于是二八之俦⑤，列乎帝廷。揆事施教，地平天成⑥。然后建明堂而班辟雍⑦，和邦国而悦远人。化明如日，下应如神。汉虽旧邦⑧，其政维新。"

而先生乃翻然回面曰："君子一言，于是观智。先民有言，谈何容易。予虽蒙蔽，不敏指趣。敬授教命，敢不是务！"

【翻译】

无为先生宗奉前代各位仙人之道，背弃断绝尘世的俗念，专心研读道家之言。虽形体空虚年迈力衰，志向却始终不改。见此状况，七位辩士作了商议，说："无为

---

① 司：主持，所主持之事，此指皇帝治民的职责。② 旧章：旧时的典章制度。 ③《八索》、《三坟》：见《应间》"愁《三坟》"二句注。 ④ 厎材：至才。 ⑤ 二八之俦：指八恺、八元，见《思玄赋》"幸二八"句注。俦：辈。 ⑥ 地平天成：知天、地、人之理。《越绝书·外传枕中》载："圣人上知天，下知地，中知人，此谓之天平地平。"成：平。 ⑦ 明堂：古代帝王宣明政教接见诸侯的地方。辟雍：古代帝王学宫。 ⑧ 旧邦：历史悠久的国家。《诗·大雅·文王》载："周虽旧邦，其命维新。"

先生滞留在偏僻昏暗的角落,使人不闻其声不见其影,铲除足迹,穷困隐居,这是他的不对,何不前往与他辩论?"于是一同前往无为先生居住之处。

　　虚然子说:"德教昌盛国家的都城,设有宽大馆舍,是公输盘设计制造,变化奇异,光彩鲜明。房屋重叠,高耸百层,阁道相连,环绕延长。正门庄肃,巍峨高峻,宫阙华丽,耸立两旁。雕绘的鸟兽红绿相间,游龙蜿蜒飞腾。在这里用弹弓弹射比翼鸟,用弓箭射落黄鹂,用矰缴飞击鹥鸡,用绳索缢杀鸳鸯。然后划动仙人之船,游览大江中流的景致,摘取莲花,船泊芳草之洲。裸露刺着花纹的身体跃入江中,捕捉潜入江底之鱼,摸取水中玉石,取出琼根,收拢明月珠的光辉,玩赏色彩缤纷的赤玉。旋风轻拂馆舍小窗,甘泉流经庭院。这是宫室的壮丽,您为何不返回去居住呢?"

　　雕华子说:"水酒玄清,甜酒白醴,葡萄美酒,浓郁芳香。鲜美鱼肉,细碎肉酱。有三种走兽带骨的肉酱,七样蔬菜腌成的酸菜,鲜嫩的荔枝,清新的柑桔。寒冬之梨,干熟之榛,沙糖冰糖,远方国家所藏的美味奇珍。在这里按时饲养着肥壮的牛羊猪狗,麋鹿幼鹿,怀胎之豹,野鸭山鸡,巩县、洛县出产的鳟鱼,宰杀烹调,味道鲜美。品尝推求,调和味道,使其酸辣适宜。放入姜、椒增加芬芳,用桂草、兰草配合加入其中。华芗晚熟的黍米,滍水两岸芳香的梗米。会稽出产的雕胡米，冀州原野出产的优良小米，米粥沸沸，面食酥软，掺杂青色的梗米，珍贵食品众多纷杂，色泽鲜润，味道芳香。这是滋味的鲜美，您为何不返回去食用呢？"

安存子说："淮南歌女的清唱，燕地舞女技艺娴熟起舞，舞女歌伎排列堂前，依序轮流奏进。继承郑卫二国音乐传统，高唱流行歌曲，致使血脉激荡，楚地的小鼓与鼓钲箫笳合鸣而奏，竽籁之声合于音律。钟磬合奏齐鸣，美女会合。观看的人目不转睛，解下衣带而忘记重新结系。在这样的欢乐中日影西斜，转移到昏暗的庭中。美貌佳人身穿艳装丽服，曲谱变换为清调。旧调重新添注新词，婉转的歌声四处传扬。这是音乐的美妙，您为何不返回去欣赏呢？"

阙丘子说："貌似西施的美女，姿态美好，仪容丰采。面含羞色，回旋旖旎，秀美体柔，闲雅安逸。形体匀称似刻削而成，腰肢苗条像系着白帛，颈项白嫩修长，如同蜻蜓，柔弱转曲，宜于回顾。心地善良美好，容色华美艳丽。鬓发黑稠，挽髻头顶，光泽鲜明，犹如铜镜。面带酒窝，微笑甜美，眼目明亮，流转含情。齿白如贝，唇似丹涂，唇色鲜明，齿白生辉。面似红花，肌肤细腻，芳香四溢，沁入肺脾。夕阳西落，服侍先生，携同美女，入室安静。借助兰灯之光，遍观美人之图。情深意厚，含羞现愧,千姿百态,纡徐曲折。这是女色的艳美,您何不返回去与美人共游乐?"

空桐子说:"交阯出产的丝布、葛布,竹筒中的细麻布,京城出产的上等丝布,犹如蝉翼,又轻又薄。缝制成四季服装,适应严寒酷暑。以薄纱制帽,犹如微雾在顶,帽带飘动,轻如飞烟。又有四匹骏马强盛壮伟,驾驶轻车有如飞扬。树立采虹作为旗杆,将雌霓系上作为旌旗。奔驰腾跃,狂风惊起于青丘仙山,超越天河,消逝得不见踪影。这是车辆衣冠的华美,您何不返回去乘坐、穿着?"

依卫子说:"赤松、王乔,羡门、安期,呼吸夜半清露之气,饮甘泉,食灵芝,骑着带翼的应龙,头顶纷飞的云气,乘小筏渡过弱河,越过炎热的高空,观遍八方之极,超越天的尽头,向上游览紫微宫,向下栖宿昆仑山。这是神仙的快乐,您何不赶快去追求呢?"

先生于是感动奋发地说:"啊!真美啊!您的教诲,如同清风一样温和,以善道启发我,体贴我的心意。"于是先生强直高立,头微旁侧,斜视玄圃。高举双臂,就像振奋羽翼,欲展翅高飞,却没有飞起来。道路狭窄,变化莫测。

髳无子说:"观察我们英明贤圣的君主,亲身操劳,思虑深远,与天地并列为三,与地并列为二,不荒怠皇帝治民的职责。遵循先王制定的制度典章，奉行先王以前的谋划，纠正邪曲，治理谬误，没有任何疑惑。遍读《八索》，上观《三坟》，作为鉴戒，讲解礼仪，学习乐律，法则文质相兼。因此，才能杰出的人物，品德高尚的人材，不用称扬而自行勤勉努力。学习不知厌倦，教人不嫌疲劳。所以，八恺、八元之辈能在宫廷任职。测度事物，实施教化，通晓天地人之理。在此之后，建立明堂，设立学官，与邦国和睦相处，使远方的人悦服。教化明朗，如阳光照耀，百姓响应，奉若神明。汉朝虽然是古老国家，国政却充满着新气象。"

先生立即回过头说："君子一句话，可从这里看到智慧。古代贤人有这样的言论，向君主进言并非容易。我虽愚昧不明，对宗旨意义反应迟钝，恭敬地接受指教，岂敢不致力于此！"

请禁绝图谶疏

谶纬之学是两汉之际流行的一种迷信神学,起于西汉初年,盛行于西汉后期,到东汉达到了极盛。它以神学迷信解释儒家的经典著作,编造隐语,预言吉凶。张衡生活在谶纬之学盛行的时期,他针对社会上群儒争学图谶的迷信风气,上奏朝廷,请禁绝图谶。此疏写于东汉顺帝永建元年(126年)至阳嘉二年(137年)间。他在疏中列举史实,证明谶纬之学不是古代圣贤的主张,并非自古就有,而是汉代一些弄虚作假之徒有求于世,以图谶作为进身的资本而编造出来的,目的是为了牟取权势地位。揭露了谶纬之学虚妄不实,用欺骗蒙蔽世人的伎俩。

张衡在当时能旗帜鲜明地反对谶纬之学,体现了他具有朴素的唯物主义思想。此文观点鲜明,说理透辟,条理明晰。

臣闻圣人明审律历以定吉凶,重之以卜筮,杂之以九宫①,经天验道,本尽于此。或观星辰逆顺,寒燠所由②,或察龟策之占,巫觋之言③,其所因者,非一术也。立言于前,有征于后,故智者贵焉,谓之谶书④。谶书始出,盖知之者寡。自汉取秦,用兵力战,功成业遂,可谓大事。当此之时,莫或称谶。若夏侯胜、眭孟之徒⑤,以道术立名,其所述著,无谶一言。刘向父子领校秘书,阅

---

① 九宫:东汉以前《易》纬家之说。以离、艮、兑、乾、巽、震、坤、坎八卦之宫,加上中央,合为九宫名为太一、摄提、轩辕、招摇、天符、青龙、咸池、太阴、天一。见《后汉书·张衡传》李贤注。 ② 燠(yù玉):暖。 ③ 巫觋:男女巫的合称。巫,女巫;觋,男巫。 ④ 谶书:符命之书,汉代流行的封建迷信,是巫师或方士制作的一种隐语或预言,作为凶吉的符验或征兆。又叫符谶、符命,有的有图有字,叫图谶。 ⑤ 夏侯胜:西汉东平(今属山东)人,字长卿。西汉从夏侯胜开始才提倡学今文《尚书》,又从欧阳生问学,称"大夏侯"。宣帝时,立为博士,以阴阳灾异推论时政得失。眭(suī虽)孟:西汉鲁(今山东)人,名弘,字孟,昭帝时以明经擢为议郎。

定九流①,亦无谶录。成哀之后,乃始闻之。《尚书》:尧使鲧理洪水,九载绩用不成,鲧则殛死,禹乃嗣兴②。而《春秋谶》云③:"共工理水。"凡谶皆云黄帝伐蚩尤,而《诗谶》独以为"蚩尤败,然后尧受命"④。《春秋元命苞》中有公输班与墨翟⑤,并当子思时⑥,出仲尼后,事见战国,非

——————

①"刘向"二句:刘向(前77—前6),西汉沛(今江苏沛县)人,本名更生,字子政。元帝时为散骑中正给事中,曾用阴阳灾异推论时政得失。成帝时,更名向,领校秘书,撰成《别录》。刘歆(约前53—后33),刘向之子,字子骏,后改名秀。成帝时,与父领校群书,讲六艺传记、诸子、诗赋、数术、方技,无所不究。继承父业,集六艺群书,分类为《七略》,其中无谶说。九流:战国时的九个学术流派,即儒家、道家、阴阳家、法家、名家、墨家、纵横家、杂家、农家。后来以九流作为各学术流派的泛称。 ②"《尚书》"五句:《尚书》,现存最早的关于上古时典章文献的汇编,相传曾经孔子删定,儒家列为经典之一。其中也保存了商及西周初期的一些重要史料。此处所引见《尚书·尧典》。鲧:相传为禹的父亲,封崇伯。因为治水无功,舜在羽山将他杀死。禹:鲧之子,原为夏后氏部落领袖,奉舜命继其父治理洪水,历时十三载,治服了洪水,被舜选为继承人。 ③《春秋谶》:即《春秋纬》,关于《春秋》的纬书,今佚不传。 ④《诗谶》:即《诗》的纬书。 ⑤《春秋元命苞》:《春秋》纬之一。公输班、墨翟:见《应间》"墨翟"句注。 ⑥子思(前483—前402):战国初哲学家,姓孔名伋,孔子之孙。

春秋时也①。又言"别有益州"。益州之置②,在于汉世。其名三辅诸陵③,世数可知。至于《图》中,讫于成帝。一卷之书,互异数事,圣人之言,势无若是,殆必虚伪之徒,以要世取资④。往者,侍中贾逵摘谶互异三十余事⑤,诸言谶者皆不能说。至于王莽篡位,汉世大祸,八十篇何为不戒⑥?则知图谶成于哀、平之际也。且《河洛》、《六艺》,篇录已定,后人皮傅,无所容篡。永元中,清河宋景遂以历纪推言水灾,而伪称洞视玉版⑦。或者至于弃家业,入山林。后皆无效,而复采前世成事,以为证验。至

---

① "非春秋时"句:吴仁杰根据《礼记》有"季康子之母死,公输若尚幼,般请以机封"的记载,认为公输班正是出生在春秋时。　②"益州"二句:《汉书·地理志》载,益州郡,武帝元封二年(前109)始置。　③ 三辅:汉代长安以东为京兆尹,长陵以北为左冯翊,渭城以西为右扶风,称为三辅,三辅长官共治长安城,后世以京都附近之地为三辅。诸陵:指汉朝诸帝陵墓。　④ 要世:有求于世。取资:取得资本,指以图谶去取得资本。　⑤ 贾逵(30—101):东汉经学家,扶风平陵(今陕西咸阳西北)人,字景伯,精通《尚书》、《毛诗》、《左传》,一生所撰经传训诂及论难百万言,后世称之为通儒。　⑥ 八十篇:指图谶。李贤注引《张衡集》上事:"《河洛》五九,《六艺》四九,谓八十一篇也。"此处言八十篇,讲的是整数。《河洛》:谶书。《六艺》:六经《诗》、《易》、《书》、《春秋》、《礼》、《乐》的纬书。　⑦ 玉版:神话中能推测未来事物的器具。

于永建复统①,则不能知。此皆欺世罔俗,以昧势位,情伪较然,莫之纠禁。且律历、卦候、九宫、风角,数有征效②,世莫肯学,而竞称不占之书。譬犹画工③,恶图犬马而好作鬼魅,诚以实事难形,而虚伪不穷也。宜收藏图谶,一禁绝之,则朱紫无所眩④,典籍无瑕玷矣⑤。

①永建:汉顺帝即位后年号。复统:废而又立。据《后汉书·顺帝纪》载,安帝信谗言,废太子刘保为济阴王。安帝死后,阎显定策立北乡侯为帝,北乡侯为帝数月而死,阎显又谋另立诸王子。尚书郭镇等斩阎显弟,逮捕阎显,刘保被立为帝,即汉顺帝。 ②卦候:以六十四卦与四时气候相配。坎、离、震、兑为四正卦,主四时,其爻主二十四节气。余六十卦,主六日七分,其爻主 $365\frac{1}{4}$ 日。又自复至乾、自姤至坤另为十二月消息卦,主十二辰,其爻主七十二候。此说出自汉孟喜、京房。 ③"譬犹"四句:《韩非子·外储说左上》载,宾客中有个给齐王画画的人,齐王问他:"什么东西是最难画的?"回答说:"狗马最难画。"齐王问:"什么东西是最容易画的?"回答说:"鬼魅最容易画。因为狗和马,是人所知道的,早晚都显现在人面前,不容易画得准确,所以难画。鬼魅是无形的东西,并不显现在人面前,所以容易画。"此处意谓律历、卦候、九宫、风角等都是有征效的科学(实际也是近于迷信),而人们不学,是因为它是客观事物,难于掌握;而图谶之学犹如鬼魅,人们见不到,是凭空瞎造,所以十分容易学。 ④朱紫:朱色与紫色。古代以朱色为正色,紫色为间色,正色、间色代指正、邪,善、恶。眩:惑乱。此句说不要以间色乱正色,喻不要以邪侵正。 ⑤瑕玷:玉的斑痕,比喻事物的缺点。

【翻译】

　　臣听说圣人明了熟悉乐律、历法,用来测定吉凶,又以卜筮辅助,配合九宫,考察验证天道,就是根据这些方法。或者观察星辰的往来运行,冷暖所产生的原因;或者观察用龟策占卜的结果,以及巫觋的预言,他们所根据的,并不是一种方法。在事前作了预言,在事后得到验证,所以聪明的人重视这些方法,把它们称作谶书。谶书开始出现的时候,知道它的人很少。自从汉朝取代秦朝,靠军队奋勇作战,功业得到了成功,这可以说是大事件。在这个时候,没有听谁说过谶。如夏侯胜、眭孟之辈,是靠精通道术而闻名的,在他们的著述中,没有一句讲到谶的话。刘向父子领校秘阁群书,阅览确定了九家流派的著作,也没有谶的记录。成帝、哀帝以后,才初次听到有谶书。《尚书》中记载:尧让鲧治理洪水,九年没有成绩,鲧因此被杀死,禹继承父业,治水得到成功。而《春秋谶》却说:"共工治理洪水。"所有的谶书都说黄帝征伐蚩尤,而只有《诗谶》认为"蚩尤被打败以后,尧受天命而为君主"。《春秋元命苞》中说公输班与墨翟都生活在子思那个时候,出生在仲尼以后,可是他们的事迹见于战国时代,并不是春秋时代。《春秋元命苞》又说"另外还有益州"。可是益州的设置,(不在春秋时代而)是在汉代。三辅及汉诸帝陵墓的设置,都有年代可查。

到了谶图里却说是终于成帝。在一卷书之中，相互歧异的地方竟有多处，圣人的言论，势必不会像书中记载的这样，这一定是弄虚做假的人有求于世，用图谶作为资本。以前，侍中贾逵摘录谶书中相互歧异的事实三十余处，那些讲说谶书的人都不能解释。至于王莽篡夺帝位，是汉朝的最大祸害，而八十篇《谶书》为什么不事先作出警告？由此可知图谶明明完成于哀帝、平帝之际。况且《河洛》、《六艺》之书，篇章目录久已确定，后世之人以肤浅见解牵强附会，没有地方容纳篡改之辞。永元年间，清河人宋景便根据历数纲纪推测预言将要有水灾，并假称在洞中见到玉版。有的人竟相信了，抛弃家业，逃入山林。以后，这类预言都没有得到验证，于是又采用前代已成之事作为证验。至于说永建年间顺帝重新取得帝位，事先却没有预言告知。可见这些图谶都是欺骗世人，蒙蔽民俗，达到取得权势地位的目的，弄虚作假的情节是很显明的，却无人纠察禁止。而且律历、卦候、九宫、风角，用来预测事物，多次都有效验，而世人却没有谁肯学，反而争先恐后地称赞不能应验的书。这就譬如画工，讨厌画狗马而喜欢画鬼怪，确实因为实际存在的事物难以描画，而虚假的事物不会穷尽。应该收缴藏匿图谶，一律严厉禁绝，这样，朱色、紫色就不可能迷乱，典籍也就没有缺点了。

《古代文史名著选译丛书》编纂始末①

马樟根　安平秋

今年1月,《古代文史名著选译丛书》已经出到100种101册(其中《史记》为2册)。4月份,最后的33种也已交稿。这样,全书133种即将呈献在读者面前。② 一项服务当前、造福子孙的普及优秀古代文化、进行爱国教育的大工程将宣告完工了。回想

---

①《古代文史名著选译丛书》由全国高校古籍整理研究工作委员会主持,古委会直接联系的18个古籍整理研究所为主要承担机构,章培恒、安平秋、马樟根任主编。本文于1992年4月,在《中国典籍与文化》杂志发表时题目是《衣带渐宽终不悔——〈古代文史名著选译丛书〉编纂始末》。这次将此文作为2011年修订版附录时,去掉原正标题,以原副标题为正式题目。　②至1994年4月最后定稿时,全书为135部。2011年修订版出版时,全书为134部。

这一套丛书动员 18 所院校,投入 100 余人,从 1985 年筹划,1986 年起步,到今天已度过了六七年的岁月,个中甘辛令人难以忘怀。

一、北大·苏州·北大
——酝酿与筹划

编纂这样一套丛书,起因于 1981 年 7 月。当时陈云同志派人到北京大学召开了小型座谈会。来人告诉与会人员陈云同志最近在考虑两个问题:一个是粮食,一个是古籍整理。对古籍整理,特别讲到陈云同志说:"整理古籍,为了让更多的人看得懂,仅作标点、注释、校勘、训诂还不够,要有今译,争取做到能读报纸的人多数都能看懂。有了今译,年轻人看得懂,觉得有意思,才会有兴趣去阅读。今译要经过选择,要列出一个精选的古籍今译的目录,不要贪多。"这就是后来收入《陈云文选》的那段话。1981 年 9 月,中共中央关于整理我国古籍的文件中一字不差地强调了这段话。1983 年,教育部成立了全国高校古籍整理研究工作委员会(简称古委会)。古委会主任周林同志根据中央和陈云同志意见,提出了组织力量今译古籍。但在当时,经过"文革"后的古籍整理工作百废待兴,加之一些学者对今译重要性的认识远非今日之深,这一工作一拖便是两年。

1985年5月,全国高校古委会在苏州召开了一届二次会议。周林同志在会上作了"人才培养和古代文化遗产普及问题"的专题发言,他分析了"解放三十多年来,由于'左'的路线干扰,特别是'文化大革命',几乎使我们的民族文化到了中断的边缘,出现了对古代文化知之不多,或知之甚少的状况",要教育界的同志"做好普及古代文化知识的工作",搞好古籍的今注今译就是其中的一项重要任务,"高校古委会要在这方面多下功夫","高校古籍研究所无疑应担负起这个任务"。他针对当时一些人轻视古籍的今注今译思想,呼吁"我们对于选本、今译等有利于教育普及的东西,应承认它的学术价值","《昭明文选》、《唐诗三百首》、《古文观止》等是地道的选本,流传几百年,发生那么大的影响,能说没有水平?""专家们深入浅出的在对古文献研究基础上的译注,对普及古代优秀文化作出重大贡献,算不算高水平的成果呢?""古文既要译得恰当、准确,又要通畅易懂,难度是很大的","为了社会主义精神文明建设,古籍整理这方面也要作出应有的贡献"。一石激浪,沉寂了几年的今译古籍的话题又重新活跃起来。会上作了一番认真讨论。

经过这样的酝酿,1985年7月,全国高校古委会科研项目评审组的专家们聚集在北京大学勺园,筹划编纂一套古籍今译的精选本。初步定名为《古籍今译丛书》,议定了收书范围、内容,开列了65种书的选目。并决定由科研项目专家评审组召集人、复旦大学古籍所所长章培恒教授和参加过陈云同志在北大召开座谈会、当时古委会主管科研工作的副秘书长安平秋同志共同负责,与秘书处同志一起具体筹划。经几个月的筹备,决定由古委会直接联系的18个高校古籍研究所承担这一工作,组成编委会,并开列出89种书的选目,对选译的进度、规划亦作了设计。此时,几家出版社闻讯而至,表示愿意出版这套丛书。最早与我们联系的巴蜀书社的段文桂社长以其强烈的事业心和对古籍今译的高度重视感动了我们,于是决定邀请巴蜀书社编辑参加第一次编委会议。

二、从柳浪闻莺到桂子山上
——第一批书稿的产生

第一次编委会于1986年5月在杭州柳莺宾馆

召开。宾馆因位于西湖十景之一的柳浪闻莺而得名。全国高校18个研究所的24名学者和有关人员聚集在这风景胜地，无心观柳，亦无从闻莺，紧张地工作了三天。会上确定了这套普及读物的读者对象是具有中等以上文化程度的广大群众，收书范围是中国历代文史名著，在名著之中选精。所选书目，在原拟89种基础上，调整为116种，以形成系统性。书中选篇之下分提示、原文、今译、注释四部分，以译文为主，书前有一前言，书中加入必要的插图。每一种书约10—15万字。书名确定为《古代文史名著选译丛书》。即由到会的24位学者组成丛书编委会①，由章培恒、马樟根、安平秋三人任主编。于是，编委会立即分成三个工作小组，在会上分头拟出丛书《凡例》、《编写、审稿要求》和《文稿书写格式》，经讨论修改而形成了正式文字以供遵循。在

---

① 编委会成员按姓氏笔划排列为：
马樟根　平慧善　安平秋　刘烈茂　许嘉璐　李国祥
金开诚　周勋初　宗福邦　段文桂　董治安　倪其心
黄永年　章培恒　曾枣庄（以上为常务编委）
王达津　吕绍纲　刘仁清　刘乾先　李运益　杨金鼎
曹亦冰　常绍温　裴汝诚（以上为编委）

自报的前提下，会上确定了由18个研究所承担前40部书的今译任务，要求当年年底完成。古委会主任、丛书顾问周林同志对编委会的认真精神、紧张工作和显著效率十分赞赏，他说："有这样一个编委会，有这样一个阵容来做选译，使中国历史文化不成为专属于少数人的知识，使能看报纸的人都读懂自己民族的名著，从而树立爱国主义、建设有民族特色的精神文明，其意义之深远将会在今后愈益显露出来。"于是，有1000余万字的大工程便从这里开始了。

当年年底各研究所的今译书稿经作者完成后，由在该所的编委审改，到1987年5月和7月，先后在复旦大学、北京大学两次召开编委审稿会。这种审稿会，说是审稿，实际上是边审边改，字斟句酌，每部书稿必须经一位编委、一位常务编委审改把关，经过这样两道工序，汇总到主编手中，40部书稿通过了25部。其中部分书稿赶印了样稿征求意见。于是周林同志于7月6日在北大临湖轩邀请了在京十几位专家与正在审稿的编委一起研究样稿，探讨如何提高这套今译丛书的质量。

根据编委审稿发现的问题和在京专家们的意

见,丛书亟需在已定体例的框架中条列细则;而出版单位巴蜀书社又希望所出版的第一批书为50种以便形成格局,需要布置各研究所承担新的今译任务。这样,1987年10月在华中师范大学再次召开了编委会,又请了詹锳、周振甫、刘乃和、郭预衡等先生到会指导。

  这次编委会是在审看了40部书稿后,发现了一大批问题亟待解决,又是在需要布置下一步任务的状况下召开的,是一次承上启下的编委会。会议初期人们的心情和会上的气氛都带有一股子严峻与急切。会议从5日到8日开了三天半。但是在4日晚上开预备会的时候,主编章培恒先生尚未到会,亦无他是否已从上海出发的信息。5日上午就要开会了,主编不到怎么行呢?5日一早,我们还在沉睡之中,忽听有人敲门,进来的竟是章培恒!一向风神儒雅、衣装考究的章培恒先生,此时却是一身尘灰、满脸疲惫地站在我们面前。原来他从上海出发前,未能买到机票或船票,而上海到武汉又没有直达火车,只好先从上海坐火车到长沙,为了不误5日上午开会,他只好买了一张无座票,夜间从长沙出发一直站到武昌。一向走路辨不清方向的章培恒竟然在夜色未退之前一人从车站摸到了华中师大专家楼,也算是奇迹。

这次编委会,从体例的具体要求、书中选篇是否合适、每篇中的提示如何写、注释的繁简和语言的通俗性,到今译的信达雅如何把握,例如李白的"床前明月光,疑是地上霜,举头望明月,低头思故乡"这样通俗的诗是否要翻译,在在都有热烈的争论。感谢编委们的努力和学术判断力,最后终于形成了一个《细则》,一切争论都统一在这个《细则》之上。编委们在思想明确、分得新的任务之后,显出了少有的轻松与喜悦。会议结束正逢中秋节,华中师大的专家楼坐落在武昌桂子山上。入夜,桂子山上举行了赏月茶会,几张方桌,围坐着全体编委和特邀到会专家。天上明月如盘,清辉洒地,眼前桂树葱茏,桂花飘香,华中师大古籍研究所的青年们活跃席间,引得王达津先生即席赋诗,刘乃和先生清唱京戏。这气氛预示着《古代文史名著选译丛书》克服了当前的困难,第一批 50 种书稿有如母腹中的胎儿,快要降生了。

三、华清池畔的愁云与人民大会堂的欢欣
——第一批书出版的柳暗花明

1988 年 10 月,编委们再一次聚会,审定第一批

50种中的最后十几部书稿、修改第二批50种中的大量书稿。这次审稿是在"东枕华山、西拒咸阳"的骊山脚下、华清池滨的一家招待所。这里古朴而不豪华,食宿低廉却又实惠,审稿之余,左近有风景可观,有古迹可寻,房内有43℃的温汤沐浴,编委们平日在校教学、科研工作劳累而生活清苦,如今有这样的环境与条件,感到少有的惬意。我们作为主编觉得这也是对编委们两年来辛勤编书的一点补偿。但这种适意之感很快就被两件事所驱散。一件事是书稿的质量。几十部书稿交来,一经审看,从注译到体例完全合格的只有寥寥可数的三四部,余下的,或需小改,或需大改,或根本不合格需退回重作。另一件事是出版发行成了问题。到会的巴蜀书社副社长黄葵同志向大家通报了即将印出的16本书征订情况,最多的为2000册,且只有一种,其他的只有800册、600册,甚至还有200余册。征订不佳,销路不畅,出书要赔钱,出版社为难,编委们又无计可施。此时哪还有心思去观赏"骊山云树郁苍苍,历尽周秦与汉唐"?也无心绪登上骊山,在烽火台前怀古。且正值"楼台八月凉"的节令,只有华清池畔秋雨飘零,秋风瑟瑟,落叶满地,不禁愁从中来。

愁则愁，还得面对现实。书稿质量不高，靠到会近20位编委十余天的逐字逐句修改，终于改定合格17部。至于出版发行问题，巴蜀书社的朋友费心经营，重新设计了封面，改进装帧，将第一批50种装成一个大礼品盒，成盒出售。从中又得到了国家新闻出版署、四川省出版局、国家教委有关司局和各省市教委的大力支持与帮助，发行面得以扩大，到了1990年下半年，首印的17000套书销售已尽，而问讯、索购者不绝，出版社决定再印30000套以供读者需要。中央领导了解到这套丛书受到读者欢迎，欣然为丛书题辞，江泽民总书记的题辞是"做好我国古代文史名著的传播普及工作，使其古为今用，以发扬爱国主义精神"，李鹏总理的题辞是"弘扬民族优秀文化，激励爱国主义精神"。李瑞环同志也为丛书题了辞。

1990年8月22日在北京人民大会堂召开了《古代文史名著选译丛书》出版座谈会。国家领导人李铁映、胡乔木、李德生、陈丕显、廖汉生、王汉斌、王光英出席，古委会主任周林同志主持会议，到会各阶层代表在发言中从不同角度肯定了这套书对促进青少年了解历史、了解国情、了解中华民族优秀传统文化、进行爱国主义教育的作用。时值盛夏，却逢喜雨，洗却了编委和出版社同志心中的忧虑，参加大会堂座谈会的13名常务编委会后又聚集在北京大学讨论深入认识编纂这套丛书的重大意义，研究审改好第二批书稿的具体措施。

四、从舜耕山庄耕作到乐山脚下
——第二批书稿审定之艰辛

　　第二批书稿50种50册，是1987年10月布置的。1988年10月在西安审改合格的17部书稿都已放入第一批中以替换原已通过的第一批中质量较差的书稿。这样，第二批书稿当时余下的已完成的有20余部，却都不合格，只能要求译注者和编委再行修改。一年之后，编委会汇总来重新改好和新译注交来的第二批书稿44部，1989年10月于济南千佛山下的舜耕山庄召开了常务编委审稿会。

　　这次审稿，发现的问题较多。有的选目不当，如有的史书重要人物的传不选却选入无关紧要而又无学习价值的人物传，有的名家的文章名篇不选却选入既无文学价值又无借鉴意义的篇章。有的选译所依据的底本不当，舍弃现有的精校本却用校勘不善的本子。有的虽有根据地改动正文却只在注释中说"原作……据别本改",而不指明据何本改。有的注释过繁,不利于一般读者阅读;有的注释极简,该注释的地方不注,使广大读者看了译文仍无法理解全文的精妙;而更多的是注释不准确,对一字一词增字为训而歪曲了原意的毛病也较普遍。译文问题更多,有的语义不清,佶屈聱牙,把"三顾频烦天下计,两朝开济老臣心"译为"三顾茅庐频烦为天下大计,两朝事业开济尽老臣忠心",有的为追求通俗生动把"君何往"中的"君"译为"老兄"。每篇的提示,有的写得很长变成了文章赏析,有的虽短却不中肯綮,用了类似"文革"期间的语言扣几顶大帽子了事。看这样的稿子都觉头痛,改这样的稿子更感艰难。审稿历时12天,参加审稿、当时63岁的黄永年先生向我们诉苦:"头发掉了一把!"有的编委说,千佛山古称历山,传说舜在这里开垦耕耘,十分艰辛,我们住在舜耕山庄,预示着我们为这套丛书垦荒笔耕,也要历尽千辛。这次审稿,经过审改之后,有10部书稿合格,有11部需会后再作小的修改方能通过,余下的均需作大的改动或另请人译注。

这次审稿还研究了所选戏曲部分的曲辞如何今译问题,如规定了念白中出现的诗句只注不译,上、下场诗只注不译,注而不译的文字在译文中应予保留以便参读。

　　到 1990 年 12 月,丛书常务编委在广州研究丛书如何体现批判继承精神、如何提高第二批书稿质量时,又有 18 部书稿完成交来。为了保证书稿质量,使 1991 年上半年召开的常务编委审稿会得以顺利进行,我们三个主编从广州匆匆赶到北京,用了一周时间审看了这 18 部书稿,通过了 7 部,11 部退改。当我们看完最后一部书稿碰头研究时,已是 12 月 31 日。在 1990 年一年内,我们仅仅通过了这 7 部书稿。加上 1989 年在舜耕山庄通过的 10 部,也仅有 17 部,尚差 33 部方足第二批的 50 部。

　　1991 年 5 月,常务编委来到古称嘉州的乐山市,在乐山山腰的八仙洞宾馆继续审改第二批书稿。改稿时间只有十天,要力争将 50 部推出,其繁重可知。我们在改稿过程中,不禁想到明万历年间嘉州知州袁子让的诗句"登临始觉浮生苦",想到这套丛书从起步到这次审改已历时 5 年,当初怎么也没有想到完成这套丛书会是如此的艰辛,真是登临始觉笔耕苦啊!

这次乐山审稿,通过了13部书稿。好在余下的20部书稿只须小改即可在会后交稿,终于在1991年8月将这20部书稿全部改定交巴蜀书社。第二批50部历时近四年终于定稿了。

五、在金陵古都作光辉的一结
——第三批书稿的完成

1990年12月据出版社的要求,这套丛书出齐当为150种,到乐山会上又修正为110种至125种,最后数字的确定根据最后一次审稿结果而定,合格的即入选,不合格的不再修改选入。根据这一共识,今年4月中旬,我们一部分常务编委聚集到六朝古都南京,从已经交来的35部书稿中选择经小改合格的书稿。经过十一天的劳作,选择、改定33部,由到会的常务编委、巴蜀书社的段文桂总编和编委、巴蜀书社的刘仁清副编审带回成都,将经由他们的继续辛苦而使《古代文史名著选译丛书》以133部、1500万字之数呈献给热爱中华文化的读者。

这套丛书从1986年5月起步,历时整整六年,平日繁细工作不计,仅编委大小审稿会就开了12次之多。丛书的发起人、顾问、古委会主任周林同志先后参加了8次审稿会,每次都自始至终和大家在一起,听取审稿情况,了解遇到的问题;当我们遇到困难的时候他为我们鼓劲,当我们感到欣喜的时候他提醒我们不可大意。这次他又和我们一起来到虎踞龙蟠的石头城下,为我们督阵,看我们能否为这套丛书作出光辉的一结。

此时此刻,我们与这次会议的东道主、丛书常务编委、南京大学的周勋初先生漫步在中山陵旁,想到今译丛书已基本完成,自然感到如释重负,但理智却使我们不敢轻松,我们期待着全书133部出齐之后专家、读者的评头品足。

1992年4月26日

(原载《中国典籍与文化)1992年第1期)

古代文史名著选译丛书(修订版)总目

丛书主编:章培恒　安平秋　马樟根

书　名	译注者		审阅者		定价/元
老子注译	张玉春	金国泰	安平秋		16.00
庄子选译	马美信		章培恒		18.00
荀子选译	雪　克	王云路	董治安	许嘉璐	19.00
申鉴中论选译	张　涛	傅根清	董治安		18.00
颜氏家训选译	黄永年		许嘉璐		15.00
论语注译	孙钦善		宗福邦		28.00
孟子选译	刘聿鑫	刘晓东	黄　葵		20.00
墨子选译	刘继华		董治安		14.00
韩非子选译	刘乾先	张在义	黄　葵		19.00
新序说苑选译	曹亦冰		倪其心		25.00
论衡选译	黄中业	陈恩林	许嘉璐		22.00
管子选译	缪文远	缪　伟	董治安		18.00
列子选译	王丽萍		周勋初	倪其心	19.00
韩诗外传选译	杜泽逊	庄大钧	董治安		24.00
盐铁论选译	孙香兰	刘光胜	黄永年		13.00
诗经选译	程俊英	蒋见元	刘仁清		19.00
楚辞选译	徐建华	金舒年	金开诚		15.00
贾谊文选译	徐　超	王洲明	安平秋		17.00
司马相如文选译	费振刚	仇仲谦	安平秋		11.00
文心雕龙选译	周振甫		黄永年		17.00
庾信诗文选译	许逸民		安平秋		18.00

书　名	译注者		审阅者		定价/元
嵇康诗文选译	武秀成		倪其心		18.00
谢灵运鲍照诗选译	刘心明		周勋初		18.00
陈子昂诗文选译	王　岚		周勋初	倪其心	14.00
李白诗选译	詹　锳	等	章培恒		22.00
高适岑参诗选译	谢楚发		黄永年		23.00
元稹白居易诗选译	吴大逵	马秀娟	宗福邦		21.00
柳宗元诗文选译	王松龄	杨立扬	周勋初		18.00
李贺诗选译	冯浩菲	徐传武	刘仁清		20.00
杜牧诗文选译	吴　鸥		黄永年		14.00
李商隐诗选译	陈永正		倪其心		19.00
唐五代词选译	亦　冬		董治安		16.00
唐文粹选译	张宏生		周勋初		18.00
晚唐小品文选译	顾歆艺		平慧善		15.00
黄庭坚诗文选译	朱安群	等	倪其心		18.00
辛弃疾词选译	杨　忠		刘烈茂		24.00
元好问诗选译	郑力民		宗福邦		20.00
宋四家词选译	王晓波		倪其心		16.00
黄宗羲诗文选译	平慧善	卢敦基	马樟根		15.00
吴伟业诗选译	黄永年	马雪芹	安平秋		20.00
方苞姚鼐文选译	杨荣祥		安平秋		20.00
明代散文选译	田南池		马樟根		22.00
顾炎武诗文选译	李永祜	郭成韬	刘烈茂		23.00
张衡诗文选译	张在义 韩格平	张玉春	刘仁清		16.00
汉诗选译	张永鑫	刘桂秋	金开诚		19.00

书　名	译注者		审阅者		定价/元
阮籍诗文选译	倪其心		刘仁清		15.00
三曹诗选译	殷义祥		刘仁清		22.00
诸葛亮文选译	袁钟仁		董治安		16.00
陶渊明诗文选译	谢先俊	王勋敏	平慧善		16.00
杜甫诗选译	倪其心	吴　鸥	黄永年		17.00
王维诗选译	邓安生	等	倪其心		20.00
刘禹锡诗文选译	梁守中		倪其心		20.00
孟浩然诗选译	邓安生	孙佩君	马樟根		18.00
韩愈诗文选译	黄永年		李国祥		20.00
欧阳修诗文选译	林冠群	周济夫	曾枣庄		20.00
曾巩诗文选译	祝尚书		曾枣庄		19.00
苏轼诗文选译	曾枣庄	曾　弢	章培恒		23.00
李清照诗文词选译	平慧善		马樟根		15.00
陆游诗词选译	张永鑫	刘桂秋	黄　葵		24.00
朱熹诗文选译	黄　珅		曾枣庄		20.00
文天祥诗文选译	邓碧清		曾枣庄		20.00
袁枚诗文选译	李灵年	李泽平	倪其心		20.00
王安石诗文选译	马秀娟		刘烈茂	宗福邦	18.00
二程文选译	郭　齐		曾枣庄		25.00
范成大杨万里诗词选译	朱德才	杨　燕	董治安		26.00
萨都剌诗词选译	龙德寿		曾枣庄		28.00
王阳明诗文选译	吴　格		章培恒		18.00
徐渭诗文选译	傅　杰		许嘉璐	刘仁清	17.00
李贽文选译	陈蔚松	顾志华	李国祥	曾枣庄	17.00

书　名	译注者		审阅者	定价/元
三袁诗文选译	任巧珍		董治安	17.00
王士禛诗选译	王小舒	陈广澧	黄永年	13.00
龚自珍诗文选译	朱邦蔚	关道雄	周勋初	13.00
尚书选译	李国祥 谢贵安	刘韶军 庞子朝	宗福邦	14.00
礼记选译	朱正义	林开甲	宗福邦	22.00
左传选译	陈世铙		董治安	22.00
国语选译	高振铎	刘乾先	黄　葵	22.00
战国策选译	任　重	霍旭东	李国祥	21.00
吕氏春秋选译	刘文忠		董治安	17.00
吴越春秋选译	郁　默		倪其心	19.00
史记选译	李国祥 张三夕	李长弓	安平秋	29.00
汉书选译	张世俊	任巧珍	李国祥	22.00
后汉书选译	李国祥 彭益林	杨　昶	许嘉璐	24.00
三国志选译	刘　琳		黄　葵	18.00
晋书选译	杜宝元		许嘉璐	15.00
宋书选译	漆泽邦	孔　毅	李国祥	19.00
南齐书选译	徐克谦		周勋初	18.00
北齐书选译	黄永年		安平秋	16.00
梁书选译	于　白		周勋初	17.00
陈书选译	赵　益		周勋初	17.00
南史选译	漆泽邦		安平秋	22.00
北史选译	习忠民		段文桂	20.00

书　名	译注者		审阅者		定价/元
周书选译	黄永年		安平秋		15.00
魏书选译	杨世文	郑 晔	周勋初		22.00
隋书选译	武秀成	赵 益	周勋初		20.00
新唐书选译	雷巧玲	李成甲	黄永年		16.00
旧唐书选译	黄永年		章培恒		16.00
新五代史选译	李国祥 姚伟钧	王玉德	周勋初		18.00
旧五代史选译	贾二强		黄永年		17.00
宋史选译	淮 沛	汤 墨	曾枣庄		20.00
辽史选译	郭 齐	吴洪泽	曾枣庄		21.00
金史选译	杨世文 李文泽	祝尚书 王晓波	曾枣庄		21.00
元史选译	樊善国	徐 梓	马樟根		25.00
明史选译	杨 昶		李国祥		20.00
清史稿选译	黄 毅		章培恒		22.00
贞观政要选译	裴汝诚	王义耀	黄永年		18.00
史通选译	侯昌吉	钱安琪	周勋初		16.00
资治通鉴选译	李 庆		黄永年		16.00
续资治通鉴选译	徐光烈		安平秋		24.00
通鉴纪事本末选译	谈蓓芳		章培恒		21.00
洛阳伽蓝记选译	韩结根		章培恒		22.00
梦溪笔谈选译	李文泽		曾枣庄		20.00
徐霞客游记选译	周晓薇	等	黄永年	马樟根	17.00
宋代笔记小说选译	朱瑞熙	程君健	金开诚等		19.00
关汉卿杂剧选译	黄仕忠		刘烈茂		24.00

书　名	译注者		审阅者		定价/元
明代文言短篇小说选译	黄　敏		章培恒		23.00
六朝志怪小说选译	肖海波	罗少卿	刘仁清		21.00
世说新语选译	柳士镇	钱南秀	周勋初		23.00
水经注选译	赵望秦张艳云	段塔丽	许嘉璐		19.00
唐人传奇选译	周　晨		曾枣庄		24.00
唐五代笔记小说选译	严　杰		周勋初		21.00
大慈恩寺三藏法师传选译	贾二强		黄永年		18.00
宋代传奇选译	姚　松		周勋初		22.00
聊斋志异选译	刘烈茂欧阳世昌		章培恒		22.00
阅微草堂笔记选译	黄国声		安平秋		16.00
清代文言小说选译	王火青		周勋初		23.00
历代名画记图画见闻志选译	周晓薇	赵望秦	黄永年		17.00
容斋随笔选译	罗积勇		宗福邦		20.00
唐才子传选译	张　萍	陆三强	黄永年		24.00
西厢记选译	王立言		董治安		20.00
元代散曲选译	彭久安		刘烈茂	金开诚	21.00
日知录选译	张艳云	段塔丽	黄永年		22.00
桃花扇选译	张文澍		章培恒	段文桂	15.00
牡丹亭选译	卓连营		章培恒		14.00
长生殿选译	戚海燕		董治安		20.00